国家社科基金重大委托项目
"中国少数民族语言与文化研究"

· 中国社会科学院民俗学研究书系 ·

朝戈金　主编

满族创世史诗《天宫大战》译注

Annotated Translation of the Manchu Creation Epic:
Great Battle in the Heavenly Palace

高荷红　｜　编著

中国社会科学出版社

图书在版编目（CIP）数据

满族创世史诗《天宫大战》译注 / 高荷红编著 . —北京：中国社会科学
出版社，2024.5
（中国社会科学院民俗学研究书系）
ISBN 978 - 7 - 5227 - 3190 - 2

Ⅰ . ①满⋯　Ⅱ . ①高⋯　Ⅲ . ①满族—英雄史诗—中国　Ⅳ . ①I292. 122

中国国家版本馆 CIP 数据核字（2024）第 052320 号

出 版 人	赵剑英
责任编辑	张 林
责任校对	张 虎
责任印制	戴 宽

出　　版	中国社会科学出版社
社　　址	北京鼓楼西大街甲 158 号
邮　　编	100720
网　　址	http://www.csspw.cn
发 行 部	010 - 84083685
门 市 部	010 - 84029450
经　　销	新华书店及其他书店

印刷装订	北京明恒达印务有限公司
版　　次	2024 年 5 月第 1 版
印　　次	2024 年 5 月第 1 次印刷

开　　本	710 × 1000　1/16
印　　张	16
插　　页	2
字　　数	244 千字
定　　价	89.00 元

总　序

　　自英国学者威廉·汤姆斯（W. J. Thoms）于 19 世纪中叶首创"民俗"（folk-lore）一词以来，国际民俗学形成了逾 160 年的学术传统。作为现代学科意义上的中国民俗学肇始于五四新文化运动，近百年来的发展几起几落，其中数度元气大伤。从 20 世纪 80 年代开始，这一学科方得以逐步恢复。近年来，随着国际社会和中国政府对非物质文化遗产（其学理依据正是民俗和民俗学）保护工作的重视和倡导，民俗学研究及其学术共同体在民族文化振兴和国家文化发展战略中，都正在发挥着越来越重要的作用。

　　中国社会科学院曾经是中国民俗学开拓者顾颉刚、容肇祖等人长期工作的机构，近年来又出现了一批较为活跃和有影响力的学者，他们大都处于学术黄金年龄，成果迭出，质量颇高，只是受到既有学科分工和各研究所学术方向的制约，他们的研究成果没能形成规模效应。为了部分改变这种局面，经跨所民俗学者多次充分讨论，大家都迫切希望以"中国民俗学前沿研究"为主题，以系列出版物的方式，集中展示以我院学者为主的民俗学研究队伍的晚近学术成果。

　　这样一组著作，计划命名为"中国社会科学院民俗学研究书系"。

　　从内容方面来说，这套书意在优先支持我院民俗学者就民俗学发展的重要问题进行深入讨论的成果，也特别鼓励田野研究报告、译著、论文集及珍贵资料辑刊等。经过大致摸底，我们计划近期先推出下面几类著作：优秀的专著和田野研究成果，具有前瞻性、创新性、代表性的民俗学译著，以及通过以书代刊的形式，每年择选优秀的论文结集出版。

那么，为什么要专门整合这样一套书呢？首先，从学科建设和发展的角度考虑，我们觉得，民俗学研究力量一直相对分散，未能充分形成集约效应，未能与平行学科保持有效而良好的互动，学界优秀的研究成果，也较少被本学科之外的学术领域关注，进而引用和借鉴。其次，我国民俗学至今还没有一种学刊是国家级的或准国家级的核心刊物。全国社会科学刊物几乎没有固定开设民俗学专栏或专题。与其他人文和社会科学的国家级学刊繁荣的情形相比较，学科刊物的缺失，极大地制约了民俗学研究成果的发表，限定了民俗学成果的宣传、推广和影响力的发挥，严重阻碍了民俗学科学术梯队的顺利建设。再次，如何与国际民俗学研究领域接轨，进而实现学术的本土化和研究范式的更新和转换，也是目前困扰学界的一大难题。因此，通过项目的组织运作，将欧美百年来民俗学研究学术史、经典著述、理论和方法乃至教学理念和典型教案引入我国，乃是引领国内相关学科发展方向的前瞻之举，必将产生深远影响。最后，近年来，随着国内外非物质文化遗产保护工作的大力推进，也频频推动着国家文化政策的制定和实施中的适时调整，这就需要民俗学提供相应的学理依据和实践检验成果，并随时就我国民俗文化资源应用方面的诸多弊端，给出批评和建议。

从工作思路的角度考虑，"中国社会科学院民俗学研究书系"着眼于国际、国内民俗学界的最新理论成果的整合、介绍、分析、评议和田野检验，集中推精品、推优品，有效地集合学术梯队，突破研究所和学科间的藩篱，强化学科发展的主导意识。

为期三年的第一期目标实现后，我们正着手实施第二期规划，以利于我院的民俗学研究实力和学科影响保持良好的增长势头，确保我院的民俗学传统在代际学者之间不断传承和发扬光大。本套书系的撰稿人，主要来自民族文学研究所、文学研究所、世界宗教研究所和民族学与人类学研究所的民俗学者。

在此，我代表该书系的编辑委员会，感谢中国社会科学院文史哲学部和院科研局对此项目的支持，感谢"国家社会科学基金"以及"中国社会科学院哲学社会科学创新工程"的鼎力支持。

朝戈金

目　录

《天宫大战》本事（代序）

满族创世史诗《天宫大战》主要流传在黑龙江省黑龙江沿岸爱辉县大五家子、下马场、蓝旗沟，孙吴县四季屯、大桦树林子、小桦树林子、霍尔莫津等地的满族众姓之中。这些家族多是清康熙年间由宁古塔（今宁安）等地奉旨北上永戍爱辉的，至今宁安仍流传该文本。

20世纪30年代，吴纪贤和富希陆访问孙吴县四季屯著名老猎手白蒙古①，白蒙古从爷爷处习得用满语讲唱的《天宫大战》九大"腓凌"（满语，即章节之意)②，他讲唱了这一文本。1939年，富希陆在大桦树林子任小学教员期间，多次用满文记录和润改白蒙古讲唱的文本，将其保存下来。1976年，孙吴县文化馆征集民族文化遗产，富希陆将《天宫大战》《西林安班玛发》《恩切布库》传讲给富育光。富育光研读《天宫大战》后，发现"因当时的客观文化条件等因素，凭着眼观、耳听、口记的方式，将讲述人的口述故事加以记录，记录中有不少处是字与字、句与句之间存在明显的不连贯，肯定中间有遗漏的话语和内容，有不少词是文人用词和带有斧凿痕迹，而且讲述者是用满语唱吟的，汉译过程中肯定有一些变动。因此在一定意义上讲，《天宫大战》神话已经失去了许多原始色彩，令人憾惜"。③ 盖因富希陆的多次润改，使其增加了文人色彩。

---

① 白蒙古，本名叫白蒙元，满洲巴林哈喇，正白旗人，一生擅套狍子，又嗜酒，故名"白蒙古"，赞其猎技过人。

② 在黑龙江一带满族老户中，有多种传本。在满族富姓、吴姓、祁姓等家族中，也有讲述人，不过，没有白蒙元传本完整。

③ 富育光：《萨满教与神话》，辽宁大学出版社1990年版，第245页。

本译本基于但不限于 2009 年版《天宫大战》中汉字记音的满文部分：该版本满文仅有六个腓凌，且第六腓凌仅存几行，第七、八、九腓凌缺失。后富育光将第六腓凌及第七腓凌交付我翻译。现将前七腓凌汉字记音部分翻译为满语，因《天宫大战》原为韵文形式，翻译时保留了原文的诗行。其形式为：第一行汉语记音，第二行为其对应满语，满语的转写完全按照季永海编著的《满语语法》① 中的罗马字母转写方式，第三行为满语对应的汉译，在一段相对完整的诗行后，有成段的汉语翻译。

一 《天宫大战》诸文本

《天宫大战》流传地颇广，最初以满语形式在满族民众中演述或传承。富育光指出："'天宫大战'故事叫'乌车姑乌勒本'，'乌车姑'实际为'神位'、'神板'、'神龛'之意"。② 满族民间还将其称为"神魔大战"、"天神会战勒鲁里"（即耶鲁里）、"博额德音姆故事"等。"渥车库""乌车姑"和"窝车库"满语为 weceku ulabun，以下统一为"窝车库"，"乌车姑乌勒本"即"窝车库乌勒本"。其内容以自然界众神宇宙鏖战为主，讲述人类创世之初，善与恶、光明与黑暗、生命与死亡、存在与毁灭两种势力的激烈对抗。

在正式出版之前，《天宫大战》曾在富育光的《萨满教与神话》（1990 年）、《萨满教女神》（1995 年）中刊布。异文零星出现在其他民间故事集中。《宁安县民间故事集成》第一辑③中收录了由付（傅）、关、赵、吴四姓萨满讲述的《佛赫妈妈和乌申阔玛发》《天宫大战》《八主治世》。《天宫大战》（2009）收入 6 篇异文，分别为《佛赫妈妈和乌申阔玛发》《阿布凯恩都哩创世》《老三星创世》《阿布凯赫赫创造天地人》《大魔鬼耶鲁哩》《神魔大战》。前两篇异文选自《中国民间故事集成·

---

① 季永海编著：《满语语法》，中央民族大学出版社 2012 年版。
② 富育光：《萨满教与神话》，辽宁大学出版社 1990 年版，第 224 页。
③ 黑龙江省宁安县民间文学三套集成编委会编辑：《宁安县民间故事集成·第一辑》，1987 年，内部资料。

黑龙江卷》，后四篇异文选自《满族萨满神话》①。宁安县"千则故事家"傅英仁很好地继承了宁古塔的萨满文化传统，他讲述的神话集中收录在《满族萨满神话》《傅英仁满族故事》《宁古塔满族萨满神话》《满族神话》中，与天宫大战有关的神话故事较为丰富。分析《天宫大战》诸文本，必然要参考这些异文。

通观诸文本，其共同之处有以下三点：世界最初都是水，神灵都由水中生出来，最早的神灵或者是老三星，或者是阿布卡赫赫②；故事以阿布卡赫赫（后为阿布卡恩都力）为代表的善神与恶神耶鲁里经历从天上到人间的多次鏖战，阿布卡赫赫一方最终取得胜利；最后阿布卡恩都力取代了阿布卡赫赫在天上乃至人间的执掌地位。

《天宫大战》诸文本间也有很多差异：

首先是神灵关系脉络。《天宫大战》中，水泡中生出的是阿布卡赫赫，巴那姆赫赫、卧勒多赫赫由她裂生而成。在其他文本中，创世古神由巴纳姆水和水互相撞击而成的水花，形成水泡后，相互撞击再形成水球，水球相互撞击而成火花，火花又形成大火球，最后形成两颗巨星大水星和大火星，老三星由此产生。而老三星之后还有新三星。老三星裂生出五个徒弟，阿布卡赫赫是大徒弟，她创造了天、地、人，创造了万物。阿布卡赫赫还从老三星那里学了许多法术，收了 10 个徒弟。其关系比较繁复，这些可理解为后世萨满不断加工而成。

其次是天的分层有别。乌丙安认为："天地多层的原始宇宙观，具有十分古老的萨满教天地信仰观念的特征。宁古塔满族天体神话的天层与邻近的鄂温克族、蒙古族、达斡尔族及赫哲族神话中的层数不同。这些兄弟民族所常说的天层，多采用三、五、七、九的数字。"③《天宫大战》中提到阿布卡恩都力高卧九层天上；傅英仁讲述的《天神创世·天和地》

---

① 傅英仁讲述，张爱云整理：《满族萨满神话》，黑龙江人民出版社 2005 年版。

② 世上最古最古的时候是不分天、不分地的水泡泡，天像水，水像天，天水相连，像水一样流溢不定。水泡渐渐长，水泡渐渐多，水泡里生出阿布卡赫赫。她像水泡那么小，可她越长越大。有水的地方，有水泡的地方，都有阿布卡赫赫。她小小的像水珠，她长长的高过寰宇，她大得变成天穹。——《天宫大战》，第 9—10 页。

③ 乌丙安：《满族神话探索——天地层·地震鱼·世界树》，《满族研究》1985 年第 1 期。

则认为："天，有十七层；地，有九层"。

再次是神灵繁衍方式不同。《天宫大战》中提到裂生和化生两种繁衍方式，在其他文本中则有裂生、湿生、化生、胎生和卵生五种。裂生就是由原来的一个，经多年后分裂成两个、三个……无数个；湿生就是凡是潮湿的地方都能产生小动物；化生就是根据宇宙的变化，从一种生物变成另一种生物。这五种繁育方式是萨满教的观点。[①]

最后是耶鲁里身份不同。《天宫大战》中，耶鲁里本由女神创造而成，其名为敖钦女神，后来变成能够自生自育的两性神，最后发展为恶神。其他文本中，敖钦大神与耶鲁里并非同一个神。在《阿布凯恩都哩创世》中，耶鲁里[②]是阿布凯恩都哩的二弟子，他的法力仅次于师父阿布凯恩都哩，但他心术不正[③]。在《老三星创世》中，耶鲁里是老三星裂生出的徒弟，裂生时一团黑气，是一个大魔鬼。在《大魔鬼耶鲁哩》中，耶鲁里拜扫帚星星主为师，耶鲁里到地下国修炼，后又到六个恶鬼区调用恶鬼练兵反天宫[④]；而敖钦大神是老三星的四徒弟，力大无穷，能搬动高山大地，最后累死在人间，尸骨分解后化成了大地上的山川河流[⑤]；老三星之后还有新三星，新三星是佛托妈妈、堂白太罗和纳丹岱珲。

因耶鲁里身份不同，其造反的原因也有差异。因阿布凯恩都哩召开庆功宴未请他赴宴，"耶鲁里气得咬牙切齿，暗地里把群妖纠集在一起，先抢天库，盗出天上的兵器，又偷出盛天盛水的天葫芦，揭开盖子，把尘土和水一股脑儿倒在地上国的国土上。这一下子，地上国可就乱了：尘土遮天盖日，洪水流向四面八方，瘟疫横行，动物和人群东躲西藏，

---

① 富育光讲述，荆文礼整理：《天宫大战　西林安班玛发》，吉林人民出版社 2009 年版，第 102 页。

② 耶鲁哩和耶鲁里为同一神的不同写法。不同文本中有所不同，为免混淆，本书统一为耶鲁里。

③ 富育光讲述，荆文礼整理：《天宫大战　西林安班玛发》，吉林人民出版社 2009 年版，第 84 页。

④ 富育光讲述，荆文礼整理：《天宫大战　西林安班玛发》，吉林人民出版社 2009 年版，第 111 页。

⑤ 富育光讲述，荆文礼整理：《天宫大战　西林安班玛发》，吉林人民出版社 2009 年版，第 90—91 页。

叫苦连天，有的受了伤，有的缺胳膊断了腿，这就留下了残疾人。"① 这则神话也解释了残疾人的来源。

阿布凯恩都哩跟耶鲁里大战时，消灭灵魂的神袋被妖火烧掉了，所以只能消灭妖魔鬼怪的形体，无法消灭它们的灵魂。耶鲁里和妖魔鬼怪的灵魂逃进了地下国后，当看守它们的天神弟子疏忽的时候，它们就溜出来害人。阿布凯恩都哩派大弟子和三弟子，到人间收了不少徒弟，教给他们法术，叫他们专门降妖捉怪，治病救人，人间才有了各户族的萨满。这解释了满族萨满祭祀的独特性在于因姓氏而不同。

经过神魔大战和天宫重建，天宫彻底改变了过去的模样。天上再也不叫"洞""寨"了，都改成了"殿、宫、阁"。过去使用的旧名词"大寨"、"小寨"也都废弃不用了。从那以后满族和北方的其他民族都把地上的神分配到各个哈拉（hala，即姓氏）供奉着，所以各户都有他自己的神名（老佛爷名）。老佛爷名据估计，不下一千位。这就形成了满族的大神和满族的家神。② 我们整理的《满语文本神话人物解析》（未出版）就有近八百位神。

二　满族神话的滥觞

南方创世史诗大都被赋予历史属性，被各族人民视为"根谱""古根"和"历史"。这类史诗叙事程式的纵向构造明显，在结构上体现出完整的体系性，即从开天辟地、日月形成、造人造物、洪水泛滥、族群起源、迁徙定居、农耕稻作等，形成一个完整的创世纪序列，并始终以"创世"（各民族心目中的历史）这条主线为中轴，依照历史演变、人类进步的发展程序，通过天地神祇、先祖人物、文化英雄及能工巧匠等形象塑造，把各个诗章的主题和基干情节联贯起来，构成一个自然而完整的创世程式，以众多历史画面向人们展示了古往今来纷披繁复的文化

---

① 富育光讲述，荆文礼整理：《天宫大战　西林安班玛发》，吉林人民出版社2009年版，第84页。

② 富育光讲述，荆文礼整理：《天宫大战　西林安班玛发》，吉林人民出版社2009年版，第129页。

创造和文明进程，反映了各民族先民在特定历史时期所持有的历史观。①

《天宫大战》涉及造人神话、太阳神话、创世神话、洪水神话、盗火神话等，堪称满族神话的滥觞。

首先，我们来看造人神话。《天宫大战》中，女神先造出女人，所以女人心慈性烈。男人是巴那姆赫赫"忙三迭四不耐烦地顺手抓下一把肩胛骨和腋毛，和姐妹的慈肉、烈肉，揉成了一个男人，所以男人性烈、心慈，还比女人身强力壮，因是骨头做的"。②关振川讲述的《佛赫妈妈和乌申阔玛发》和《阿布凯恩都哩创世》中阿布凯恩都哩的弟子决定柳神佛赫妈妈和乌申阔玛发的性别，"大徒弟问了他俩的名字，便拿出男女生殖器，端详半天，不知安在哪个地方好。有心安在头上，又怕风吹日晒，有心安在脚下，又怕路远磨损，便安在两个生灵身体的中间部位，还教会他俩男女之情，称他俩为佛赫妈妈和乌申阔玛发。"③佛赫妈妈和乌申阔玛发生了四男四女。"这四男四女长得完全不一样：第一对长得四脚五官都很端正；第二对是尖嘴，一身羽毛，两只翅膀；第三对只有四只脚，人头，浑身披毛；第四对没手没脚，身长头小。因为孩子是女人生的，所以什么事都是佛赫说了算。"④这四男四女第一对就是人类，第二对是禽类，第三对为兽类，第四对为爬行类。从中可知，满族民众认为，人和动物关系密切。"自从天宫大战以后，地上国的很多动物绝了种，只留下今天的兽类，还有水里的鱼类。人群比野兽和鱼类聪明，但也留下了许多残疾人。更令天神担心的，是那些人和动物不会传宗接代。多亏造人时剩下两堆神土，一堆丢在柳树下，一堆放在神杵旁，天长日久，这两堆神土按柳树叶和神杵的样子，生出许许多多的

---

① 朝戈金：《中国的史诗传统》，《中国民间文学经典大系·史诗卷·黑龙江卷·史诗卷序言》，中国文联出版社 2019 年版。

② 富育光讲述，荆文礼整理：《天宫大战　西林安班玛发》，吉林人民出版社 2009 年版，第 16—18 页。

③ 富育光讲述，荆文礼整理：《天宫大战　西林安班玛发》，吉林人民出版社 2009 年版，附录一"佛赫妈妈和乌申阔玛发"，第 78 页。

④ 富育光讲述，荆文礼整理：《天宫大战　西林安班玛发》，吉林人民出版社 2009 年版，附录一"佛赫妈妈和乌申阔玛发"，第 78 页。

小神。"① 老三星让阿布凯赫赫"从动物群中选出能够站立行走的聪明的那一种，请佛托妈妈装上人的灵魂，便形成了现在的人类"。②

其次，创世神话包括天地万物、星辰、各种自然现象，与人类息息相关的事物和人类的形成。《天宫大战》中提到世上第一位女大萨满是如何被创造出来的，足以说明在满族人的观念中，萨满的地位是举足轻重的。

再次，洪水神话。在中国南方许多民族原始性史诗中都包含洪水型故事，它们以各种情节形式出现，囊括原始人早期与自然斗争、婚姻、生育等内容，构成史诗叙述一个民族历史进程的重要组成部分。世界许多民族也都有洪水泛滥毁灭人类，只剩下以一个方舟里的一个家庭等形式存在的人种、动植物种一类的神话传说。③《天宫大战》保留了很多洪水神话的内容：一个时代和另一个时代之间的联结都是水，"不知过了多少亿万斯年，北天冰海南流，洪涛冰山盖野。地上是水，天上也是水"。④耶鲁里给人间带来的灾难多半都是洪水，而人们都是洪水劫后余生。"满族传说最早的宇宙间什么也没有，宇宙空间里整个充满了水，混混沌沌，一片汪洋。但当时的那个水和我们现在人间的水不一样，满族萨满教称这个水为'巴纳姆水'，也叫'真水'。巴纳姆水是满语，翻译成现代汉语叫'地水'。这种水能产生万物，也能消灭万物。"⑤ "十万年前，普天之下，到处洪水为害。平地几丈深的大水，把地上的生灵万物淹得一干二净，只有长白山上的一株柳树和北海中的一座上顶天下挂地的石还在水中立着。"⑥

一般来说，当灾难性的洪水过后，少数人躲避在高处幸免于难。其

---

① 富育光讲述，荆文礼整理：《天宫大战　西林安班玛发》，吉林人民出版社2009年版，第85页。

② 富育光讲述，荆文礼整理：《天宫大战　西林安班玛发》，吉林人民出版社2009年版，第102页。

③ 刘亚虎：《南方史诗论》，内蒙古大学出版社1999年版，第171页。

④ 富育光讲述，荆文礼整理：《天宫大战　西林安班玛发》，吉林人民出版社2009年版，第71页。

⑤ 富育光讲述，荆文礼整理：《天宫大战　西林安班玛发》，吉林人民出版社2009年版，第88页。

⑥ 富育光讲述，荆文礼整理：《天宫大战　西林安班玛发》，吉林人民出版社2009年版，第77页。

后，由于损失惨重，人烟稀少，为了繁衍后代，按照当时的婚姻观念，同胞兄妹、堂兄妹、表兄妹之间成亲，或到族外寻找伴侣（天婚）。①《天宫大战》中，洪水过后婚配方式很多，有一男一女结合的，没有介绍二者的关系，是否是同胞兄妹；有人和动物结合的；有两个动物变化人形结合的。有趣的是结合方法还需要神灵教授。

南方洪水神话离不开葫芦。"葫芦以及植物孕育人类的说法，起初仍离不开原始人朦胧的整一生命形式观念和神秘的灵魂观念，离不开'灵魂可以栖附于此也可以栖附于彼'的理论基础。"② 葫芦具有独特的象征意义，其形制如同一个怀孕的母体，且中空多籽，被许多民族的先民当作母体崇拜的象征物；它在传说中孕育了民族和人类的始祖，又被当作祖灵崇拜的象征物。在古代，葫芦还曾是渡河的工具。③ 在《天宫大战》异文中，神力的安达葫芦"可以收伏妖魔鬼怪，妖魔鬼怪被装进去后，如果三天三夜不拿出来，就会化成脓水"。④ 火葫芦可以消灭冰山，当阿布凯赫赫被压到扫帚星的冰山底下后，老三星命令阿布凯巴图带着四个火葫芦破冰山去救阿布凯赫赫。⑤

从次，同样是多日并出给人类带来灾难，多个民族选择射日，而满族除了一则射日神话外，多为套日神话。在《萨满教女神》中提到十个太阳并出：

> 最高天神阿布卡恩都里用神器"托里"造成了群星和十个太阳，白天十分炎热，人们不得不砍来大树做弓，用椴树皮与藤条做弦，射落八个托里。天神命二格格"比牙"托起发黄光的托里当月亮，大公主"顺"用大托里当太阳。⑥

---

① 刘亚虎：《南方史诗论》，内蒙古大学出版社 1999 年版，第 174 页。

② 刘亚虎：《南方史诗论》，内蒙古大学出版社 1999 年版，第 120 页。

③ 刘亚虎：《南方史诗论》，内蒙古大学出版社 1999 年版，第 183 页。

④ 富育光讲述，荆文礼整理：《天宫大战　西林安班玛发》，吉林人民出版社 2009 年版，第 106 页。

⑤ 富育光讲述，荆文礼整理：《天宫大战　西林安班玛发》，吉林人民出版社 2009 年版，第 127 页。

⑥ 富育光、王宏刚：《萨满教女神》，辽宁人民出版社 1995 年版，第 93 页。

《天宫大战》中，耶鲁里"把九个头变成九个亮星，像太阳一样，天上像有了十个太阳。阿布卡赫赫和卧勒多赫赫大吃一惊。卧勒多赫赫忙用桦皮兜去装九个亮星，亮星装进去了，刚要背走，哪知连卧勒多赫赫也给带入地下"。可是，卧勒多赫赫的光芒"照得耶鲁里九个头上的眼睛失明，头晕地旋，慌忙将抓在手上的桦皮布星神兜抛出来"。东海窝集部套日大神三音贝子，因阿布凯赫赫的四徒弟造了九个太阳给人类带来苦难，他在白山主的帮助下，套住了太阳。①

最后，盗火神话。突姆火神长在巴那姆赫赫心上，后被派到卧勒多赫赫身边，用她的光、毛、火、发帮助赫赫照路。② 其其旦女神私盗阿布卡恩都力的心中神火临凡。怕神火熄灭，她便把神吞进肚里，嫌两脚行走太慢，便以手为足助驰。天长日久，她终于在运火中，被神火烧成虎目、虎耳、豹头、豹须、獾身、鹰爪、猞猁尾的一只怪兽。③ 傅英仁讲述的《托阿恩都里三盗天火》中提到：托阿将天火装进白色的石头里送到人间后被罚在天宫打石头。

> 托阿恩都里是火神，每年春秋两季，满族人都要举行祭祀活动，感谢托阿给人间送来火种。
> 从此人们才过上了有火的生活，可是那位为人间送火的托阿仍然在天上做打石头的工匠。④

《天宫大战》诸文本为我们展现了丰富的神话内容，若要了解其内

---

① 傅英仁搜集整理：《满族神话故事》，北方文艺出版社1985年版，第95—99页；傅英仁讲述、张爱云整理：《满族萨满神话》（大力神三音贝子），黑龙江人民出版社2005年版，第107—110页；傅英仁口述、张爱云整理：《傅英仁满族故事》，黑龙江人民出版社2006年版，第57—61页；傅英仁讲述、张爱云记录整理：《宁古塔满族萨满神话》，黑龙江人民出版社2014年版，第320—323页；傅英仁讲述、荆文礼搜集整理：《满族神话》，吉林人民出版社2016年版，第51—54页。

② 富育光讲述、荆文礼整理：《天宫大战　西林安班玛发》，吉林人民出版社2009年版，第48页。

③ 富育光讲述、荆文礼整理：《天宫大战　西林安班玛发》，吉林人民出版社2009年版，第48页。

④ 傅英仁讲述、荆文礼搜集整理：《满族神话》，吉林人民出版社2016年版，第173页。

涵，可能需要回到满文了解其意，并将其与满族先民信奉的萨满文化信仰相关联。

三　二元对立的神话观念及其他

《天宫大战》讲述了人类创世之初，善与恶、光明与黑暗、生命与死亡、存在与毁灭两种势力的激烈抗衡。

王宏刚认为，从混沌中创生的宇宙世界并不是一次完成的，而是变化、演进的，其间要经过善恶两种势力的惨烈拼杀，这种善恶的评判标准完全是以人类为本位的——利己还是异己。[1] 实际上，天宫大战善神的最终胜利，是女神们集体力量与智慧的胜利，神话颂扬的是集体英雄主义。[2] "天宫大战，邪不压正，善神终究战胜了恶神，但耶鲁里败而不亡，他的败魂常化为恶魔满尼、满盖，践害人世。这里，不仅反映了初民对现实世界的清醒认识，而且陈述了萨满教存在的理由，萨满的主要职责就是祈请善神，以驱满盖一类魔灵，以确保人类的生存、绵衍、平安与幸福，萨满教的一切神事活动的基本认识盖源于此……因此，人类的古代哲学史的序篇，应该从创世神话写起。"[3]

与萨满教观念一致的是《天宫大战》诸文本中几个独特的观念：

一是人类生活在石头罐子中。"赛音妈妈拿出自己的十个石头罐子，准备把天兽放出来。其中五个罐子放到天宫，五个罐子放到大地。她刚要把往大地放的罐子打开，阿布卡赫赫阻止说：'你先别打开，我用七彩神土先给放到地上的天兽安上生殖器，让它们在大地上能够继续繁衍后代。'这样，阿布凯赫赫把在大地放出的天兽安上生殖器，动物从此有雌雄之分。从此，大地有了百兽，有了水陆两栖动物，就有了胎、卵、湿、化的生育方法。"[4]

---

① 王宏刚：《满族与萨满文化》，中央民族大学出版社 2002 年版，第 31 页。

② 王宏刚：《满族与萨满文化》，中央民族大学出版社 2002 年版，第 38 页。

③ 王宏刚：《满族与萨满文化》，中央民族大学出版社 2002 年版，第 42 页。

④ 富育光讲述，荆文礼整理：《天宫大战　西林安班玛发》，吉林人民出版社 2009 年版，第 101 页。

　　二是人从石头罐子中爬到世界树上生存。地上生灵"越生越多，石罐、陶罐再也容纳不了这些生灵，只好向阿布卡赫赫求救。阿布卡赫赫一狠心，把天上一棵生长万物的大神树砍倒，扔在大地的洪水中。大树遇到洪水，不住地生长壮大。那些生灵从石罐、陶罐中爬出来，在大树枝上生存下去。从此以后，生物越来越多，他们沿着树枝、树丫，分散着发展，这才有了各种各类生物，才有了各个氏族的分支"。① 在《佛赫妈妈和乌申阔玛发》中说得比较详细，到了《阿布凯恩都哩创世》中就简略得多："可是年深日久，人类越繁衍越多，石罐就装不下了。再加上大水没有退净，人群就无处居住。阿布凯恩都哩想出一个办法：他砍倒一棵大天树，扔到地上，人群就沿着树枝的分权，向四面八方发展下去。从此以后，地上国就出现了各种人类。"②

　　三是安放灵魂有专门的灵魂山。"灵魂山有洞，叫灵洞。"在与耶鲁里斗争时，阿布卡赫赫"把老三星给她的神衣神帽拿了出来。神衣神帽越变越大，将阿布卡赫赫和那三百女神保护起来。由于阿布卡赫赫在耶鲁里攻来之前就有所防范，让女神们撕下一块衣裳的里襟，男神剪下一片长袍，盖住了灵魂山，才使得冰川袭来之时，灵魂山没受侵害，保护住了这里所有的灵魂。"萨满教认为，人的灵魂可以和身体分离，灵魂可以被安放在其他的地方。

结　语

　　《天宫大战》与在民间流传的史诗、神话、神歌共同形成了"天宫大战"传统，该传统涵括以下三类文本：（1）"窝车库乌勒本"《西林安班玛发》《乌布西奔妈妈》《恩切布库》《奥克敦妈妈》被称为《天宫大战》的同系列史诗或神话；（2）满族民间流传与《天宫大战》有关的大量异文，如《宁安县民间故事集成》第一辑收录的三则神话故事，富希

---

　　① 富育光讲述，荆文礼整理：《天宫大战　西林安班玛发》，吉林人民出版社 2009 年版，第 82 页。

　　② 富育光讲述，荆文礼整理：《天宫大战　西林安班玛发》，吉林人民出版社 2009 年版，第 85 页。

陆在孙吴县搜集到的《天宫大战》残本等，《天宫大战》（2009）附录中的六篇异文，《满族萨满神话》《宁古塔满族萨满神话》中的多篇文本；（3）以往被忽略的满族民间神歌文本，多讲述各姓氏神灵的故事，如《满族萨满神歌译注》（再版为《满族石姓萨满文本译注与满语复原》）、《满族萨满文本研究》、《满族民间萨满神书集成》、《满族杨关赵三姓民间文本译注》。这一传统神圣性逐渐减弱，世俗性逐渐增强。

引　子

萨哈连　乌拉　都音　佛勒滚　托克索
sahaliyan　ula　duin　forgon　tokso
黑龙江　　江　　四　　季　　　屯

满朱　巴林　哈拉 蒙库禄　玛发
manju　balin　hala menggun　mafa
满族　　白　　姓　蒙古　老人

窝车库　乌勒本　昂阿 给孙勒勒
weceku　ulabun　angga　gisurere
神祇　　传记　　口　要说的

汉译：黑龙江四季屯满族白蒙古老人讲"窝车库乌勒本"，即神龛上的故事。

德力给衣　顺　恩都力 额勒顿 格色　巴那　姑巴其　若索赫
dergi　i　šun　enduri　elden　gese　ba na　gubci　fosohe
东　的　太阳　神　光　相同　大地　全部　照耀

汉译：犹如东方的太阳神光，照彻大地。

博　额　　德音姆　　安班　萨玛
boo be　deyeme　amba　saman
家 于此　飞　　　大　　萨满

汉译：德额德音姆，安班萨玛哪！

额勒　瓦吉黑牙莫　格木　阿木孙 突比赫
ere　　wacihiyame　gemu　amsun　tubihe
这个　全，尽　　　都　　祭肉　　果子

穆克德浑 衣　库瓦兰　　德勒　格木　比拉哈
mukdehun i　kūwaran　dere　gemu　bireha
坛　　　 的　场地　　上面　全部　展示

安班 阿斤 蒙温　　阿苏　巴哈莫　吉赫
amba ajin minggan　asu　bahame　jihe
大　 鳇鱼 千　　　网　　得到　　来

额姆格里 沙音　　　辛搭哈
emgeri　šanyan　sindaha
已经　　白（肉） 供献

汉译：现在，所有的供果，都摆上了祭坛，千网得来的大鳇鱼，已经供献上了。

西 额勒　奥莫　都伦巴　特莫 雅鲁赫
si　ere　omo　dulimba　teme yaluhe
你 这个　湖泊　中央　　坐骑

箔　德力格　奥姆　拙　　蒙温　巴　德勒其
be　dergi　omo　juwe　minggan　ba　tulergi
我们　东　海　两　千　里　外

西　布莫　阿苏吉哈
ci　bume　asujihe
从　给　网来的

西　阿苏　巴哈莫　吉哈
si　asu　bahame　jiha
你　网　得　来了

汉译：这是你的海中坐骑，我们是从两千里外的东海给你网来的。

唐古　蒙温　　阿林　车其克　必
tanggū minggan　alin　cecike　bi
百　千　山　雀　有

热箔纯嘎　夫勒尖　乌朱　布勒痕
yebecungge fulgiyan　uju　bulehen
秀丽　红　头　鹤

德色　瓦吉黑牙莫　格木　它库兰
tese　wacihiyame　gemu　takūra
它们　全，尽　全部　令差役

汉译：还有百只、千只山雀，美丽的红顶鹤，都是你的使者。

德色 西　其　恩都力　尼玛琴　衣　吉勒罔　衣吉斯浑　达哈斯浑
tese　si　ci　enduri　imcin　i　jilgan　ijishūn　dahashūn

它们　你　的　神　　鼓　的　声音　　顺着　　迎合

东其莫　布哈
donjime　buhe
听见　　给

额姆给衣　库瓦莫　乌春勒克
emgi　　　kūwame　uculeke
一起　　　张开　　唱

其玛力　库瓦莫　乌春勒克
cimari　kūwame　uculeke
每天　　张开嘴　唱

其玛力　莎衣康　霍绰　　依能给
cimari　saikan　hojo　　inenggi
每天　　美好的　俊美好看　日子

汉译：它们听从你的神鼓的声响，一起鸣唱，鸣唱明天，明天美好的日子。

乌朱腓凌(第一腓凌)

萨哈连　其　安班　佛车勒给　恶任　衣　德勒给　德勒
sahaliyan ci amban fejergi eyen i dergi dere
萨哈连　从　大　下面的　水流　的　东　上方

亚步黑　恩都力　布库　亚路哈　衣　博　额　德音姆　萨玛
yabuha enduri buhū yaluha i boo be deyeme saman
行走着　神　鹿　骑　的　家　于此　飞　萨满

阿布卡　德勒　必　包春郭　夹克山　吉勒达里　额林德
abka dele bi boconggo jaksan giltarilambi erin de
天　上　有　彩色的　霞　光亮　时候

萨哈连　木克　拙勒坤　衣尔哈　郭多母比　额林德
sahaliyan muke jolho ilha godombi erin de
萨哈连　水　水向上冲涌　花　鱼跃　时候

阿布卡　德勒　比　艾新　阿斯哈　木都呼　丹母　哇西哈　额林德
abka dele bi aisin aša mujuhu dambi wasika erin de
天　上　有　金色的　翅膀　鲤鱼　刮　下来　时候　在

木　衣　山嘎 多罗 都音　勃德赫 蒙温　　梅赫
moo i　šak dolo duin　bethe menggun meihe
木　的　高　洞　四　脚　银　蛇

米出莫　突其克　额林 德
micume tucike　erin　de
爬　　出来　时候　在

汉译：从萨哈连下游的东方，走来骑九叉神鹿的博额德音姆萨
玛——天上彩霞闪光的时候，萨哈连水跳着浪花的时候，天上刮下来金
翅鲤鱼，树窟里爬出来四腿的银蛇。

玛卡 乌都 扎兰 妈妈　　包衣　阿尼亚　唐古色　分车母哈
maka udu jalan mama　booi　aniya　tanggū　funcehe
不知 几　辈分 老奶奶　家　年　百　余

夫勒尖　包辍　扎鲁其拉 克里
fulgiyan boco　jalukiya cira
红　　色　满足　颜面

沙延　　夫尼也赫　扎鲁 乌朱　阿尼亚 巴彦 额图浑　克里比
šanyan　funiyehe　jalu uju　aniya bayan etuhun katun
白　　发　满头　年　富　力　强

汉译：不知是几辈奶奶管家的年头，她百余岁了，红颜满面，白发
满头，还年富力强。

德勒 衣　窝离　胡顺　恩都力 夹昆　布么　乌鲁
tere i　oori　hūsun　enduri giyahūn bume　uru
她 的　精　力　神　鹰　给　是

德勒 衣　木克 尼玛哈 恩都力　布么 乌鲁
tere　i　muke nimaha enduri　bume uru
她　的　水　鱼　神　给　是

德勒 衣 恩都力 阿尼亚 阿布卡 恩都力　布么 乌鲁
tere　i　enduri aniya　abka　enduri bume　uru
她　的　神　年　天　神　给　是

德勒 衣　乌春衣　包霍毛　唐古 嘎思哈 布么 乌鲁
tere　i　ucun　borhombie tanggū gasha bume uru
她　的　歌　聚集　百　鸟　给　是

德勒 衣　德 莫林　唐古　古鲁古　布么　乌鲁
dere　i　de morin　tanggū　gurgu　bume　uru
她　的　在马　百　兽　给　是

汉译：是神鹰给她的精力，是鱼神给她的水性，是阿布卡赫赫给她的神寿，是百鸟给她的歌喉，是百兽给她的坐骥。

唐古　额勒德木　则木其　恶赫
tanggū erdemu　wempi　ehe
百　技艺　教化　坏

唐古　阿里 包锁霍
tanggū alin　boconggo
百　山　颜色

唐古　白搭　申克　孙克
tanggū baita　šengge　šungke
百　事　预知者　通达

唐古　　忙嘎　　图发莫　沙哈
tanggū　mangga　doigošome　saha
百　　　难　　　预先　　知道

洽拉器　恩都力　给孙　　多德恩比
carki　　enduri　gisun　donjimbi
鼓板　　神　　话　　听见

汉译：百技除邪，百事通神，百难卜知，恰拉器传谕着神示。

吉勒敏　　布任必　乌克　苏拉
jiramin　　buyembi　hukše　šumin
厚　　　爱慕　　情　深

德里给　德勒　衣　顺　恩都力　额勒德恩　安班巴　那　夫顺哈
dergi　dele　i　šun　enduri　elden　　amba　na　fosoha
东　方　的太阳　神　光　　大　地　照耀

汉译：厚爱情深呵，犹如东方的太阳神光照彻大地……

额能给　沙比衣　依能给　额林德
enenggi　sabi i　inenggi　erin de
今日　　吉祥的日　　时候

依车　比牙　依车　阿尼亚　吉哈
ice　biya　ice　aniya　jiha
新　月　新　年　　来

乌忻　巴彦　乌拉　尼玛哈　巴彦　乌离　巴彦
usin bayan ula nimaha　bayan　uli bayan

田地 富足　江　鱼　　富足　弓弦 富足

哈哈 沙里甘居　多罗 库鲁
haha　sarganjui　dolo kulu
男　　女儿　　礼貌 健壮的

比 恩都力 给孙　箔　窝车库　乌勒本　给苏勒勒
bi　enduri gisun　be　weceku　ulabun　　gisunrere
我们 神　话　　把　神　　传记　　演唱着

嫩德　博额　德音姆 萨玛　恩都力 乌勒本 恩都力 克朱勒勒
nenden boo be deyeme saman　enduri　ulabun enduri　ejerere
首先　博额　德音姆 萨满　神　谕　神　　记录

达呼莫　给孙勒勒
dahūmbi　gisunrere
重复　　要说的

汉译：在这吉祥的日子里，新年新月来，田地充足，江鱼富足，弓箭满仓，儿女懂礼健康。我们传承着神本子中神灵的教谕，博额德音姆大萨满把"窝车库乌勒本"重复讲述出来。①

---

① 　该段在 2009 年版《天宫大战》、《萨满教女神》、《萨满教与神话》中都未找到汉文翻译。2009 年版《天宫大战》头腓凌的汉字记音满文部分留存相应内容。

拙腓凌(第二腓凌)

扎兰 衣 朱勒革 唉 必
jalan i julergi ai bi
世上 的 前   什么 有

朱勒古 朱勒古 额林 德
julge   julge   erin de
早先   从前   时候

汉译：世上最先有的是什么？最古最古的时候是什么样？

乌鲁 阿布卡 阿户 巴那 阿户
uru abka   akū bana akū
是   天   没有 土地 没有

木克 窝本刻 乌鲁
muke obonggi uru
水   泡   是

阿布卡 木克 格色
abka   muke gese
天   水   相同

木克 阿布卡 格色

muke abka gese

水　　天　　相同

阿布卡 木克 朱禄 西兰 毕

abka muke juru siran bi

天　　水　　双　接连 有

木克 额任　标勒色莫　格色

muke ele　bilgešembi　gese

水　所有　水满将溢　同样

汉译：世上最古最古的时候是不分天、不分地的水泡泡，天像水，水像天，天水相连，像水一样流溢不定。

木克 窝本刻 苏都哈毕

muke obonggi suihenembi

水　泡　　生长

木克 窝本刻 拉巴那

muke obonggi labdulambi

水　泡　　多加

木克 窝本刻 都林巴　阿布卡 赫赫　板金布哈

muke obonggi dulimba abka hehe banjibuha

水　泡　　中间　阿布卡 女人　生出来

汉译：水泡渐渐长，水泡渐渐多，水泡里生出阿布卡赫赫。

衣 木克 衣　窝木刻　阿沙格 格色
i　muke　i　obonggi　ajige　gese
她　水　的　泡　　小　　同样

衣　窝木毕　额勒 巴宁　额勒 安巴
i　obonmbi　ele baningge ele　amba
她　水泡　　越　原来　越　大

汉译：她像水泡那么小，可她越长越大。

木克 巴那 毕
muke bana bi
水　地　有

木克 窝木刻 巴那　毕
muke obonggi bana　bi
水　　泡　　地　有

阿布卡 赫赫　乌合里　毕
abka　hehe　uheri　bi
阿布卡 赫赫　都　　有

汉译：有水的地方，有水泡的地方，都有阿布卡赫赫。

衣 阿济格 阿济格 木克 塔娜　格色
i　ajige　ajige　muke tana　gese
她　小　　小　　水　珍珠 同样

衣 郭勒敏　郭勒敏 得恩　安巴 扎兰
i　golmin　golmin den　amba jalan

她　长　　长　高　　大　世界

衣　安巴　阿布卡 扎兰　库布林　额赫勒毕
i　amba　abka　jalan　kūbulin eherembi
她　大　天　世界　变化　变

汉译：她小小的像水珠，她长长的高过寰宇，她大得变成天穹。

衣　箔热　德顿恩刻衣 扎兰　诺毕
i　beye　dekdembi　jalan　neombi
她　身体　飞起　世　游荡

衣 箔热　津其 木克 多罗 苏木其
i　beye　jingji muke dolo　šumci
她　身　重　水　里　坠入

汉译：她身轻能飘浮空宇，她身重能沉入水底。

巴那 阿户 必 阿户
bana akū　bi akū
地方 没有 有 没有

巴那 阿户 必 阿户
bana akū　bi akū
地方 没有 有 没有

汉译：无处不在，无处不有，无处不生。

衣　箔热 发扬阿 拖莫勒浑 沙　拉库
i　beye fayangga tuwame　ša　lahū

她　身体　灵魂　看守　　瞧 不善于

阿济格 木克 塔娜 德
ajige　muke tana　de
小　　水　　珠　在

那丹 布出　恩都力 额勒特恩
nadan boco　enduri　elden
七　彩　　神　　光

乌鲁 拖莫勒浑　团必
uru　tomorhon　tuwambi
是　　清楚　　看

汉译：她的体魄谁也看不清，只有在小水珠里才能看清她是七彩
神光①

衣　苏克顿 图门　围勒　母特莫　班金哈
i　sukdun tumen weile　muteme　banjiha
她　气　万　　物　　完成　　生

额勒特恩 图门　白塔　母特莫　班金
elden　　tumen baita　muteme banji
光　　　万　　事　　完成　　生

箔热 图门 白塔　母特莫　班吉哈
beye tumen baita muteme　banjiha
身体 万　事　完成　　生

————————————

① 汉字记音满文无"白蓝白亮，湛湛"相对应的文字。

汉译：她能气生万物，光生万物，身生万物。

安巴	扎兰	多里	图门	围勒	乌木西	拉巴那
amba	jalan	dorgi	tumen	weile	omosi	labdu
大	世界	里	万	物	众孙	多

包拉阔	突兰给	特勒痕赫
bolgo	duranggi	delhembi
纯净	混浊	分开

包拉阔	包拉阔	洼西哈
bolgo	bolgo	wesiha
纯净	纯净	上升

特勒痕	特勒痕	洼西毕
delhen	delhen	wasibumbi
分开	分开	下降

额勒特恩克	洼西哈	它拉芒	苏克敦	洼西毕
eldengge	wesiha	talman	sukdun	wasibumbi
光辉	上升	雾	气	下降

德勒给	包拉阔	窝吉勒	突兰给
dergi	bolgo	fejergi	duranggi
上	纯净	下	浊

汉译：空宇中万物愈多，便分出清浊，清清上升，浊浊下降，光亮上升，雾气下降，上清下浊。

额德克　阿布卡 赫赫 窝吉勒 箔热 巴那 姆　赫赫 沙勒 甘　恩都力
ede　　abka　hehe fejergi beye bana eme hehe sargan jui　enduri
于是　　阿布卡 女人 下　　身　土地 母亲 女人 女 孩子　　神

瓦卡查莫　　班吉哈
hūwajame　banjiha
裂　　　　　生

汉译：于是，阿布卡赫赫下身又裂生出巴那姆赫赫。

额德克 包拉阔 额勒特恩克　阿布卡 包哈 包毕
ede　　bolgo eldengge　　abka　obuha torimbi
因此　　纯净　光　　　　　天　　成为 漂浮

突兰给　它拉芒 那　包哈
duranggi talman　na　obuha
浊　　　雾　　地　成为

阿布卡 巴那 恩都林威　必赫
abka　bana enduringge　bihe
天　　地　圣　　　　有

汉译：这样，清光成天，浊雾成地，才有了天地姊妹尊神。

包拉阔 包拉阔 苏克敦 乌鲁
bolgo bolgo　sukdun uru
纯净　纯净　气　是

沙延　额勒特恩 革混　乌鲁
šanyan eldengge　gehun　uru

白　　光　　明亮　　是

苏克敦　　阿布卡　德诺哈
sukdun　abka　dekdeha
气　　　天　　浮

额勒特恩 额勒特恩 德　沙旦哈
elden　　　elden　　de　sarašaha
光　　　　光　　　的　游玩

苏克敦　其箔申　额勒特恩　哈勒混
sukdun　cibsen　elden　　olhon
气　　　静寂　　光　　　干燥

苏克敦 衣立非 额勒特恩　牙步哈
sukdun　ilifi　elden　　yabuha
气　　　止　　光　　　　行

苏克敦　衣　额勒特恩　朱禄 特莫涩哈
sukdun　i　elden　　juru　temšeha
气　　的　光　　　对　　争夺

苏克敦　衣 额勒特恩　特勒肯
sukdun　i　elden　　tereci
气　　的　光　　　因此

阿拉差哈 乌特海衣
aljaha　　uthai
分离　　　立刻

汉译：清清为气，白光为亮，气浮于天，光浮于光，气静光燥，气止光行，气光相搏，气光骤离。

阿布卡	赫赫	德勒给	箔热
abka	hehe	deleri	beye
阿布卡	女人	上	身体

卧勒多	妈妈	沙里甘	西力①恩都力	瓦卡查莫	班金哈
elden	mama	sargan	siri enduri	hūwajame	banjiha
光	祖母	女儿	西力　神	破裂	生

乌勒滚	库离	布莫	衣立	勒库
urgun	kooli	bume	ilibu	lahū
喜欢	规则	给	停止	不善于

阿布卡	巴那	德	苏勒德哈
abka	bana	de	šurdeme
天	地	在	围绕

革痕	额车勒莫	卡达拉哈
gehun	acalame	kadalaha
明亮	共同	掌管

汉译：于是，阿布卡赫赫上身裂生出卧勒多赫赫，好动不止，周行天地，司掌明亮。

阿布卡	赫赫	巴那	姆	赫赫	卧勒多赫赫
abka	hehe	bana	eme	hehe	eldun hehe

---

① 卧勒多赫赫，也叫希里女神。希里，无考。

阿布卡 赫赫 地 母亲 赫赫　卧勒多赫赫

革色　　箔热　　革色　夫赫赫
gese　　beye　　gese　　fulehe
相似的 身体　相似的　　根

格色　突其　簿
gese　tuci　be
相似的 出现　把

革色 依勒都哈 革色　突其 簿　革色 比
gese　iladuha　gese　tuci　be　gese　bi
相似的 交错着 相似的 出现 把　同样 有

革色　　班金哈　革色 达巴库离
gese　banjinha　gese　dabkūri
相似的　生活　相似的 重叠的

汉译：阿布卡赫赫、巴那姆赫赫、卧勒多赫赫，同身同根，同现同显，同存同在，同生同孕。

阿布卡 衣 苏克敦 突给　班金哈
abka　i　sukdun　tugi　banjiha
阿布卡 的　气　云彩　生

霍缩离　　霍洛　涩力　班金哈
hosori　　holo　šeri　banjiha
肤屑　　山谷　泉　生

卧勒多 阿布卡 赫赫 衣　牙沙 白达哈
eldun　abka　hehe　i　yasa baitalaha
卧勒多 阿布卡 女人 的　眼睛　用

顺　比牙　那丹 那拉呼　发拉布莫 班金哈
šun　biya nadan naihū　falabume banjiha
日　月　七　星　放　生

依兰 恩都力　郭达莫　班金哈
ilan　enduri　kadalame banjiha
三　神　管理　生

郭达莫　胡瓦萨哈
kadalame hūwašaha
管理　养育

胡瓦萨哈 安巴 明安　必
hūwašaha amba minggan bi
养育　大　千　有

汉译：阿布卡气生云雷，巴那姆肤生谷泉，卧勒多用阿布卡赫赫眼睛发布生顺、毕牙、那丹那拉呼，三神永生永育，育有大千。

依兰腓凌(第三腓凌)

扎兰 唉　哈哈 必
jalan ai　haha bi
世上 什么 男人 有

唉　赫赫　必
ai　hehe　bi
什么 女人 有

乌米雅哈 古鲁古必
umiyaha　gurgu bi
虫　　　兽　有

沙勒卡奔　必
salgabun　bi
禀赋　　　有

汉译：世上怎么有了男有了女？有了虫兽？有了禀赋呢？

阿布卡 赫赫 巴尼泰　郭心哈
abka　hehe　banitai　gosiha
阿布卡 女子 性　　仁慈

巴那 姆　赫赫　巴尼泰 勃里任
bana eme hehe　banitai beliyen
地　母亲 女人　本性　痴

臣①勒多 赫赫　巴尼泰 哈坛
eldun　　hehe　banitai　hatan
卧勒多　女人　本性　烈

汉译：阿布卡赫赫性慈，巴那姆赫赫性酣，卧勒多赫赫性烈。

都勒 依兰恩都力
dule　ilan enduri
原来　三　神

班金　白塔　阿昌　户顺　依思混　德
banjin baita　acana　hūsun　isabuhe　de
生　　物　　相合　力量　使聚集　把

布拉初合
boljohe
约定

巴那 姆　赫赫　阿母嘎　革德拉库
bana eme hehe　amga　getelakū
地　母亲 赫赫　睡觉　不醒

阿布卡 赫赫　衣　卧勒多 赫赫
abka　hehe　i　eldun　hehe

---

① 应为"卧"。

阿布卡 女人　和　卧勒多 赫赫

朱　恩都力 尼亚勒玛　箔　阿兰哈
juwe enduri　niyalma　be　araha
两个　神　人　把　造

汉译：原来三神生物相约合力，巴那姆赫赫嗜睡不醒，阿布卡赫赫和卧勒多赫赫两神造人。

特勒窝 郭罗
tuktan　goro
起初的　远

乌合力　赫赫　班金莫 吉合
uheri　hehe　banjime jihe
总的　女人　生　来

赫赫　巴尼泰　郭心哈 衣 哈坛
hehe　banitai　gosiha　i　hatan
女人　性　慈　的 烈

汉译：最先生出来的全是女的，所以，女人心慈性烈。

巴那 姆　赫赫　革特恩 必
bana eme hehe　geten　bi
地 母亲 女人　醒　有

尼亚勒玛 白搭　郭心　阿勒哈 额云 嫩　吉哈
niyalma baita　gūnin　araha　eyun non　jiha
人　事　想　造　姐姐 妹妹 来

达哈莫　额勒特恩　阿户　班金哈
dahame　elden　akū　banjiha
跟随着　光　无　生

阿布卡　嘎思哈　巴那　古鲁古　包浑　乌米雅哈　班金哈
abka　gasha　bana　gurgu　boihon　umiyaha　banjiha
天　鸟　地　兽　土　虫　生

依浓给　乌勒滚　阿木嘎
inenggi　urgun　amga
日　喜欢　睡觉

牙木吉　吉莫　阿沙桑
yamji　jime　aššasang
夜晚　出来　活动

汉译：等巴那姆赫赫醒来想起造人事，姐妹已走，情急催生，因无光而生，生出了天禽、地兽、土虫，都是白天喜睡，夜出活动。

达哈莫　阿布卡　赫赫　衣　巴尼泰　郭心　阿户
dahame　abka　hehe　i　banitai　gosi　akū
跟随着　阿布卡　女人　的　性　慈　没有

依斯浑德　阔刻勒莫　依斯浑德　哲克
ishunde　kokirame　ishunde　jembi
相互　残害　相互　吃

乌朱①雅哈 衣　阿济格 古鲁古 额勒德恩 依斯春
umiyaha i　ajige gurgu　elden　isembi
虫　　的　小　兽　　光　　怕

汉译：因无阿布卡赫赫的慈性，相残相食，暴殄肆虐，还有虫类小
兽惧光怕亮。②

特恩特克　革离 阿达拉莫 哈哈 必
tentekengge geli　adarame haha bi
那样的　　又　为何　男人 有

汉译：那么又怎么有了男人呢？

阿布卡 赫赫 扎兰　特　赫赫 班金莫　乌鲁依　团哈
abka　hehe jalan te　hehe banjime　urui　tuwaha
阿布卡 女人 世上 现在　女人 生　　只是　看见

箔热 其　额姆 牙利 傲钦③ 沙里甘 恩都力　班吉嫩哈
beye ci　emu yali aci　sargan enduri　banjinha
身体 从　一个 肉 敖钦　女儿　神　　　生

汉译：阿布卡赫赫见世上光生女人，就从身上揪块肉做个敖钦女神。

那丹 乌朱 班吉哈
nadan uju banjiha
七个 头 生

---

① 疑为"米"。
② 汉语"癖好穴行"无对应汉字记音满文，因此未译。
③ 傲钦由 acimbi 变化而成，为"驮"之意。敖钦与此同。

额勒 乌朱 必 阿木嘎
ele uju bi amgara
这个 头 有 要睡觉

乌朱莫 阿木拉库
ujume amgarakū
头 不睡

汉译：生九①个头，这样就可以有的头睡觉，有的头不睡觉。

卧勒多其 箔热 牙利 布哈
eldun ci beye yali buha
卧勒多从 身上 肉 给了

扎坤 （梅勒） 达巴西
jakūn （meiren） tembi
八 肩（臂） 做

阿木 拉库 比西勒勒 嘎拉 随拉莫
amga lakū bisire gala suilame
睡 不 有的 手 辛苦

特热 必 比西勒勒 衣 嘎拉 随拉莫 做布母哈
teyen bi bisire i gala suilame jobomha
安逸 有 所有 的 手 辛苦 辛苦了

汉译：还从卧勒多女神身上要的肉，给她做了八个臂，有的手累了歇息，有的手不累辛勤劳碌。

---

① 汉译为九个头，汉字记音满文则为"七"之意。

衣 突瓦给都哈 巴那 姆 赫赫 箔热 额箔勒
i tuwakiyabuha bana eme hehe beye ebele
她 守候 土地 母亲 赫赫 身 这边

巴那 姆 赫赫 额衣其簿 艾其 簿 阿琴布莫 阿木 拉库
bana eme hehe eicibe aciha be acibume amga rakū
巴那 母亲 女人 总是 驮子 把 驮 睡 不

汉译： 让她侍守在巴那姆赫赫身旁，使巴那姆赫赫总被推摇，酣不成眠。

额勒 阿布卡 赫赫 衣 卧勒多 赫赫 革木
ere abka hehe i eldun hehe gemu
这时 阿布卡 女人 和 卧勒多 女人 一同

巴那 姆 赫赫 哈哈 箔 阿拉哈
bana eme hehe haha be araha
地 母亲 女人 男人 把 造

汉译： 阿布卡赫赫、卧勒多赫赫这回同巴那姆赫赫造男人。

巴那 姆 赫赫 箔热 额箔勒 必 敖钦 沙勒甘 恩都力 阿木嘎 沙拉库
bana eme hehe beye ebele bi aci sargan enduri amga sarakū
地 母亲 女人 身 旁 有 敖钦 妻子 神 睡 不知

额云 嫩 霍敦 哈哈 箔 阿拉库 索勒给布哈
eyun non hūdun haha be arakū šorgibuha
姐姐 妹妹 快点 男人 把 造 催

汉译： 巴那姆赫赫身边有捣乱的敖钦女神，不得酣睡，姐妹在一旁催促快造男人。

衣 额木 哈拉巴 衣 窝赫　夫尼叶赫　扎凡必
i　emu　halba　i　oho　funiyehe　jafambi
她 一个 肩胛骨 和 腋毛　须发　　用手抓

嘎拉 衣　昌卡　额克涩 拉库
gala　i　canggi　ekšun　rakū
手　的　只有　可厌的　不

额云 嫩 衣　郭心　牙利
eyun non i　gosin　yali
姐　妹的　慈　肉

哈坛 牙利 额木　哈哈　门其莫　班吉纳哈
hatan yali emu　haha　monjime　banjiha
烈　肉 一个男人　揉　　生

汉译：她忙三迭四不耐烦地顺手抓下一把肩胛骨和腋毛，和姐妹的慈肉、烈肉，揉成了一个男人。

图特都 哈哈　巴尼泰　哈坛　尼雅满　郭心
tuttu　haha　banitai　hatan　niyaman gosiha
那样的 男人　本性　烈　　心　慈

箔热 额都浑 朱克都 赫赫 其
beye　etuhun　juktu　hehe　ci
身体　强　　厚实的 女人 比

薄达哈莫 吉兰给　班吉纳哈 乌鲁
badarame giranggi banjiha uru
　繁育　　骨头　　生　　是

汉译：所以，男人性烈、心慈，还比女人身强力壮，因是骨头做的。[①]

哈哈　赫赫　郭罗 夫尼叶赫　拉巴那
haha hehe gūla funiyehe labdu
男人　女人　本身　须发　　多的

汉译：所以，男人身上比女须发鬓毛多。

哈拉巴 巴那　姆　赫赫　箔热　哇拉　给德布哈
halaba bana eme hehe beye wala gidabuhe
肩胛骨 巴那 母亲 女人 身体 下　 压，令给

哈拉巴 其发航 必
halba cifahan bi
肩胛骨 泥　 有

突德都 哈哈 其 赫赫　其发航 拉巴都
tuttu haha ci hehe cifahan labdu
所以　男人 比 女人　泥　　数量大

尼雅满　赫赫 其 哈卡桑　额合
niyalman hehe ci haksan ehe
心　　　女人 比 阴险　　恶

---

① 汉字记音满文缺失"不过是肩骨和腋毛合成的"的对应句子。

汉译：巴那姆赫赫躺卧把肩胛骨压在身下，肩胛骨有泥，所以，男人比女人浊泥多，心术比女人巨测。

阿布卡 赫赫　给孙 额勒　哈哈 阿户
abka　hehe　gisun ele　haha akū
阿布卡 女人　言说 这个　男人 不

哈哈 衣　赫赫 松郭离　喀突巴
haha i　hehe songkoi　katun
男人 比　女人 遵照　　健壮

卧勒多 赫赫　哈哈　唉　突伦　沙拉库
eldun hehe　haha　ai　durun　šarakū
卧勒多 女人　男人　什么 样子 不知道

汉译：阿布卡赫赫说：男人不同女人在哪啊？卧勒多赫赫也不知男人啥样？

巴那姆　赫赫 阿布卡 嘎思哈 巴那 吉鲁古 薄得　乌米雅哈 塔其莫
banaeme hehe　abka　gasha　bana　gurgu boihon umiyaha　tacime
巴那姆　赫赫　天　鸟　　地　兽　土　　虫　　学习

郭心哈　哈哈　阿拉哈
gūninaha haha　araha
想　　男人　造

汉译：巴那姆赫赫便想到学天禽、地兽、土虫的模样造男人。

哈哈　额木　索索　毕　箔
haha　emu　coco　bi　be
男人　一个　阴茎　有　啊

衣　额木　牙利　扎发哈
i　emu　yali　jafaha
她　一块　肉　抓

木克　尼热赫　衣　赫夫里　多罗　扎布卡
muke　niyehe　i　hefeli　dolo　jabduka
水　鸭子　的　肚子　里头　顺手

图特都　木克　尼热赫　衣　索索　赫夫里　多罗　班金哈
tuttu　muke　niyehe　i　coco　hefeli　dolo banjiha
那样的水　鸭子　的　阴茎　肚子　里头　生

汉译：男人多一个"索索"，她抓身上一块肉，闭着眼睛一下子①摁进水鸭子肚底下，所以水鸭类的索索都长在肚腔里。

额云　嫩　额木衣　该力　瓦卡　乌鲁阿户　特克斯　给苏勒克
eyun non　emgi　geli wakala urunakū　tešara　gisureka
姐　妹　一起　又　责备　必定　错　说

衣　额木　那拉浑　吉兰给　母克山　箔热　额尼热痕　布库
i　emu　narhūn　giranggi　mukšan　beye　eniyen　buhū
她　一个　细细的　骨　棍　身体　母　鹿

———————

① 汉字记音满文部分缺失"摁在山雉乌勒胡玛身上。所以，山鸡屁股上多个鸡尖和一个小肉桩；姐妹说摁错了，她又抓下一块肉"。

赫夫里　多罗　瓦拉　扎布卡
hefeli　dolo　wala　jabduka
肚子　里头　下　顺手

额尼热痕 布库　木罕　布库　库布林色克
eniyen　buhū　muhan buhū　kūbuliseke
母　鹿　公　鹿　变成了

汉译：姐妹又埋怨说摁错了，她抓下一块细骨棒摁到了身边的母鹿
肚子底下，母鹿变成了公鹿。

额勒 其 朱勒西
ere　ci　jule
此时 从　往前

西勒嘎 布库　交 罕达罕 衣 木罕 索索 尼莫楚克 乌勒莫 格色
sirga　buhū　gio kandahan i　muhan coco nimecuke ulme gese
獐　鹿　狍狋　的公 阴茎 利害　针 相同

塔春其 阿库
dacun　akū
锋利　无

汉译：从此凡是獐鹿狍狋类雄性的"索索"像利针，① 锋利无比。

额云 嫩　拉巴都 房缠库 额勒 额林德 巴那　姆 赫赫 给达母哈
eyun non calabumbi fancabu　ele　erinde　bana eme hehe gidaha
姐 妹 差错　生气 愈加 时候 土地 母亲 赫赫　压

---

① 汉字记音满文缺失"常在发情时刺毙母鹿"的对应部分。

箔热　比干　勒夫　都给　郎刻　德里　额木　索索
beye　bigan　lefu　du　langgake　dele　emu　coco
身体　原野　熊　胯骨　取　上头　一个　阴茎

本克德　木克德　凯哈
bekde　bakda　gaiha
手忙脚乱的样子　要

哈哈　都哈郎刻　德里　特布哈
haha　durungga　dele　tebuhe
男人　型　上　装

汉译：姐妹俩又生气说给安错了，巴那姆赫赫这时才苏醒过来，慌慌忙忙从身边的野熊胯下要了个"索索"，给男人安上了。①

图特都　哈哈　衣　索索　勒夫　衣　索索　郭勒敏　窝浑伦　都伦　格色
tuttu　haha　i　suosuo　lefu　i　coco　golmin　foholon　durun　gese
那样　男人的　索索　熊　的　阴茎　长　短　模样　同样的

勒夫　其　箔热　德勒　朱凡　凯哈　乌鲁
lefu　ci　beye　dere　juwen　gaiha　uru
熊　从　身体上　借　要　是

汉译：所以，男人的"索索"跟熊黑的"索索"长短模样相似，是跟熊身上借来的。②

---

① 汉译为"给她们合做成的男人型体的胯下安上了"。
② 汉译部分还有"所以，兽族百禽比人来到世上早"，该句无对应汉字记音满文。

都音腓凌(第四腓凌)

扎兰 德 达 德里奔 耶鲁里① 阿达拉莫 班金比
jalan de da deribun iruri adarame banjimbi
世界 在 元 始端 恶魔 如何 生

乌莫西 额勒赫 窝恩浑 衣巴干 胡涂 窝 乌鲁
umesi ehe ošon ibagan hutu we uru
最 恶 暴虐 怪 鬼 谁 是

汉译：世上最早的恶魔怎么生的？最凶的魔鬼是谁？

敖钦 沙里甘 恩都力 乌云 乌朱
aci sargan enduri uyun uju
敖钦 妻子 神 九 头

百塔 郭你哈 唐（古）嘎恩哈②唐古 古鲁古 都伦 特恩哈
baita gūniha tanggū gasha tanggū gurgu dule tehereha
事 想 百 鸟 百 兽 原来 相当

_____

① irumbi，下沉之意，iruri 指耶鲁里。
② 疑为嘎恩哈。

亚沙 额林德　毛楼 哈必
yasa　erinde　morombi
眼睛　时时　睁圆

山额林德　顿吉哈太
šan　erinde donjimbi
耳朵 时时　听着

窝佛洛　额林德 里 顿其哈必
oforo　erinde　i　donjimbi
鼻子　时时　有　闻着

昂阿 额林德 里　哲克必
angga erinde　i　jembi
口　　时时　有 吃东西

汉译：敖钦女神九个头颅，想的事超过百禽百兽，眼睛时时有睁着的，耳朵时时有听着的，鼻子时时有闻着的，嘴时时有吃东西的。

图特都 衣 唐古嘎思哈 唐古古鲁古　拉巴都　沙延　它其哈必
tuttu　　i tanggū gasha　tanggū gurgu　labdu　šanyan　tacimbi
那样　　的　百　鸟　百　兽　多　白　学习

莫勒根 乌拉黑苏　衣　额思勒痕
mergen　ulihicun　i　esike
智慧　灵性　的　够了

汉译：所以，她把百禽百兽的智慧和能耐都学通了。

衣　嘎拉　巴那　姆　赫赫　额林 德里　阿琴给布哈
i　gala　bana eme　hehe　erin dari　acinggiyabuba
她　手　　土地 母亲 女人　时　每　　　摇动

衣　巴那　姆　赫赫　额衣其薄　图哇给扬哈
i　bana eme hehe　eicibe　　tuwakiyaha
她　土地 母亲 女人　总得　　　看守

若罗　若克托 阿库　额衣其箔　巴勒给扬哈
noho　yokto　akū　eicibe　　bargiyatambi
总是　兴趣　没有　总得　　　收拢

额莫母　额林 德 吉利　班金莫　沙吉勒 沙哈
ememu　erin　de　jili　banjime　jamara　suru
有些　　时候 在 生气　生　　　吵闹　吼

汉译：她的手时时推摇巴那姆赫赫，她总看守巴那姆赫赫，有时就
发怒吼闹。

衣　箔热　阿布卡　赫赫 衣　卧勒多　赫赫　吉赫
i　beye　abka　hehe　i　elden　hehe　jihe
她　身体 阿布卡 女人 和　卧勒多 女人　来

突给 苏克顿　衣　哈坛 拖阿　发利良哈
tugi sukdun　i　hatan tuwa　juliyaha
云　气　　　和　烈 火　　吐出

巴那　姆　　赫赫 衣　额勒浑　农嫩嘎
bana eme　hehe i　elehun　nerebumbi
土地 母亲 女人 的　安然的　加害

汉译：因她身子来自阿布卡赫赫和卧勒多赫赫吐出的云气和烈火，更伤害巴那姆赫赫的宁静。

巴那　姆　赫赫　衣　额勒浑　　农嫩嘎
bana eme hehe i elehun nerebumbi
土地 母亲 女人 的　安然　　加害

巴那　姆　赫赫　　达勒 敖钦 赫赫 恩都力 依差浑沙哈
bana eme hehe dele aci hehe enduri faihacaha
土地 母亲 女人　上　敖钦　女　神　烦躁

吉利 苏克敦　瓦拉
jili sukdun wala
生气 气　　下

箔热 德勒 衣 安巴 阿林 哈达　百达拉莫 突哈
beye dele i amba alin hada baitalame tantaha
身体 上头 的　大　山 石砬子　用　　责打

汉译：巴那姆赫赫本来就烦恶敖钦女神，一气之下用身上的两大块石砬子打过去。

突姆　朝克其　黑扬 敖钦 赫赫 恩都力 乌朱 衣　额姆 威赫
emu cokcohon fiyaša aci hehe enduri uju i emu uihe
一个　陡壁　　山 敖钦 女　神　头 的　一个角

阿布卡 卧勒多 色合浑 西西哈
abka niohon šehun sisiha
天　苍天 旷地　插

阿楚　额姆　安巴　朝克其　黑扬

encu　emu　amba　cokcohon fiyasha

另　　一个　大　　陡壁　　山墙

敖钦　赫赫　恩都力　衣　赫夫里　瓦拉　给达布哈　索索　额赫勒哈

aci　hehe enduri　i　hefeli　wala gidabuha　coco　ehelehe

敖钦　女　神　　的　肚子　下　被压　阴茎　变成了

汉译：一块山尖变成了敖钦女神头上的一只角，直插天穹；另一块大石尖压在敖钦女神肚下，变成了"索索"。

敖钦　赫赫　恩都力　吉　朝克　　黑扬　突布哈

aci　hehe　enduri　juwe cokcohon fiyasha tantaha

敖钦　女　　神　　两　高出的地方　山　　打

恩都力　都伦　诺哲　　额赫勒哈

enduri dulun　nergin　ehelehe

神　　模样　马上　变

额姆威赫　乌云乌朱

emu uihe　uyun uju

一　角　　九　头

扎坤　达巴西　衣　吉　巴尼泰　阿拉顿嘎

jakūn　dabsi　i　juwe　banitai　araduha

八　　臂　　的　两　性　　造

汉译：敖钦女神被两块山尖一打，马上变了神形，一角九头八臂的两性怪神。

衣　箔热　索索　　必
i　beye　coco　bi
她　身体　阴茎　有

箔热　母特莫　班金哈
beye　muteme　banjiha
身体　完成　　生

箔热　母特莫　呼瓦沙哈
beye　muteme　hūwašaha
身体　完成　　培养，培育

汉译：她自己有"索索"，能自生自育。

革离　必　箔　阿布卡　赫赫　卧勒多　赫赫　巴那　姆　赫赫
geli　bi　be　abka　hehe　eldun　hehe　bana　eme　hehe
又　有　把　阿布卡　女人　卧勒多　女人　土地　母亲　女人

箔热　　达拉　吉兰给　牙利　发扬嘎　必
beye　dele　giranggi　yali　fayangga　bi
身体　上　骨　肉　魂　有

汉译：又有阿布卡赫赫、卧勒多赫赫、巴那姆赫赫身上的骨肉魂魄；

乌云　乌朱　必
uyun　uju　bi
九　头　有

唐古　　发卡西　唐古　额勒德姆　　发卡莫　　塔其哈
tanggū　faksi　tanggū　erdemu　　faksalame　taciha
百　　　巧　　百　　才　　　　分析　　　学习

汉译：又有九头学到百能百技；

威赫 必　阿布卡　卧勒多　安巴　巴那　卡卢莫　　额夫勒哈
uihe bi　abka　　eldun　　amba　bana　karmame　efuleha
角　有　天　　光　　大　地　　保护　　　毁坏

巴那 姆　赫赫 阔罗 吉达拉哈
bana eme hehe koro　gidalame
土地 母亲 女人 伤　扎、刺

巴那 姆　赫赫　额夫罗 多罗　衣薄莫　　额鲁沃德哈
bana eme hehe　hefeli　dolo　ibembi　eruwedeha
土地 母亲 女人　肚子　里头　前进　　　钻

汉译：有利角可刺破天穹大地，刺伤了巴那姆赫赫，钻进巴那姆赫赫肚子里。

衣 箔热 班金哈　箔热 呼瓦萨哈　布朱　巴加　德母恩
i　beye banjiha　beye hūwašaha　buju　baja　demun
她 身体 生活　身体 生　　数不尽的　　怪样

都力 衣 特勒 阿达利　班金哈
dolo　i　tere　adali　　banjiha
里头 的 它　相同　　生

汉译：她自生自育，生出无数跟她一样的怪神。

额勒　乌云 乌朱 胡涂　衣巴干 耶鲁里　安巴 恩都力
ere　uyun uju hutu　ibagan iruri　amba enduri
这个　九　头　恶　鬼　耶鲁里　大　神

衣　巴尼　突佛卡给
i　banin dufedekagi
它　天性　淫

汉译：它就是九头恶魔神，无往不胜的耶鲁里大神，它性淫暴烈。

苏克敦 马牙哈 阿布卡　母克敦哈　额勒 突斯深
sukdun mayaha abka　mukdeha　ele tucisen
气　消失　天　升起　一切　出来

衣　额勒敦 马牙哈 顺　母特莫　多其哈
i　elden mayaha šun　muteme tuciha
它　光　消失 太阳　完成　出来

衣　威赫　白塔哈　母特莫　巴那 多其哈
beye uihe　baitalaha muteme　bana tuciha
身体 角　用　完成　地　现出

汉译：能化气升天，能化光入日，能凭角入地。

衣兰 赫赫 恩都力　依色　拉库
ilan hehe enduri　iseleme　rakū
三　女　神　抗拒　不

额勒门嘎　赫赫　恩都林克　给达涩　莫完哈
elemangga hehe endurise gidaha mohoha
反而　　　女　　神们　　　压　　竭尽

汉译：对三女神毫不惧畏，反而欺凌诸女神。

巴那 母　赫赫 黑离　阿木嘎　额给沙卡 母特拉库
bana eme hehe hiri amga ekiyaka muterakū
土地 母亲 女人 酣睡　令睡　宁静地　不能

耶鲁里 安巴　恩都力　特勒 那 吉里布
iruri amba enduri tere na jilimbi
耶鲁里 大　神　　他 地 怒

哈莫 阿林 阿金给扬莫 德克德 布哈
hame alin akjandame tekde buha
摇　山　打雷　　腾　起

额顿　扎克占　都音 西察莫
edun akjan duin sicame
风　雷　　四　震

顺　必牙 额勒德恩 阿户
šun biya elden akū
太阳 月亮 光　　没有

德音 乌西哈 阿布卡 扎鲁伦嘎
duin usiha abka jalungga
四　星星　天　　满的

图门　　扎卡　都箔哈
tumen　jaka　gukuha
万　　　物　　灭亡

汉译：巴那姆赫赫再不能宁静酣眠了，耶鲁里大神闹得她，地动山摇①，闹得风雷四震，日月无光，流星满天，万物惨亡。

---

① 汉字记音，满文无汉译"肌残肤破，地水横溢"对应部分。

孙扎腓凌（第五腓凌）

扎兰 德　乌莫西 朱勒革 夫莫勒磨　阿发汉　唉 乌楼
jalan de　umesi julergi fumereme　afahai　ai uru
世上 在　最　前　混搅　连续战斗 什么 是

扎兰　德 乌莫西 付卢　发离亚太 特母涩哈 唉 乌楼
jalan　de umesi fulu　faršatai temšeha ai uru
什么 在　最　强胜　奋勇地　拼争　什么 是

汉译：世上最早的鏖战是什么？世上最惨的拼争是什么？

乌云 乌朱 敖钦 赫赫 恩都力 额姆 威赫
uyun uju aci hehe enruri emu weihe
九 头 敖钦 女 神 一 角

乌云乌朱 箔热班金哈 箔热 呼瓦萨哈 必
uyun uju banjiha beye hūwašaha bi
九 头 生 身体 生 自己

额赫 依 巴干 耶鲁里 阿拉顿嘎
ehe i bigan iruri araduha
坏 的 野 耶鲁里 造

汉译：九头敖钦女神变成了一角、九头、自生自育的恶魔耶鲁里。

依兰　赫赫　恩都力　哈达萨莫　朱布奔哈
ilan　hehe　enduri　gidašame　jobobuha
三　　女　　神　　欺负　　虐待

卧勒多　箔热　阿里莫　凯莫　巴克其拉库
eldun　beye　alime　gaime　bakcilakū
卧勒多　身体　接受　要　　不相对

汉译：凌辱三女神，她知道卧勒多赫赫①抗衡无阻。

衣　卧勒多　赫赫　额姆　乌西哈　苏户　阔其户　必　萨哈
i　eldun　hehe　emu　usiha　fulhū　gocikū　bi　jafaha
她　卧勒多女　一个　星星　口袋　袋子　有　抛

乌特海　衣　乌云乌朱　乌云　额勒顿　乌西哈
uthai　i　uyun uju　uyun　elden　usiha
立刻　的　九　头　九　光　　星

阿拉布嘎　顺　　阿达离　格色
arabuha　šun　　adali　gese
造　　　太阳　相同的　同样

阿布卡　德勒　专　　顺　必　格色
abka　dele juwan　šun　bi　gese
天　　上　十个　太阳　有　同样的

---

① 汉字记音满文缺失汉译部分文字"自恃穹宇无敌，她知道卧勒多赫赫有个布星桦皮口袋，能骗到手就可以独揽星阵，可吃、住、藏身，同阿布卡赫赫"。

汉译：卧勒多赫赫抛出一个星袋，立刻把九个头变成九个亮星，像太阳一样，天上像有了十个太阳。

阿布卡 赫赫　卧勒多 赫赫
abka　hehe　eldun　hehe
阿布卡 女人　卧勒多 女人

佛勒滚窝楚克　　沙苏勒莫 果洛哈
ferguwecuke　　sesulame　goloha
惊奇的　　　　　吃惊　　惊吓

汉译：阿布卡赫赫和卧勒多赫赫大吃一惊。

卧勒多赫赫　阿兰 固其库　霍敦　白搭哈
eldun　hehe　ala　gocikū　hūdun baitalaha
卧勒多赫赫　桦皮　袋子　　快　　用

乌云　革痕　格讷莫　特布赫
uyun　gehun geneme　tebuhe
九　　明亮　去　　　装

革痕 乌西哈 特布赫
gehun usiha　tebuhe
明亮　星　　装

衣　阿拉冈　乌能莫　牙布哈
i　alamimbi　unggime　yabuhe
她　驮　　　调遣　　行走

汉译：卧勒多赫赫忙用桦皮袋子兜去装九个亮星，亮星装进去了，刚要背走。

卧勒多 赫赫　巴那 瓦吉勒　衣薄莫　乌朱拉布哈
eldun　hehe　bana　fejergi　ibembi　ujulabuha
卧勒多 赫赫　地　下面　　前进　　带头

额勒 安巴 乌朱 若黑
ere　amba　uju　wěsen
这个　大　头　套网

突勒 耶鲁里 乌朱 乌云　毕
dele　iruri　uju　uyun　bi
上　耶鲁里　头　九　有

特勒 耶鲁里 安巴 胡顺　恩都浑
tele　iruri　amba　hūsun　etuhun
那个 耶鲁里 大　力　　强大的，高强的

卧勒多 赫赫　窝勒其 额赫勒哈
eldun　hehe　olji　eherehe
卧勒多 女人　俘虏　变成

汉译：哪知连卧勒多赫赫也给带入地下。原来兜套在耶鲁里九个脑袋上，耶鲁里力大无比，卧勒多赫赫成了俘虏。

卧勒多 赫赫 阿布卡 巴那 额勒顿克 根吉任　牙布卡　依奴
eldun　hehe　abka　bana　elden　genggiyen yabuha　inu
卧勒多 赫赫　天　地　光明　明瞭　行使　是

衣 巴那 姆　赫赫 赫色 夫勒赫　额云 嫩卡 依奴

i　bana eme hehe hese　fulehe　eyun non　inu

她 土地 母亲 女人 同　　根　姐姐 妹妹　是

汉译：卧勒多赫赫乃是周行天地的光明神，与巴那姆赫赫为同根姊妹。

耶鲁里 额勒　巴那 瓦拉 霍离布赫

iruri　　ere　bana wala horibuhe

耶鲁里 这个　地　下　囚住

衣 额勒顿嘎 若梭哈

i　elden　　fosoha

她 光　　照

耶鲁里 乌云 乌朱 德勒 亚莎　哥恩吉任 阿户 乌朱 否革哈

iruri　uyun uju dele　yasa　genggiyen akū uju farakabi

耶鲁里 九　头　上　眼睛　照亮　　不　头　晕

嘎拉　都巴　　霍敦　扎发哈　非牙 乌西哈 恩都力

gala　dobtolokū hūdun jafaha　fiya　usiha　enduri

手　大套子　快　用手抓　桦树　星　神

固其库 箔　霍敦　敦吉哈

fulhū　be　hūdun tunggiyeha

袋　把　快　捡起来

汉译：耶鲁里把她囚在地下，她的光芒照得耶鲁里九个头上的眼睛失明，头晕地旋，慌忙将抓在手上的桦皮布星神兜抛出来。

德里给其 瓦勒给 敦吉莫　 吉　格讷哈 依奴
dergi ci wargi tunggiyeme ji genehe inu
东　　从　西　　捡起来　　来　去了　　是

乌西哈 扎发哈 赫赫 恩都力 德力给 其 瓦勒给 德勒　 其　敦其哈
usiha jafaha hehe enduri dergi ci wargi dere ci tunggiyeha
星　　抓　　女　神　　东　从　西　　上　从　捡起来

乌西哈 固其库 箔 巴哈拉
usiha fulhū be bahara
星　　袋　把　得之

汉译：正巧是从东往西抛出的，布星女神卧勒多赫赫，便从东往西追赶，得到了布星袋。

额勒 其 乌西哈 德力给　木克德恩哈
ere ci usiha dergi mukdendeha
从 此 星　　东　　升腾

德里给 其　库衣布莫　胡里布哈
dergi ci koolibume guribuha
东　　从　遵例　　移动

图门　图门 阿尼亚 额勒 乌特都
tumen tumen aniya ele uttu
万　　万　　年　全部　如此

汉译：从此，星星总是从东方升起，向西方移动，万万年如此。

乌特海　耶鲁里　阿那布哈
uthai　iruri　anabuha
就　　　耶鲁里　让

乌西哈　衣　朱棍温　库衣布莫　郭吉布哈
usiha　i　jugūn　koolibume　gocibuha
星　　的　道路　　遵例　　出现

汉译：这就是耶鲁里给抛出来的星移路线。

额赫　窝思浑　衣　耶鲁里
ehe　ošon　i　iruri
恶　　暴虐　的　耶鲁里

阿布卡　发拉浑　那　布都
abka　farhun　na　buruhun
天　　昏暗　　地　暗淡

顺　比牙　乌西哈　布都　　额勒顿　阿户
šun　biya　wusiha　buruhun　elden　akū
太阳　月　星　　暗淡　　光　　无

汉译：凶暴的耶鲁里，搅得天昏地暗，日、月、星辰黑暗无光亮。

卧勒多　赫赫　耶鲁里　坛它莫　布鲁拉布哈
elden　hehe　iruri　tantame　burulambuha
卧勒多　女人　耶鲁里　打　　　败走

阿布卡 赫赫 姑尼莫　莫勒臣　新达哈
abka　hehe gūnime　mektehe　sindaha
阿布卡赫赫　想　　打赌　　征服

阿布卡 赫赫　夫力非　背哈
abka　hehe　falifi　belhe
阿布卡 赫赫　结仇　　准备

汉译：耶鲁里打败了卧勒多赫赫，又想征服阿布卡赫赫，便去找阿
布卡赫赫打赌。

加林卡 耶鲁里 乌云 乌朱 德勒 雅沙　衣　乌云 朱　莫勒根
jalingga iruri uyun uju dere yasa i uyun ju mergen
狡猾的 耶鲁里 九 头 上 眼 的 九 头 智谋

乌拉黑苏毕　西特恩　衣　特莫曷都
urahilambi sithūme　i　temgetu
探听　　专心　的 征兆

阿布卡 赫赫 衣思浑 柞木毕赫
abka　hehe　is'hun jombuhe
阿布卡 女人　向着　启发

窝 乌莫西　额勒顿 克根吉任 拖瓦莫 必木比合
we　umesi　elden　genggiyen tuwame baimbihe
谁 最 光 光明 看见 寻

阿布卡 哎　包错 乌西哈 嫩特恩　木特莫 衣勒嘎哈
abka　ai　boco usiha nenden　muteme ilgaha
天 什么 颜色 星 先于 能 分辨

那　包错　依奴
na　boco　inu
地　颜色　是

汉译：狡猾的耶鲁里凭着有九个头上的神眼和九个头的智谋，向阿布卡赫赫提出看谁最有能耐寻找到光明，看谁最先分辨出天是什么颜色，地是什么颜色。

耶鲁里 衣 巴甘 胡突 牙沙　胡顺　阿克达哈
iruri　i bigan hutu　yasa　hūsun　akdaha
耶鲁里 的 野 鬼　眼　力　　依靠

沙延　朱克　布都拖 包力　　特勒　朱克 瓦勒　必木 比赫
šanyan juhe　butu　buruhun　tere　juhe falan　bime　bihe
白色　冰　幽暗　昏暗　那个　冰 地　而且　有

它达　给任 顿督　苏克敦 朱克都 给孙勒
dade　giyan tundo　sukdun　juken　gisunre
那个　理　气　正直　正好　说

比 阿布卡 衣 巴那　依奴 哥拉浑 莫勒臣　新德母哈
bi abka　i bana　inu gelhun　mektehe　sindaha
我　天　比　地　是　整　打赌　　放之

汉译：耶鲁里凭着恶魔的眼力，在黑暗的冰块上找到了白冰，而且理直气壮地说："我敢打赌，天与地都是白色的。"

耶鲁力 德勒 布出巴哈
iruri　dele　butuleha
耶鲁里 上头 暗地里

箔热 班吉哈 箔热 达瓦萨哈
beye banjiha beye tuwašataha
身体 生　身体 照看

朱克 阿林 阿拉特恩嘎 郭罗 沙延 奥莫
juke alin aradunga gorokon šayan omo
冰　山　造　　略远的 白　湖泊

格嫩莫 姑离布赫
geneme guribuhe
去　　搬来

汉译：他让自生自育的无数耶鲁里，到遥远的白海把冰山搬来。

阿布卡 赫赫 昨巴春 诺莫浑 巴多拉库
abka hehe jobocun nomhon batalakū
阿布卡 女人 忧愁　老实的　不为敌

巴 那 巴 那 沙延 布占 依奴
ba na ba na šayan bujan inu
地　地　白色的 森林 是

沙呼伦　沙呼伦 依奴
serguwen serguwen inu
凉　　凉　　是

沙延　沙延 依奴
šayan šayan inu
白　白　是

汉译：阿布卡赫赫苦无良策，处处是白森森的、凉瓦瓦的、白茫茫的。

达克西出克　哈克山　额林 德
tuksicuke　　haksan　erin de
危险　　　　险峻　　时候 在

巴那 姆　赫赫 箔热　乌云 包错 衣拉哈 哈巴它
bana eme hehe beye　uyun boco　ilaha　habta
土地 母亲 女人 身体　九　色　　花　　翅

安巴 昂可　尼热赫 达昏拉哈
amba angga　niyhe　dahalaha
大　嘴　　鸭子　跟随、随从

汉译：危急时候，巴那姆赫赫派去了身边的九色花翅大嘴巨鸭。

衣 哈巴达 文楚 窝莫　达里哈 库瓦哈　锥　孙郭哈
i　habta　onco omo　daliha kūwaha　jui songkoloho
它 翅　宽 湖泊 遮盖　夜啼鸟① 孩子 啼哭

额勒 阿布卡 赫赫　朱克 阿布卡 其 郭离布母莫
ere　abka　hehe　juhe abka ci　horibume
这个 阿布卡 赫赫　冰　天　从　囚困

兰 阿布卡 乌诺母哈 若薄罗 米思哈赫
lan abka　unubuha　jobolon　mishahe
蓝 天　背上　　灾难　躲开

---

① 此鸟嘴细身小，晚间啼鸣。

汉译：它翅宽蔽海，鸣如儿啼，把阿布卡赫赫，从被囚困的冰水中背上蓝天，躲过了灾难。

朱克 奥木 阿布卡 扎兰　它西哈
juke omo　abka　jalan　dasiha
冰　湖泊　天　世界　盖

吉达莫　它拉达赫
gidame　dalitaha
压　　　遮

安巴 巴那　它拉达赫
amba bana　dalitaha
大　地　　遮

汉译：但是，冰海盖住了天穹，蔽盖了大地。

安巴 安巴 尼热赫 昂阿 卡丹　　拖阿 布离任赫
amba amba niyehe angga kadalame tuwa buribume
大　大　鸭子　口　管　　　火　淹没

朱克 阿布卡 分多霍
juke abka　fondolo
冰　天　穿透

孟温　　 孟温　　 图门 图门 分多霍
minggan minggan tumen tumen fondolo
千　　　千　　　万　万　穿透

额木 乌督　呼文给　　浑哈
emu　udu　huweje　hūwalambi（啄）
一　　几个　遮挡　　　破

额勒 其 朱勒西　顺　比牙 乌西哈 额勒顿恩
ere　ci　julesi　šun　biya　usiha　elden
从　此　往前　日　月　星　光

色箔肯 革离 都其莫　衣勒突乐哈
sebken　gere　tucibume　iletuleha
初　　天亮　显露出　　使显露

额勒顿 克根吉任　　哈鲁亢 色罗亢
elden　　genggiyen　halukan bulukan
光　　　光明　　　温暖　温和

汉译：大嘴巨鸭，口喷烈火，把冰天给啄个洞，又啄个洞，一连气儿啄了千千万万个洞，从此才又出现了日、月、星光，才有了光明温暖。

色箔肯 比赫
sebken　bime
初　　而且

耶鲁里 木克 尼曼吉　文克　阿户 文达
iruri　muke　nimanggi　wengke akū　wendere
耶鲁里　水　雪　　融化　不　冰消

汉译：可是，耶鲁里搬来的冰雪总也化不完。

安巴 安巴　尼热赫 昂阿　朱勒赫　色箔肯　突箔
amba amba niyehe angga　juruken　sebken　dube
巨大　　　鸭子　嘴　　成双的　初　　尖

色箔肯 文出　色箔肯 吉拉敏
sebken onco sebken jiramin
初　　宽　初　　厚

安巴 安巴①　额勒顿 克　根吉任　比赫
amba amba　elden　ke　genggiyen bihe
巨大　　　光明　　降生　有

汉译：大嘴巨鸭的嘴在早也是又尖又宽，又厚又长的，② 大地才有了光明。

尼热赫 衣 昂阿 额勒 其　朱勒西　安巴 达拉坎 朱克
niyehe i angga ere ci julesi amba delhen juke
鸭子　的 嘴 从 此　往前　大　块　冰

色箔肯 哈勒维让 多箔肯　亚凡
sebken halfiyan sebken yafan
最初　扁平的　初　　园地

哈达莫　色布哈
hadame cibuha
钉　　拦阻

---

① amba，大；amba amba 合在一起意为"巨大"。
② 汉字记音满文缺失汉译部分文字"像钻镐，就因为援救阿布卡赫赫，凿冰不息"。

朱录 箔特赫　依兰 阿巴达哈　都伦　哈达布赫

juwe bethe　ilan　abdaha　durun　hadabuha

两　爪　　　三　叶子　　　样子　使钉入

汉译：可鸭嘴却从此以后，让冰凌巨块给挤压成又扁又圆的了，双爪也给挤压成三片叶形了。①

_____

① 第五腓凌汉字记音满文缺失大段文字，此处略去。

宁温腓凌（第六腓凌）

扎兰 德窝　　窝　其 郭勒 郭勒敏
jalan de weke　weke ci　golo mingolmin
世上 在谁　　谁 从此 长　长

布车　拉库 恩都力
buce　akū　enduri
死　　不　神

窝　　窝 其　　恩都林革　安巴 恩都力　衣色勒莫 窝出 拉库
weke　weke ci　enduringge　amba enduri　iseleme　encu lakū
谁　　谁 是　　神圣　　　大 神　　　抗争　另一 没有

汉译：世上谁是长生不死的神？谁是不可抗争的神圣大神？

乌云 乌朱 衣巴甘 胡涂 耶鲁里
uyun uju　ibigan　hutu　iruri
九 头　怪　鬼　耶鲁里

箔热　班金哈　箔势　胡瓦萨哈
beye　banjiha　beye　hūwašaha
身体　生　　身体　教育

衣　蒙温　衣 巴甘 胡涂　乌朱勒莫 嫩德哈
i　minggan i　bigan hutu　ujulame nendeha
他　千　　的　野鬼　　带领　　先于

图门　扎卡　布离任莫 哲合
tumen jaka　burireme　jehe
万　　物　　淹没　　吃

纽浑　阿布卡 汪　它母哈①
niohon abka　wang damha
苍　　天　　王　管理

汉译：九头恶魔耶鲁里率领自生自育成千的恶魔，吞噬万物，称霸苍穹。②

突特突 必其博 耶鲁里 乌云 乌朱　扎坤　嘎喇
tuttu　bicibe　iruri　uyun uju　jakūn　gala
所以　虽然　耶鲁里 九　头　八　　臂

其 胡涂　衣巴干 各木　班吉哈
ci　hutu　ibagan　gemu banjiha
从 鬼　　怪　　全部　生

汉译：可是，耶鲁里九头八臂都能裂生恶魔。

---

① 2009 年版《天宫大战》第六胐凌汉字记音满文部分皆缺失，此下部分皆由富育光提供给笔者。

② 汉字记音满文无汉译文字"浊雾弥天，禽兽丧之"。

雅萨 其 胡涂 衣巴干 班吉哈
yasa　ci hutu　ibagan banjiha
眼睛 从　鬼　怪　生

山　其　胡涂 衣巴干 班吉哈
šan　ci　hutu　ibagan banjiha
耳朵 从　鬼　怪　生

抚聂合 衣 色恩　其 阿济格 耶鲁里 都伦 胡涂 衣巴干 班吉哈
funiyehe i　sen　ci ajige　iruri　durun hutu　ibagan banjiha
头发　的 孔　从 小　耶鲁里 样子 鬼　怪　　生

汉译：眼睛生恶魔，耳朵生恶魔，汗毛孔里都钻出小小的耶鲁里模样的恶魔。

耶勒霍 斋　虽兰 衣　佛捏　衣 阿达里　阿布卡 赫赫 恩都力
yerhuwe jai suilan　i　feniyen　i　adali　abka　hehe enduri
蚂蚁　和大马蜂的　群　的 相同　阿布卡 赫赫　神

博　霍里非 机萨布合
be　horifi　gisabuhe
把　围住　杀尽

汉译：像蝼蚁、像蜂群，齐向阿布卡赫赫围击。

阿布卡 赫赫 恩都力 佛捏　佛捏 博 瓦哈
abka　hehe enduri feniyen feniyen be waha
阿布卡 赫赫　神　群　群　把 杀死

耶鲁里　西拉莫　班吉非　古库　　拉库
iruri　sirame　banjifi　guku　　lahū
耶鲁里　连续地　生出　令灭亡　不善于

胡涂　衣巴干　恩额娄　　其　讷莫莫　额赫　讷莫莫　拉不都
hutu　ibagan　onggolo　　ci　nememe　ehe　nememe　labdu
鬼　　怪　在……之前　比　愈加　凶恶　愈加　　多

汉译：阿布卡赫赫杀死一群又一群，耶鲁里连生不灭。恶魔反倒比以前更凶更多。

阿布卡　阿户　巴　那　阿户　额林德
abka　akū　ba　na　akū　erinde
天　　没有　地　没有　时候

额姆　多喀霍①恩都力　必
emu　dokaho　enduri　bi
一个　多喀霍　神　　有

汉译：在分不清天、分不清地的时候，有个多喀霍神出现了。

额勒　赫赫　恩都力　窝赫　博　　包　　窝布哈必
ere　hehe　enduri　wehe　be　　boo　obuhabi
这个　女　　神　　石头　把　房子　当成了

巴那　姆　　赫赫　恩都力　箔热　衣　窝赫　道洛　特赫必
bana　eme　hehe　enduri　beye　i　wehe　dolo　tembi
土地　母亲　女　　神　　身体　的　石头　里面　住

---

① 无考。

汉译：这位女神就是以石为屋，永久住在巴那姆赫赫肤体的石头里。

衣 各伦 恩都力额勒根 斋 护孙 博 巴哈 德 爱西拉不莫 木特布合必
i geren enduri ergen jai hūsun be baha de aisilabume mutebuhebi
她众 神 生命 和 力量 把 获得 在 帮助 完成

衣 箔热 班吉莫 箔热 呼瓦莎莫 木特合必
i beye banjime beye hūwašame mutenhebi
她 身体 生 身体 养育 才能

汉译：她能帮助众神，获得生命和力量，并有自育自生能力。

衣 敦吉哈 德 乌云 乌朱 胡涂 衣巴干 耶鲁里
i donjiha de uyun uju hutū ibagan iruri
她 听说 在 九 头 鬼 怪 耶鲁里

阿布卡 温突浑 德 佛勒果楚克 霍伦 博 安巴喇莫 衣勒图勒合必
abka untuhun de ferguwecuke horon be ambarame iletulehefi
天 空 在 神奇的 威力 把 大 显露

汉译：她听说九头恶魔耶鲁里在天穹里大显神威。

阿布卡 赫赫 恩都力 巴那 姆 赫赫 恩都力 阿勒嘎 阿户
abka hehe enduri bana eme hehe enduri arga akūu
阿布卡女 神 土地 母亲 女 神 计策 没有

阿布卡 那 布禄 巴喇
abka na buru bara
天 地 渺茫，恍惚

汉译：阿布卡赫赫、巴那姆赫赫也无可奈何，天昏地暗。

巴那　姆　赫赫 恩都力 箔热　博　威赫　德 森德哲莫 浊其布合必
bana eme hehe enduri beye　be　uihe　de sendejeme jocibumbi
土地 母亲 女　神　　身体 把　角　在　冲突　　杀害

汉译：巴那姆赫赫肤体被触角豁伤，伤痕累累；

阿布卡 赫赫 恩都力　箔热 各木　博　　威赫　德 德博哲布莫
abka　hehe enduri　beye gemu　be　uihe　de debkejeme
阿布卡 女　神　　身体 全部 把　角　在　松散

乌西哈 涂合克　图机 班吉 哈库
usiha　tuheke　tugi　banji akū
星　　落　　云　令生 没有

汉译：阿布卡赫赫肤体也被触搅得飞星落地、白云不生。

那丹　博崇额 恩都力 额勒特恩 博
nadan boconggo enduri　elden　be
七　彩色的　神　　光　把

乌云 乌朱　德 机达莫　达尔达布非
uyun　uju　de gidame　daldabufi
九　头　在 盖　　隐藏

抚尔尖 萨哈连　布出 博 突阿布合必
fulgiyan sahaliyan boco be tuwabumbi
红色　黑色　颜色 把　看守

汉译：七彩神光被九头遮盖，只能见到红色和黑色。

胡涂 衣巴干 扎兰 德 额突胡升额 博 萨布合
hutu ibagan　jalan de etuhušengge be sabuhe
鬼　　怪　　世界 在　强横　　把　看见

衣 阿布卡 赫赫 恩都力 达尔巴　德
i　abka　hehe　enduri dalba　de
她 阿布卡 女　　神　 旁边的　在

西斯林①赫赫 恩都力 合卜德布非
sisrin　hehe　enduri　hebdešefi
西斯林　女　神　　　商量

汉译：见到世上恶魔逞凶，便和阿布卡赫赫身边的西斯林女神商量。

西斯林 赫赫 恩都力 额敦 霍伦　博　突其布非
sisrin　hehe enduri　edun horon　be　tucibufi
西斯林　女　神　　风　威力　把　显露

胡涂 衣巴干　衣 松廓 博 德耶合 窝赫 庸安　 德 博硕哈
hutu　ibagan　i songko be deyehe wehe yonggan de bašaha
鬼　 怪　　 的　踪 把 飞　 石头 沙子　在 驱走

汉译：让西斯林女神施展风威，用飞沙走石驱赶魔迹。

西斯林 赫赫 恩都力 阿布卡 赫赫 恩都力 衣 萨勒干追
sisrin　hehe enduri　abka　hehe enduri　i sarganjui

---

① 西斯林，无考。

西斯林 女 神　阿布卡 女 神　 的 女儿

衣 佛勒果出克 霍伦 扎兰 德 阿户
i　ferguwecuke horon jalan de akū
她　神奇的　 威力　世上 在 没有

衣 阿布卡 温突浑 德 胡孙 恩都力 必
i　abka　 untuhun de hūsun enduri bi
她 天　 空的　 在 力 神　 是

衣 卧勒多 赫赫　恩都力 衣 安班 拙 博特克 必
i　eldun　 hehe　enduri i amba juwe bethe bi
她 卧勒多 女　神　 的 大 两 脚 是

汉译：西斯林女神是阿布卡赫赫的爱女，生下来就神威无比，而且
是穹宇中的力神，是卧勒多赫赫的两只大脚。

阿布卡 赫赫 恩都力 卧勒多 赫赫 恩都力 衣 博特克 雅力 斋 衣尼 箔热
abka　hehe enduri　eldun hehe enduri　i bethe yali jai ini beye
阿布卡 女　神　 卧勒多 女　神　 的 脚 肉 和 她的 身体

吉郎阿 雅力 德　 敖钦 赫赫 恩都力 阿喇哈
jilangga yali de　aci hehe enduri　araha
有慈心 肉 在 敖钦 女　神　 养

额勒衣 突勒滚 德 敖钦 赫赫 恩都力
erei　 turgun de aci　hehe enduri
这个　 因为 在 敖钦 女　神

巴 那 博　机喇力莫 雅布非 楚库哈户 木特合必
ba na be　giyarime yabufi cukuhakū mutembi
大地 把 巡察　行走 不疲倦　能

汉译：阿布卡赫赫，就是从卧勒多赫赫身上、脚上的肉，和她的慈肉，合成了敖钦女神的，所以敖钦女神能巡行大地，不知疲累。

敖钦 赫赫 恩都力 乌云 乌朱 胡涂 衣巴干 耶鲁里 德 库布凌额 阿玛拉
aci hehe enduri uyun uju hutu ibagan iruri de kūbulingge amala
敖钦 女 神　九 头 鬼 怪　耶鲁里 在 变化　后

卧勒多 赫赫 恩都力 博特克 雅力 必额 扎卡德
eldun hehe enduri bethe yali bihe jakade
卧勒多 女　神　脚 肉 有 因为

耶鲁里 扎兰 博 阿施沙喇　额敦 胡孙　额突浑 必额
iruri jalan be aššara edun hūsun etuhun bihe
耶鲁里 世界 把 摇动　风 力量 强大的 有

塔尔堪因 衣 都伦 胡敦 达力哈必
talkiyan i durun hūdun dalimbi
闪电　的样子 快速 赶

汉译：敖钦女神一下子变成了九头恶魔耶鲁里后，耶鲁里因身上有卧勒多赫赫脚上的肉，因此也具有摇撼世界的风力，力大无穷，疾行如闪。

耶鲁里 西斯林 赫赫 恩都力 衣 胡孙　德阿 堆布勒其 恩突浑 阿户
iruri sisrin hehe enduri i hūsun de duibulembi etuhun akū
耶鲁里 西斯林 女　神　的 力量 在 比较　强大的 没有

西斯林 赫赫 恩都力 固卜其 额敦　苏克敦 博 乌合里勒合必
sisrin　hehe enduri　gubci　edun　sukdun be uherilembi
西斯林　女　神　全部　风　气　把　总，统

阿济格 古尼莫 窝其 阿济格 敖霍
ajige　gūnime　oci　ajiga　ohode
小　想　若　小　设若

安班 古尼莫 窝其 安班 敖霍
amba gūnime　oci　amba ohode
大　想　若　大　设若

额勒衣 突勒滚德 衣 乌西哈 凯查　每合勒莫 木特合必
erei　turgunde　i　usiha　kaica meihereme mutehebi
这个　缘故　的　星　桦皮篓　担着　能够

汉译：但耶鲁里终究比不上西斯林女神威武有力，因她统管天宇的风气，能小则小，能大则大，所以能背得动装满星云的桦皮篓。

西斯林 赫赫 恩都力 阿布卡 赫赫 恩都力 霍里不棱额 萨布非
sisrin　hehe enduri　abka　hehe enduri horiburengge sabufi
西斯林　女　神　阿布卡 女　神　被围困　看见

多喀霍 赫赫 恩都力 衣 白郎额　博　敖哈
dokaho hehe enduri　i　bairangge　be　oho
多喀霍 女　神　的　请求　把　了

衣 巴那 木　赫赫 恩都力 箔热 衣　安班 窝赫 博 掘非
i　bana eme hehe enduri　beye　i　amba wehe be juwefi
她 土地 母亲 女　神　身体 的　大　石头 把 搬运

胡涂　衣巴干　耶鲁里　佛涅因　博　阿查玛　坦达哈
hutū ibagan iruri feniyen be acame tantaha
鬼　　怪　　耶鲁里　群　　把　配合　　追打

汉译：西斯林女神见到阿布卡赫赫被困，便同意多喀霍女神的索求，搬运巴那姆赫赫肤体上的巨石，追打魔群耶鲁里。

耶鲁里　古尼恩　巴哈莫　木机恩　扎鲁　额林德
iruri gūnin bahame mujin jalu erinde
耶鲁里　心意　　得到　　心志　　满　　时候

盖太　德耶机勒　安班　窝赫　德　坦打布非
gaitai deyere amba wehe de tantabufi
忽然　飞起　　　大　　石头　在　追打

斋喇勒　巴　阿户
jailara ba akū
躲避　　地　无

那　佛哲勒机　得　布彻莫　乌卡莫　博德勒非　斋拉莫　索秘哈比
na fejergi de buceme ukame bederefi jailame somimbi
地　下　　在　死　　逃跑　退回　　躲避　　藏

阿布卡　温突浑　额尔登额　必
abka untuhun eldengge bi
天　　空　　有光的　　有

汉译：耶鲁里在得意志满时，突然遭到飞来的满天巨石击打，无处躲身，便仓惶逃回到地下，暂躲起来，天穹才又现出光明。

耶鲁里 木机勒恩 色喇布户

iruri   mujilen   selabukū

耶鲁里   心   不畅快

阿布卡 赫赫 恩都力 白非 痕都哼额

abka   hehe enduri baifi henduhengge

阿布卡 女   神   要求   说

希   敏   德 德耶勒   胡敦   克姆恩 博   莫克特布 其

si mini de deyere   hūdun   kemūn be   mektebu ci

你 我 在 飞   快   规矩 把   打赌   从此

希 敏其   都勒其

si minci   dulembu

你 若   过

必 乌特害 额特布合 博 阿力莫 盖姆必

bi uthai etebuhe be alime gaimbi

我 立刻   取胜   把 接受   领导

阿布卡 温突浑   博   发楚胡喇 布户

abka   untuhun   be   facuhūla bukū

天   空   把   捣乱   不

希尼 衣其萨莫 达哈勒 额勒舍希 其杭阿   敖姆必

sini icišame dahare eršesi cihangga ombi

你的   趁势   顺着   服侍   情愿 成为

汉译：耶鲁里不甘心，又去找阿布卡赫赫说：你若是能敢跟我比试飞速，若是超过我，追过我，我就服输，再不捣乱苍穹，情愿做你顺从的侍卫。

阿布卡 赫赫 恩都力 博多亨额
abka　hehe enduri　bodohonggo
阿布卡　女　神　　策略

希 阿夫西 佛库莫 秘尼 箔热　德 都勒莫木特喇户
si　aimu　fekume mini　beye　de duleme muterakū
她 怎么　跳跃　我的　身体　在 越过　不能够

斋 掘　　嫩 赫赫 恩都力 衣 窝合耶棱额 希 拖克拖非　博 额特木必
jai juwe non hehe enduri　i wehiyerengge si　toktofi　　be etembi
又 两个 妹妹女　神　的　　支持　　她 决定　　把 得胜

汉译：阿布卡赫赫心想：任你怎么飞跳，也跳不出我的肤体之外，
又有两个妹妹女神辅佑，必能俘获你。便同意跟耶鲁里比试高低。

苏勒　乌云 乌朱 胡涂 衣巴干 耶鲁里 乌云 乌朱 衣 墨勒根 必
sure　uyun uju　huttu　ibagan iruri　uyun uju　i　mergen bi
聪明的 九 头　鬼　怪　耶鲁里 九 头 的 智慧 有

乌朱 朱鲁 雅萨 衣　额尔登 必
uyun juru　yasa　i　elden　bi
九 对　眼睛的　光 有

斋 依兰 赫赫 恩都力 衣 佛勒果楚克 胡孙　必
jai ilan　hehe enduri　i　ferguwecuke hūsun bi
又 三 女　神　的 神奇的　力量 有

额勒 敦机合 乌莫西 乌勒滚哲非 博多莫
ere donjihe umesi urgunjefi bodome
这个 听见 非常 高兴 谋划

阿布卡 赫赫 恩都力 博 霍尔拖布合
abka hehe enduri be holtobuhe
阿布卡 女 神 把 哄骗

汉译：聪明伶俐的九头恶魔耶鲁里，有九个头的智慧，九双眼睛的目光，又有三个女神的神力，听了非常高兴，暗想，阿布卡赫赫上了当。

拙 恩都力 博尔拙非 德耶勒 胡敦 克木恩 莫克特布莫 德力布木必
juwe enduri boljofi deyere hūdun kemūn mektebume deribumbi
两个 神 约定 飞 快 规定 打赌 开始

耶鲁里 额尔登 德 库布里非 阿户哈
iruri elden de kūbulifi akū
耶鲁里 光 在 变化 不

阿布卡 赫赫 恩都力 那丹 博崇阿 佛勒果楚克 突瓦 德 佛索莫
abka hehe enduri nadan boconggo ferguwecuke tuwa de fosome
阿布卡 女 神 七 颜色 神 火 在 照射

更金恩 格突肯 萨布非 阿木察哈
genggiyen getuken sabufi amcaha.
清楚 明白 看 追

汉译：两人约好，开始比试飞力。耶鲁里化光而逝，阿布卡赫赫凭着七彩神火照射，早看得清楚，便追了下去。

耶鲁里　箔热　班机莫　花沙莫　木特合
iruri　beye　banjime　hūwašame mutehe
耶鲁里　身体　生　　养育　　能够

吞　阿户　耶鲁里　库布里合
ton akū　iruri　kūbulihe
数 无　耶鲁里　变

汉译：耶鲁里生性能够自生自育，化成无数个耶鲁里。

阿布卡　赫赫　恩都力　耶鲁里　京其尼　箔热　博　塔卡库
abka　hehe　enduri　iruri　jingkini　beye　be　takakū
阿布卡　女　神　　耶鲁里　正　　身体　把　不认得

朱勒机　德　额木　登　木瓦　乌云　乌朱　耶鲁里　瓜　乌云　乌朱
julergi　de emu den muwa uyun uju　iruri　gūwa　uyun uju
南　　在 一 高 粗 九 头　耶鲁里 其他的 九 头

耶鲁里　都勒莫　都伦　高喽　萨布哈
iruri　duleme　durun　goro　sabuha
耶鲁里　越过　　模子　远　看见

博多亨额　额勒　木丹　耶鲁里　博　哈达害　突瓦莫　斋喇莫　木特勒库
bodohengge ere mudan iruri　be　hadahai tuwame jailame　muterakū
想　　　这　回　耶鲁里 把 盯住了 看 躲避 不 能

阿莫察莫　阿莫察莫
amcame　amcame
追　　　追

汉译：阿布卡赫赫认不出哪一个是耶鲁里正身，遥望前头有个又高又粗的九头耶鲁里的模样，超过其他耶鲁里，心想这回可算盯住了，绝不能再让耶鲁里藏身，追啊追。

乌云 乌朱 耶鲁里 山烟 塔尔满 德 稍勒机莫 多西哈
uyun uju iruri šanyan talman de šorgime dosiha
九 头 耶鲁里 白 雾 在 集中 进入

阿布卡 赫赫 恩都力 阿勒堪 卡勒堪 耶鲁里 额木 乌朱 博 扎发非
abka hehe enduri arkan karkan iruri emu uju be jafafi
阿布卡 女 神 刚刚 耶鲁里 一 头 把 抓

箔热 固卜其 沙户伦 乌真 色勒布合
beye gubci šahūrun ujen serebuhe
身体 全部 冷 沉重 感到

汉译：九头耶鲁里一下钻进白雾里，阿布卡赫赫刚要抓住耶鲁里一个头，便感到周身寒冷沉重。

额木 阿力干 额木 阿力干 安班 尼莽机 阿林
emu aligan emu aligan amba nimanggi alin
一 座 一 座 大 雪 山

阿布卡 赫赫 恩都力 箔热 德 机达纳哈
abka hehe enduri beye de gidanaha
阿布卡 女 神 身体 在 压

耶鲁里 阿布卡 赫赫 恩都力 阿玛勒机 尼莽机 默德里 德
iruri abka hehe enduri amargi nimanggi mederi de
耶鲁里 阿布卡 女 神 后 雪 海 在

霍尔拖默　多西非　乌卡纳哈
holtome　dosifi　ukambi
哄骗　　　进入　　逃走了

汉译：一座座大雪山压到阿布卡赫赫身上。耶鲁里把阿布卡赫赫骗进了北天雪海里逃走了。

尼莽机　　默德里　多勒机　尼莽机　阿林　阿布卡　其　登　必合
nimanggi mederi　dorgi　nimanggi alin　abka　ci den　bihe
雪　　　　海　　　里面　　雪　　　　山　　天　　从　高　有

阿布卡　赫赫　恩都力　哥彻莫　愚愚莫　阿力莫　木特勒库
abka　　hehe　enduri　geceme yuyume　alime　muterakū
阿布卡　女　神　　　冻　　　饥饿　　接受　　不能

汉译：雪海里雪山堆比天还高，压得阿布卡赫赫冻饿难忍。

额勒　尼莽机　阿林　佛折勒机　德
ere　nimanggi alin　fejergi　de
这个　雪　　　山　　下面的　　在

窝赫　　布克坦　多勒机　德
wehe　buktan　dorgi　de
石头　　堆　　　里面　　在

多喀霍　赫赫　恩都力　　特合必
dokaho hehe　enduri　tehebi
多喀霍　女　神　　　　住

阿布卡 赫赫 恩都力 箔热　博 温哲布合
abka　hehe enduri　beye　be wenjebuhe
阿布卡 女　神　身体 把 温暖

汉译：这里雪山底下的石堆，里边住着多喀霍女神，温暖着阿布卡赫赫的身躯。①

阿布卡 赫赫 恩都力 箔热 固卜其 哈尔浑 色勒布合
abka　hehe enduri　beye　gubci　halhūn serebuhe.
阿布卡 女　神　身体 全部　热　感觉

多喀霍　赫赫 恩都力 额尔登额　突瓦 德 库布力哈 箔热 必
dokaho　hehe enduri　eldengge　tuwa de kūbuliha　beye　bi
多喀霍 女　神　有光的　火 在 变化　身体 有

阿布卡 赫赫 恩都力 博 温哲莫 衣力莫 额尔合 阿户
abka　hehe enduri　be wenjeme ilime　elhe　akū
阿布卡 女 神　把 温暖 立 安　没有

箔热　固卜其 安班　胡孙　扎鲁哈
beye　gubci　amba　hūsun　jaluha
身体 全部 大 力量 满

汉译：阿布卡赫赫顿觉周身发热，因为多喀霍女神是光明和火的化身，热力烧得阿布卡赫赫坐立不宁，浑身充满了巨力。

①　汉译"阿布卡赫赫饿得没有办法，又无法脱身，在雪山底下只好啃着巨石充饥。阿布卡赫赫把山岩里的巨石都吞进了腹内"，无对应的汉字记音满文。

尼莽机　阿林 博　温布合
nimanggi alin　be　wenbuha
雪　　山　把　使融化

阿布卡 赫赫 恩都力 尼莽机 默德里 尼莽机 阿林 博 痕彻非
abka　hehe enduri　nimanggi mederi nimanggi alin　be hencefi
阿布卡 女 神　雪　　海　　雪　山 把　砸

阿布卡 温突浑　德 苏出那哈
abka　untuhūn　de sucunaha
天　　空　　在 冲击

汉译：烤化了雪山，一下子又重新撞开层层雪海雪山，冲上穹宇。

突特突　色其博 哈尔浑 突瓦 阿布卡 赫赫 恩都力 箔热　博 温布合
tuttu　secibe　halhūn tuwa abka　hehe enduri　beye　be wenbuha
那样　虽然　热 火 阿布卡 女 神　身体 把 融化

雅萨　顺　必牙 德 库布里合
yasa　šun　biya de kūbulihe
眼睛 太阳 月亮 在 变成了

夫聂合 布占　德　库布聂合
funiyehe bujan de　kūbuliha
头发　树林　在 变成

内 木克 必勒干 必喇 德　库布里合
nei muke birgan bira de　kūbuliha
汗水　小溪 河 把 变成

汉译：可是热火烧得阿布卡肢身融解，眼睛变成日、月，头发变成森林，汗水变成溪河……

额勒 衣 突勒滚 德
ere　i　turgun　de
这个 的　缘故　在

阿姆嘎 扎兰 痕都亨额
amga　jalan henduhengge
后　世上　说

巴 那 德 拉不都 布占 必喇 阿布卡 德里 突合克
ba na de labdu　bujan bira　abka　deri tuheke
土 地 在 多　树林 海 天　上　落

汉译：所以，后世都讲，地上的森林、湖海、河流，不少是从天上掉下来的。

布占 必拉 特衣勒 阿户
bujan bira　teile　akū
树林　河　仅仅　不

阿布卡 赫赫 恩都力 耶鲁里 德 特姆申都莫
abka　hehe　enduri　iruri　de temšedume
阿布卡　女　神　耶鲁里 在 争斗

阿布卡 温突浑 额尔赫 阿户
abka　untuhūn　elhe　akū
天　空 平安 没有

拉布都　班吉苏　博　阿布卡　德力　西力布非　突合克
labdu　banjisu　be　abka　dergi　siribufi　tuheke
多　　　生物　　把　天　　上　　挤　　　落

汉译：不单是山林、溪流，阿布卡赫赫与耶鲁里拼斗，扰得天空不宁，也把不少生物从天上挤下来。①

乌迷牙哈　哈钦　　阿布卡　德力　突合克　衣努
umiyaha　hacin　abka　deri　tuheke　inu
虫子　　　种　　天　　上　　落　　是

额勒衣　突勒滚　德　突瓦　额尔登　必合
ere　i　turgun　de　tuwa　elden　bihe
这个　的　缘故　在　火　　光　　有

宁聂里　　　抓里　　额林德　特色　特尼　洞古　其　突其非　班机莫必
niyengniyeri　juwari　erinde　tese　teni　dunggu　ci　tucifi　banjimbi
春天　　　　夏天　　时候　　她们　才　洞　从　出来　生活

突瓦　额尔登　阿户　发勒浑　道波里　斋　尼莫楚克　拖里　额林德
tuwa　elden　akū　farhūn　dobori　jai　nimecuke　tuweri　erinde
火　　光　　无　暗　　夜　　和　严　　　冬　　时候

阿莫嘎莫必　敖号
amgambi　　oho
睡觉　　　已然

汉译：虫类也是从天上掉下来的。所以它们在有火和光的春夏才能出洞生活，无火无光的暗夜和严冬便就入眠了。

---

① 汉译"蛇就是光神化身，是从天上掉下来的"，无对应汉字记音满文。

那丹腓凌（第七腓凌）

扎兰　德 爱努 达勒胡欢　德勒机 德 灯占　博 打布木必
jalan　de ainu　darhūwan　dergi de dengjan be dabumbi
世界　在 为何 竿子　　　上　在 灯　把 点燃

扎兰 德 爱努 衣尔哈 博 其哈喇勒 安　塔钦　博　乌喇木必
jalan de ainu ilha　be cihalare　an　tacinun be　ulambi
世界 在 为何 花　把　爱好　常规 习俗 把　流传

汉译：世上为啥留下竿上天灯？世上为何留传下来爱鲜花的风俗？

卧勒多 赫赫 恩都力 博 乌云 乌朱 耶鲁里 德 额特布合 阿玛喇
eldun　hehe enduri　be uyun uju　iruri　de　etebuhe　amala
卧勒多 女 神　把 九 头 耶鲁里 在　取胜　后

安班 都林 佛勒果楚克 额尔登　博 都力布合
amba dulin ferguwecuke　elden　be duribuhe
大　半数 神奇的　　光　把 被夺

衣 额木 乌莫西 讷苏肯　衣机斯浑 赫赫 恩都力 库布力合
i　emu　umesi　nesuken　ijišhūn　hehe　enduri　kūbulihe
她 一　最　温良　顺　女　神　变化

乌西哈 凯察　博　每合勒非 瓦勒机 德 克尔非舍莫 雅布合
usiha kaica be meiherefi wargi de kelfišeme yabuhe
星　　袋　把　扛起　　西　　在　摇摆　　行走

额勒其 突尔津　　机尔干 阿户
ereci tulgiyen　jilgan akū
从此　除……之外 声音　没有

汉译： 卧勒多赫赫被九头耶鲁里打败后，神光被夺走了大半，变成非常温顺的天上女神，除了背着桦皮星袋蹒跚西行，默哑无言。

阿布卡 赫赫 恩都力 巴那 姆　赫赫 恩都力 嫩　博　拖秘喇非
abka hehe enduri bana eme hehe enduri non be tomilafi
阿布卡 女　　神　土地 母亲 女　神　妹妹 把　派

卧勒多 赫赫 恩都力　博　达那非 阿达莫 额非都合
eldun hehe enduri be danafi adame efiduhe
卧勒多 女　神　　把　照管　陪着　玩耍

汉译： 阿布卡赫赫就让巴那姆赫赫照料她妹妹，陪她玩耍。

衣 西玛楚喀　博　葛勒合
i simacuka be gelehe
她 肃杀　　把　害怕

额姆 衣能给　依兰 嘎思哈 博 拖秘喇非 阿布卡 德 乌出勒合
emu inenggi ilan gasha be tomilafi abka de uculehe
一　日　　三　鸟　把 分派　　天　在 唱

阿布卡　温突浑　德　班机勒　苏克敦　特尼　必合
abka　untuhūn　de　banjire　sukdun　teni　bihe
天　　　空　　　在　生　　　气　　　才　　有

汉译：怕她安静寂寞，一天，命三鸟在天呼唱，天穹才有生气。

多博力　德　胡沙胡　苏勒莫　胡喇哈
dobori　de　hūšahū　sureme　hūlaha
夜　　　在　猫头鹰　喊叫　　呼叫

额勒德　嘎鲁　苏勒莫　胡喇哈
erde　garu　sureme　hūlaha
清晨　天鹅　喊叫　　呼叫

雅姆吉思浑　德　嘎哈　苏勒莫　胡喇哈
yamjishūn　de　gaha　sureme　hūlaha
傍晚　　　　在　乌鸦　喊叫　　呼叫

额勒其　依兰　哈钦　嘎思哈　哈兰扎莫　胡喇莫　乌出勒木必
ereci　ilan　hacin　gasha　halanjame　hūlame　uculembi
从此　三　　种　　鸟　　轮流　　　呼叫　　唱

汉译：夜里猫头鹰号叫，清晨天鹅号叫，傍晚乌鸦号叫，从此这三种鸟总是轮流呼唱。

巴那　姆　赫赫　恩都力　箔热衣　尼亚满　德　班机勒
bana eme hehe enduri　beye i　niyaman de banjire
土地 母亲 女　神　　身体的　心　　在 生长

突姆①突瓦 恩都力　博 卧勒多 赫赫 恩都力　拖秘喇非
tumu tuwa enduri　be eldun　hehe　enduri　tomilafi
突姆　火　神　　把 卧勒多　女　神　　　照料

衣尼 额尔登额 夫聂合　卧勒多 赫赫 衣 朱滚　博 额尔德讷布合
ini eldengge funiyehe eldun hehe i jugūn be eldenebuhe
她的 有光的　毛　　卧勒多 赫赫 的 道路 把　使光亮

汉译：巴那姆赫赫还将长在自己心上的突姆火神，派到天上卧勒多赫赫身边，用地的光、毛、火、发帮助赫赫照路。

阿布卡 德　可姆尼 萨布勒 敖尔浑 塔尔堪因
abka　de　kemuni sabure　olhon　talkiyan
天　　在　仍　　看见　干柴　闪电

突姆　突瓦 恩都力 衣　赫尔门 衣努
tumu　tuwa enduri　i　helmen　inu
突姆　火　神　　的　影子　是

汉译：天上常常见到的旱闪，便是突姆火神的影子。

阿布卡 其 可姆尼　突赫勒 窝赫
abka　ci kemuni　tuhere wehe
天　　从 仍　　落　石头

突姆　　突瓦 恩都力 博特克 衣 力发憨 衣努
tumu tuwa enduri　bethe i lifahan inu
突姆　火　神　　脚　的　泥巴　是

---

① 突姆，无考，用汉语拼音表示，以下同。

汉译：天上常常掉下些天落石，便是突姆火神脚上的泥。

乌云　　乌朱　胡涂　衣巴干　耶鲁里　耶禄　必勒莫　突其非
uyun　uju　hūtu　ibagan　iruri　yeru　bireme　tucifi
九　　　头　　鬼　　怪　　　耶鲁里　洞穴　冲出　　出去

阿布卡　温突浑　　德　额突胡舍合
abka　　untuhūn　de　etuhušehe
天　　　空　　　　在　强横

衣　阿布卡　赫赫　恩都力　斋　　各勒恩　赛音　恩都力　博　哲勒　博多霍
i　abka　hehe　enduri　jai　geren　sain　enduri　be　jere　bodoho
他　阿布卡女　神　　和　　众　　好　　神　　把　吃　　想

汉译：九头恶魔耶鲁里，闯出地窟，又逞凶到天穹，它要吃掉阿布卡赫赫和众善神。

耶鲁里　夫苏勒　额赫　额敦　萨哈连　　塔尔满
iruri　fusure　ehe　edun　sahaliyan　talman
耶鲁里　喷出　　恶　　风　　黑　　　　雾

阿布卡　温突浑　发勒浑　额尔登　阿户
abka　　untuhūn　farhūn　elden　akū
天　　　空　　　黑暗　　光　　　没有

汉译：耶鲁里喷出的恶风黑雾，蔽住了天穹，暗里无光。

号　　色莫　衣力勒　萨哈连　　木都里　都伦　衣　萨哈连　　额敦
hoo　seme　ilire　sahaliyan　muduri　durun　i　sahaliyan　edun
样子是　立　　黑　　　龙　　　样子的　黑　　　　风

乌西哈 斋 博冲额 突机 博 德克德布赫
usiha jai boconggo tugi be dekdebuhe
星辰 和 彩 云 把 泛起

巴那 姆 赫赫 恩都力 箔热 衣 唐古 古勒古 嘎思哈 博 德克德布合
bana eme hehe enduri beye i tanggū gurgu gasha be dekdebuhe
土地 母亲 女 神 身体 的 百 兽 鸟 把 泛起

汉译：黑龙似的顶天立地的黑风卷起了天上的星辰和彩云，卷走了巴那姆赫赫身上的百兽百禽。

突姆 突瓦 恩都力 突克西楚克 德 恩额勒莫 哥勒勒户
tumu tuwa enduri tuksicuke de enggeleme gelerakū
突姆 火 神 危难的 在 临 不怕

西尼 箔热 额尔登额 夫聂合 博 发勒浑 阿布卡 德 玛克塔非
sini beye eldengge funiyehe be farhūn abka de maktafi
她的 身体 有光的 发 把 黑暗 天 在 抛掷

汉译：突姆火神临危不惧，用自己身上的火光毛发，抛到黑空里。

依兰 乌西哈 那丹 乌西哈 明安 乌西哈 图门 乌西哈 库布里莫
ilan usiha nadan usiha minggan usiha tumen usiha kūbulime
三 星 七 星 千 星 万 星 变成

卧勒多 赫赫 恩都力 乌西哈 博 衣其合雅莫 窝合雅合
eldun hehe enduri usiha be icihiyame wehiyehe
卧勒多 女 神 星 把 办理 扶助

汉译：化成依兰乌西哈（三星）、那丹乌西哈（七星）、明安乌西哈

（千星）、图门乌西哈（万星），帮助了卧勒多赫赫布星。

突特突　必其博
tuttu　　bicibe
所以　　虽然

图门　突瓦　恩都力　固卜其　箔热　纽胡属勒合
tumu tuwa　enduri　gubci　beye　niohušulehe
突姆火　　神　　　全部　身体　赤裸

额木　机尔他　　霍拖　非雅户　夫尔他浑　山烟　窝赫　库布力合
emu　giltari　　hoto　fiyakū fulahūn　šanyan wehe kūbulihe
一个　光亮的　秃子　烤　赤条条　　白　石头　变成

汉译：然而，突姆火神却全身精光，变成光秃秃、赤裸裸的白石头，

依兰　乌西哈　德　喇克雅布哈
ilan　usiha　　de lakiyabuha
三　　星　　在　悬挂

德勒机　其　瓦勒机　德　喇西黑合
dergi　ci　wargi　de　lasihihe
东　　从　西　　到　摆动

汉译：吊在依兰乌西哈星星上，从东到西悠来悠去。

山烟　　窝赫　　德力　玛机哥　额尔登　额尔德讷合
šanyan wehe　dergi majige elden　eldenehe
白　　　石头　上　稍微少许 光　　　发光

巴　那 斋 图门 扎喀 博 额尔德布合
ba　na jai tumen jaka be eldenbuhe
大　地 和万　物 把 发光

属窝 阿玛喇 衣 突瓦 额尔登 德 额勒更额 博　胡突里 衣西布合
šuwe amala　i　tuwa　elden　de ergengge　be　hūturi　isibuhe
最　后 的 火 光　在 物　　把 福分 施

汉译：从白石头上还发着微光，照彻大地和万物，用生命的最后火光，为生灵造福。

朱勒勒机 阿布卡 德 依兰 乌西哈 佛哲勒机 德
julergi　abka　de　ilan　usiha　fejergi　de
南　　天 在 三 星　下面 在

额木 该太 额尔登额　该太 发勒浑　阿济格 乌西哈 必
emu　gaitai eldengge　gaitai farhūn　ajige　usiha　bi
一个 忽而 有光的　忽而 黑暗 小　星 有

特勒 突姆 赫赫 恩都力 衣 玛济格 额尔登 必
tere　tumu hehe enduri　i　majige　elden bi
这个 突姆 女 神　的 少许 光 有

额姆 阿布卡 灯占　格色　阿布卡 温突浑　博 额尔德姆必
emu abka dengjan gese　abka untuhūn　be eldembi
一个 天 灯　相同 天 空　把 照亮

汉译：南天上三星下边的一颗闪闪晃晃、忽明忽暗的小星，就是突姆女神仅有的微火在闪照，像天灯照亮穹宇。

阿木嘎 扎兰　德　乌勒 色 特勒　"车库 妈妈" 博 胡拉布木必
amga　jalan　de　weri　setere　"ceku mama" be hulabumbi
后来　世上　在　别人　年 它　车库 妈妈　把　使呼叫

车库 赫赫 恩都力 必木必 额勒衣 其 乌勒色　登　衣 车库 德
ceku　hehe enduri　bimbi　erei　ci wesihun　den　i　ceku de
秋千　女　神　　是　这　从 高　　高　的 秋千 在

汉译：从此后世人把它叫做"车库妈妈"，即秋千女神，从此后世才
有了高高的秋千杆架子。

尼玛哈 尼莽机 灯占　博 乌朱 德 辛达非　车库德莫
nimaha nimenggi dengjan be uju　de　sindafi　cekudeme
鱼　　油脂　　灯 把 头　在　放　　荡秋千

安班凌古　突姆 突瓦 赫赫 恩都力 博 额哲突勒布莫 窝车布木必
ambalinggū tumu tuwa hehe enduri　be　ejetulebume　wecebumbi
宏伟的　　突姆 火 女 神　把　纪念　　　使祭祀

汉译：吊着绳子，人头顶鱼油灯荡秋千，就是纪念和敬祀突姆慈祥
而献身的伟大母神。

阿木嘎 扎兰 爱瞒 霍吞 德勒机 斋　西勒嘎 机殴 衣 舒库 德 阿喇勒
amga　jalan aiman hoton dergi jai　sirga　gio　i　sukū de　arare
后来　世上 部落 城墙 上 和　獐子 狍子 的 皮 在 造

撮伦　包 朱勒勒机 德
coron　boo juleri　de
帐篷　房子 前边　在

登　沙机兰 达勒欢　博　衣力布莫
den šajilan darhūwan　be　ilibume
高　桦木　竿子　　把　立

汉译：后世部落城寨上和狍獐皮苫成的"撮罗子"前，立有白桦高竿，

额莫木 阿林 佛伦 德 登　毛　德勒机 德
ememu alin　foron de den moo　dergi　de
或　　山顶　在高　树　上　在

固勒固 乌朱 机郎机　德 多勒滚　哈木夹里 尼莽机 博 扎禄 特布非
gurgu uju　giranggi　de dorgon　hamgiyari nimenggi be jalu tebufi
野兽　头　骨头　在 獾子　蒿猪　油脂　把 满　盛

阿布卡 额尔德布勒 灯占　博 达布木必
abka　eldebure　dengjan be dabumbi
天　照亮　　灯　把 点燃

汉译：或在山顶、高树上用兽头骨里盛满獾、野猪油，点燃照天灯。

阿尼雅 阿尼雅 衣 朱合 灯占　博 达布非
aniya　aniya　i　juhe dengjan be dabufi
年　　年　的 冰 灯　把 点燃

果尔奔 突瓦 博　达布非
golon tuwa　be　dabufi
篝火 火　把　点燃

发勒浑　多博里　博　额尔德布莫　必
farhūn　dobori　be eldebume　bi
黑暗　　夜　　把　照耀　　有

汉译：岁岁点冰灯，升篝火照耀黑夜。

额木浑　威赫　乌云　乌朱　胡涂　衣巴干　耶鲁里　博　博硕莫　哥勒布木
emhun　uihe uyun　uju　hūtu　ibagan　iruri　be bošome gelebumbi
独　　角　九　头　鬼　怪　　耶鲁里把　驱逐　　恐吓

突姆　赫赫　恩都力　博　额折突勒布莫　窝彻布木必　必莫
tumu hehe　enduri　be　ejetulebume　wecebumbi bime
突姆　女　神　把　纪念　　　使祭祀　　而且

汉译：就是为了驱吓独角九头恶魔耶鲁里，也是为了缅念和祭祷突姆女神。

卧勒多　赫赫　恩都力　乌西哈　凯察　多勒机　德
eldun hehe　enduri　usiha　kaica　dorgi de
卧勒多女　神　星　袋　里面 在

那丹　赫赫　恩都力　突姆　赫赫　恩都力
nadan hehe enduri　tumu　hehe enduri
那丹　女　神　突姆　女　神

衣　额尔登　突合莫　木克耶莫　色勒合
i　elden　tuheme mukiyeme serehe
她　光　落　灭　知觉

安班 乌西哈 凯察 德 硕勒机莫 多西非
amba usiha　kaica de šorgime　dosifi
大　　星　　袋　在　集中　　进入

汉译：卧勒多赫赫星袋里的那丹女神，知道突姆女神光灭星陨，便也钻出了大星袋。

唐古 阿济格 乌西哈 库布里莫
tanggū ajige　usiha　kūbulime
百　　小　　星星　变化

额木 乌西哈 突瓦　木木户 格色
emu　usiha　tuwa　mumuhu gese
一个　星星　火　　球　相同

乌云 乌朱 胡涂 衣巴干　耶鲁里 发楚胡喇布勒　发勒浑
uyun　uju　hūtu　ibagan　iruri　facuhūrabure　farhūn
九　头　鬼　怪　　耶鲁里　作乱　　黑暗

阿布卡 温涂浑　德 额尔德讷木必
abka　untuhūn　de eldenembi
天　　空　　在　照耀

汉译：化成数百个小星星，像个星星火球，在九头恶魔耶鲁里搅黑的穹宇中，照射光芒。

额尔合 额敦 乌西哈　木木户　博 达布莫
elhe　edun　usiha　mumuhu　be dabume
恶　风　星　　球　　把 点火

盖太 木合连
gaitai muheliyen
忽而 圆的

盖太　　果尔敏 杜伦 必合
gaitai　　golmin durun bihe
忽然　　　长　模样　有

汉译：恶风吹得星球，忽尔变缩成圆形，忽尔被恶风吹扯成长形，

拉布杜 乌西哈 额尔登 阿户
labdu　usiha　elden　akū
多　　　星　　光　　无

额木 果尔敏 歪达库　杜伦 衣 阿济格 乌西哈 木木户 库布里合
emu　golmin waidakū durun i　ajige　usiha　mumuhu kūbulihe
一　　长　　杓子　　模样 的 小　　星　　球　　变化

额勒 那丹　乌西哈 那丹 那拉呼 衣努
ere　nadan usiha　nadan narhūn inu
这　七　　星　　那丹 细长的 是

汉译：不少星光也失去了光明，后来变成了一窝长勺形的小星团，
这便是七星那丹那拉呼。①

额林德 衣西塔喇 特勒 德勒机 其 瓦勒机 衣西那莫 额尔合衣 雅布莫
erinde　isitala　tere　dergi　ci　wargi　isiname　elhei　yabume
那　　直到　　那个 东　从 西　到达　　慢慢的　行走

————————

① 汉译"变成现在的模样，也是耶鲁里的恶风吹成的"无对应的汉字记音满文。

乌西哈　发爱旦　德　　恩都力　衣　达　　窝木必
usiha　faidan　de　enduri　i　da　ombi
星　　　行列　　在　神　　　的　中心　成为

汉译：一直到现在由东到西缓缓而行，成为星阵的领星星神。

德勒机　阿布卡　德　额木　　喇木恩　敖勒轰　巴　必合
dergi　abka　de　emu　lamun　orhonggo　ba　bihe
东　　　天　　　在　一个　蓝色　　草　　　地　有

佛勒果楚克　嘎思哈　唐古　　哈钦　毛　　禄克　　　窝机　班机哈
ferguwecuke　gasha　tanggū　hacin　moo　luku　　weji　banjiha
神奇的　　　鸟　　　百　　　种　　树　　茂密　丛林　生

衣尔哈　赫赫　恩都力　特合
ilha　　hehe　enduri　tehe
依尔哈　女　神　　　住

汉译：在东方天空有个蓝色的草地，有天禽和百树，生长繁茂，住着依尔哈女神。

衣　夫禄　亡阿　苏克敦　必合
i　fulu　wangga　sukdun　bihe
她　多　香　　　气　　有

阿布卡　赫赫　恩都力　箔热　亡阿　雅力　德　库布里合
abka　hehe　enduri　beye　wangga　yali　de　kūbulibuhe
阿布卡　女　神　　　身体　香　　　肉　在　变成

衣　衣能机　多博力　科车莫　发沙杭阿　阿布卡　温涂浑　德
i　inenggi　dobori　kicebe　faššangga　abka　untuhūn　de
她　日　　夜　　勤勉的　尽力　　　天　　空　　在

亡阿　涂其博　阿喇莫　涂其合
wangga　tugi　be　arame　tucihe
香　　云　　把　造　　出来

汉译：她香气四溢，是阿布卡赫赫身上的香肉变成的，她日夜勤劳，为苍穹制造香云。

涂特涂　必其博　阿布卡　衣　博绰　博尔果　更尖
tuttu　bicibe　abka　i　boco　bolgo　genggiyen
所以　虽然　　天　　的　颜色　清　　清

乌合　肯　　　瓦　必莫
uhe　genggiyen　wa　bime
共　　清　　　气味　而且

汉译：所以，天的颜色总是清澄无尘，而且总是清新沁人。

西斯林　赫赫　恩都力　衣　德博西特勒　额东额　阿思哈　博　阿克达莫
sisrin　hehe enduri　i　debsitere　edungge asha　be　akdame
西斯林　女　神　　的　扇　　　　风　翅膀　把　依靠

衣　恩特合莫　衣彻　赛看　必合
i　enteheme　ice　saikan bihe
她　永远　　新　美丽　有

汉译：她主要依靠西斯林女神的风翅扇摇，才永远清新美丽。

耶鲁里 阿布卡 德　额勒 赛看　机尔涂看巴　博 萨布合
iruri abka de ere saikan giltukan ba be sabuhe
耶鲁里 天　在 地方 秀美　俊秀　地 把 看见

西斯林 赫赫 恩都力 额东额　阿思哈 德
sis'rin hehe enduri edungge asha de
西斯林 女　神　风　翅膀 在

额勒 敖勒轰 巴　博 必禄莫 额尔博亨额
ere orhonggo ba be bilume elbehengge
这　草　地 把 抚育　盖

多勒机 德 顺　额尔登 机尔塔里 非雅塔里
dorgi de šun elden giltari fiyaltari
里面　在 太阳 光　明亮的　晒

唐古　哈钦　嘎思哈 乌出勒亨额
tangggu hacin gasha uculengge
百　种　鸟　鸣唱

汉译：耶鲁里在天上看这块秀美的所在，还见西斯林女神用风翅抚盖着天上草地，里面阳光明媚，百禽鸣唱。

萨哈连　额敦 额尔合 塔尔瞒 德　阿布卡 那　布禄 巴喇
sahaliyan edun elhe talman de abka na buru bara
黑　风 恶　雾 在 天　地　茫茫

额勒 暗 折勒 却　瓦喀 巴 必合
ere encu jalan jai waka ba bihe
这 另外 世界 又　不是 地 是

汉译：在黑风恶雾里到处天昏地暗，唯有这里却是另一个世界。

耶鲁里 色勒 特勒 阿布卡 赫赫 恩都力 特合 巴　必木必
iruri　sere　tere　abka　hehe　enduri　tehe　ba　bimbi
耶鲁里 知道 那个 阿布卡　女　神　　住　地方　是

汉译：于是便大声吼怒，耶鲁里知道这必是阿布卡赫赫在天上栖居的地方。

户尔哈莫 乌勒滚折莫
hūlhame　urgunjeme
偷偷　　　高兴

额木 萨克达 玛玛 库布里合
emu　sakda　mama　kūbulihe
一个　老　妈妈　变成

尼庸尼雅哈 博　达力莫
niongniyaha　be　dalime
鹅　　　　　把　赶

特衣分 博 特衣夫舍莫 呼拉莫 雅布机合
teifun　be　teifušeme　hūlame　yabujihe
拐杖　　把 拄拐杖走路　呼叫　行走

汉译：暗暗高兴，乔装成一个赶鹅的老太太，挂着个木杖吆吆喝喝地走来。

尼庸尼雅哈 佛勒果楚克 额敦 哥勒喇户 阿思哈 博 喀木尼莫
niongniyaha ferguwecuke　edun gelerakū　asha　be　kamnime

鹅　　　神奇的　　风　不怕　　翅膀　把　合上

阿济格　必勒干　德　硕勒机莫　多西合
ajige　birgan　de　šorgime　dosihe
小　　溪　　在　钻　　　进入

汉译：大鹅不怕天风，将翅一合钻进草香莺啼的小溪里。

萨克达　玛玛　讷勒库　博　胡西莫
sakda　mama nereku　be hūsime
老　　太太　斗篷　把　包裹

多克辛　额敦　博　斋喇莫
doksin　edun be jailame
暴　　风　把　躲避

尼庸尼雅哈　德　达哈喇莫　必勒干　达尔巴德　雅布莫　衣西那哈
niongniyaha　de dahalame　birgan　dalbade　yabume isinaha
鹅　　　　　在　跟随　　　溪　　旁边　　走　　到达

汉译：老太太用斗篷把头一裹，躲过暴风，也随鹅走到小溪旁。

苏冲阿　　额林德　依兰　尼庸尼雅哈　必合
sucungga　erinde　ilan　niongniyaha　bihe
起初　　　时候　三　　鹅　　　　有

盖太　尼庸尼雅哈　德　尼庸尼雅哈　博　班机布莫
gaitai niongniyaha　de　niongniyaha be banjibume
忽然　鹅　　　　　在　鹅　　　　把　生

乌莫西 喇布多 尼庸尼雅哈　敖号
umesi　labdu　niongniyaha　oho
最　　多　　鹅　　　就这样

胡敦　固布其　必干 德
hūdun　gubci　bigan de
快　　全部　　野 在

山烟　额尔登 衣尔嘎沙勒 嘎鸟 机尔干 苏勒勒　尼庸尼雅哈必合
šanyan　elden　ilgašre　ganio jilgan surere　niongniyaha bihe
白色的　光　　游逛　　怪异的 声音　喊叫　鹅　　　是

汉译：鹅，乍开起只是三只，忽然鹅生鹅、鹅变鹅，越变越多，不大工夫遍野全是，白花花、嘎嘎怪叫的大鹅。

萨克达 玛玛　衣 特衣分 额木 威勒恩 阿固喇 库布力莫
sakda　mama　i　teifun　emu　ulen　agūra　kūbulime
老　　太太　的　拐杖　一　田间沟渠 器物　变成

唐古　哈钦 毛 敖勒号 衣尔哈 木克德浑 博　申德折合
tanggū hacin moo orho　ilha　mukdehun　be　sendejehe
百　　种 树草　花　　坛　　把 冲决

汉译：老太太的挂杖一下子变成开沟镐，把百树、百草、花坛都给豁成了山谷深涧。

阿布卡 赫赫 恩都力　京　额尔合讷莫 阿莫嘎
abka　hehe　enduri　jing　elheneme　amgaha
阿布卡　女　神　　正好　安静　　睡觉

盖太 固布其 箔热 博 山烟　阿苏 德 怀塔布合
gaitai gubci　beye be šanyan asu　de huwaitabuhe
忽然 全部　　身 把 白色　网 在　拴

乌莫西 其喇莫　怀塔布合
umesi　ciralame hūwaitabuhe
更　　紧　　拴

汉译：阿布卡赫赫正安静睡觉，忽然觉得全身被白网拴着，越拴越紧。

山烟　尼庸尼雅哈 阿布卡 赫赫 恩都力 博 怀塔布勒
šanyan niongniyaha　abka　hehe enduri　be hūwaitabure
白　　鹅　　　阿布卡 女 神　把 拴

山烟　苏博 夫它 德 库布力合
šanyan sube futa　de kūbulihe
白色　筋 绳子 在 变成

毛　特衣分 套博 色莫
moo　teifun　tob　seme
木　拐杖　正　是

乌云 乌朱 胡涂 衣巴干　耶鲁里 衣　安班 威赫 衣努
uyun uju　hūtu ibagan iruri　i　amba uihe inu
九　头　鬼　怪　　耶鲁里 的 大　角 是

汉译：原来白鹅变成拴阿布卡赫赫的白筋绳子，木拐杖原来正是九头恶魔耶鲁里的又凶又大的顶天触角，

阿布卡　赫赫　恩都力　博　努喀扎莫　固布其　箔热　　德　佛耶　夫勒坦
abka　hehe　enduri　be nukajame　gubci　beye　de feye　fiyartun
阿布卡　女　神　　把　扎得慌　全部　身体　在　伤口　疮疤

汉译：刺扎得阿布卡赫赫遍体鳞伤。

额勒　阿布卡　德勒机德　赛堪　机尔涂堪　　敖勒轰额　巴　　涛博　色莫
ere　abka　dergide　saikan　giltukan　orhonggo　ba　tob　seme
这个　天　上　　秀美　俊秀　　草　　地　正　是

阿布卡　赫赫　恩都力　库布里合必
abka　hehe　enduri　kūbulihebi
阿布卡　女　神　　变成的

耶鲁里　衣　　乌云　朱鲁　额尔合　雅萨　博　　斋郎阿
iruri　i　uyun　julu　elhe　yasa　be　jailangge
耶鲁里　的　九　头　恶　眼　把　躲避

衣　扎林　涂特涂　必莫　　突瓦莫　突其布合
i　jalin tuttu　bime　tuwame tucibuhe
她　因为那样　而且　看见　出来

汉译：这块天上秀美的草地正是阿布卡赫赫变成的，想躲过耶鲁里的九头魔眼，结果被它识破了。

特勒　分德　西斯林　赫赫　恩都力　京　阿莫嘎莫
tere　fonde　sisrin　hehe　enduri　jing amgame
那个　时候　西斯林　女　神　　正好　睡觉

额东额　阿思哈　博　萨里莫　赫赫　恩都力　博　喀勒玛莫
edungge asha　be　sarame　hehe　enduri　be　karmame
风　　翅膀　把　张开　　女　　神　　把　保护

汉译：守护赫赫的西斯林女神当时贪恋睡觉，只张开风翅保护着赫赫。

胡涂　衣巴干　博　阿烟　额敦　德　　德卜西特库
hūtu　ibagan　be ayan edun　de　　debsiterakū
鬼　怪　　把　大　风　在　　不扇

耶鲁里　额敦　发爱旦　博　额夫勒布莫
iruri　edun　faidan　be　efulebume
耶鲁里　风　行列　把　使破坏

阿布卡　赫赫　恩都力　博　扎发哈
abka　hehe　enduri　be　jafaha
阿布卡　女　神　　把　抓住

汉译：没用飓风扇动天魔，被耶鲁里轻易地破了风阵，抓住了阿布卡赫赫。

阿布卡　赫赫　　博　扎发布哈
abka　hehe　be　jafabuha
阿布卡　赫赫　把　抓

阿布卡　温突浑　乌特亥　涂合莫必
abka　untuhūn　uthai　tuhembi
天　　空　　立刻　落

阿布卡　那　克尔非舍莫
abka　na　kelfišeme
天　　地　　摇晃

顺　必牙　木勒户　发勒浑　额尔登　阿户
šun　biya　murhu　farhūn　elden　akū
日　月　昏沉的　黑暗　光　无

汉译：阿布卡赫赫被抓，天要塌陷了，天摇地晃，日月马上暗淡无光。

阿布卡德　佛勒果楚克　嘎思哈　那　德　佛勒果楚克　固勒固　西兰杜亥　固库合
abka　de ferguwecuke gasha　na　de ferguwecuke gurgu siranduhai gukuhe
天　在　神奇的　　鸟　地　在　神奇的　　兽　跟随　灭亡

阿布卡　赫赫　恩都力　衣　拙　嫩
abka　hehe　enduri　i　juwe non
阿布卡　女　神　　的　两　妹妹

哥勒非　嘎喇　博特克　辛达喇　巴　巴哈勒库
gelefi　gala　bethe　sindara　ba　baharakū
怕　手　脚　放　地　没有找到

汉译：天上的神禽、地上的神兽相继死亡，阿布卡赫赫的两个妹妹吓得手足无措。

依兰　额云　嫩　　额木　夫勒赫　额木机　塔克西莫
ilan　eyun　non　emu　fulehe　emgi taksime
三　姐姐　妹妹　一　根　一起　存在

额云　博　阿库　布莫 窝其
eyun　be　akū　bime oci
姐姐　把　没有　是　倘若

拙　嫩　各力　达哈莫 固库莫必
juwe non　geli　dahame bucebumbi
两　妹妹　也　跟随着 使死

汉译：三姊妹同根同存，一个若是被杀死，两个妹妹也就随着窒息。

安班 嘎思憨 憨其
amba gashan hanci
大　难　近的

耶鲁里 保道非 阿布卡 温涂浑　博 扎发莫
iruri　bodofi　abka　untuhūn　be jafame
耶鲁里 计谋 天　空　把 执掌

各勒恩 胡涂 衣巴干　嘎郎阿　博特亨额
geren　hūtu　ibagan　galangga　bethengge
众　鬼　怪　有手的　有腿的

阿布卡 那 衣　西登德 乌西哈 包 那　耶鲁 博
abka　na　i　sidende　usiha　boo na　yeru　be
天　地　的　两端　星　房 地　洞穴 把

额突胡舍莫 额哲勒合
etuhušeme　ejelehe
强横　占夺

汉译：大难眼看临头，耶鲁里要执掌穹宇，众魔手舞足蹈，争霸天地间的星房地窟。

额勒　分德
ere　fonde
这个　时候

阿布卡 赫赫 恩都力 衣 雅萨 衣 木克　必勒干 达尔巴德
abka　hehe　enduri　i　yasa　i　muke　birgan　dalbade
阿布卡女　神　的眼睛的　水　溪　旁边

汉译：正在这大难千钧一发之时，在白鹅筋绳拴绑的阿布卡赫赫泪眼溪流旁。

者固鲁①赫赫　恩都力萨 特合必
jeguru　hehe　endurisa　tehebi
者固鲁　女　神们　居住

特色 阿布卡 赫赫 恩都力 衣 雅萨　博　喀勒玛莫
tese　abka　hehe　enduri　i　yasa　be　karmame
她们 阿布卡　女　神　的眼睛　把　保护

顺 必牙 博 喀勒玛非
šun biya be karmafi
日　月 把　保护

阿布卡 那　博 衣能机 多博力 德　额尔德布莫 温折布木必
abka　na　be inenggi dobori de　eldembume　wenjebumbi

大　　地　把　日　夜　在　照耀　　温暖

汉译：住着者固鲁女神们，她们是赫赫的护眼女神，日月守护，使其日夜光照宇宙，送暖大地。

突特突 敖非 特色 箔热　德
tuttu　ofi　tese　beye　de
有光的 因为 她们 身体　在

额尔登额　额突库　机郎阿　发扬阿 必莫
eldengge　etuku　jilangga fayangga bime
光　　　衣服　慈善的　灵魂　有

特色 衣 阿勒奔　玛出浑　阿济格 色其博
tese i　arbun　macuhūn ajige　secibe
她们 的 形　　瘦　　小　　虽然

佛勒果楚克 霍伦 瓜　　赫赫 恩都力萨 郭喽 嫩德木必
ferguwecuke horon gūwa　hehe endurisa　goro　nendembi
神奇的　　威力 其他的 女　神们　众　超过

汉译：所以，她们身上都有光衫慈魂，其外形虽然瘦小，但神威远远高过三位女神身边的众位保护女神。

特色 必勒干 达尔巴德 阿布卡 赫赫 恩都力 怀塔布棱额
tese birgan dalbade abka hehe enduri huthuburengge
她们 溪　旁边　阿布卡 女　神　　被绑

阿布卡 那 西喇莫 莽阿 色勒合
abka　na sirame mangga serehe

天　　地　接续　　难　知道

汉译：她们在溪河旁知道赫赫被绑，天地难维，

额木　方阿　　瓦　夫禄　博尔果　山烟　赛堪　芍丹　乌西哈　德　库布力莫
emu　wangga　wa　fulu　bolgo　šanyan　saikan　šodan　usiha　de　kūbulime
一个　香　　味道　多　洁　　白　美丽　芍丹　星　　在　变成

额尔登　额尔德努合
elden　　eldenuhe
光　　　使光亮

汉译：便化做了一朵芳香四散、洁白美丽的芍丹乌西哈（芍药花星星），光芒四射。

乌云　乌朱　胡涂　衣巴干　耶鲁里
uyun　uju　hūtu　ibagan　iruri
九　　头　鬼　怪　　　耶鲁里

额勒　佛勒果楚克　衣尔哈　博　萨布非　博博勒舍合
ere　ferguwecuke　ilha　be　sabufi　boboršehe
这　神奇的　　　花　　把　看清楚　爱不释手

胡涂　衣巴干萨　山烟　衣尔哈　博　　杜力努勒　额林德
hūtu　ibagansa　šanyan　ilha　be　durinure　erinde
鬼　　怪们　　白　花　　把　抢夺　　时候

汉译：九头恶魔耶鲁里一见这朵奇妙的神花，爱不释手，恶魔们争抢着摘白花。

山烟 衣尔哈 盖太 明安　图门　额尔登 西勒丹 德 库布力合
šanyan ilha　gaitai minggan tumen elden　sirdan　de　kūbulihe
白　花　忽然　千　万　光　箭　在　变成的

耶鲁里 衣　雅萨 德 达布塔布合
iruri　i　yasa　de gabtabuhe
耶鲁里 的　眼睛 在　射

汉译：谁知白花突然变成千条万条光箭，直射耶鲁里的眼睛。

耶鲁里 尼莫勒 雅萨 尼楚非 库勒布莫
iruri　nimere yasa nicufi　kurbume
耶鲁里 疼　眼睛 闭眼　翻身

乌云　乌朱 博 达力莫 耶鲁 多勒机 德 乌喀莫 博德勒合
uyun　uju　be dalime　yeru　dorgi　de　ukame bederehe
九　头 把 掩　穴　里面 在 逃　使退缩

汉译：疼得耶鲁里闭目打滚，吼叫震天，捂着九头逃回地穴之中。

阿布卡 赫赫 恩都力　博 艾涂布合必
abka　hehe　enduri　be　aitubumbi
阿布卡　女　神　把　拯救

阿布卡 那 博 艾涂布合必
abka　na　be aitubumbi
天　地 把 拯救

汉译：阿布卡赫赫被拯救了，天地被拯救了。

阿布卡 赫赫 恩都力 巴那 姆　赫赫 恩都力
abka　hehe　enduri bana　eme　hehe enduri
阿布卡 女　神　土地 母亲 女　神

卧勒多 赫赫 恩都力 者固鲁 赫赫 恩都力 博 巴尼哈布哈
eldun　hehe　enduri　jeguru　hehe enduri　be　banihalabuha
卧勒多 女　神　者固鲁　女　神　把　谢谢

者固鲁 阿布卡 德 僧额 恩都力 色木必
jeguru　abka　de sengge enduri　sembi
者固鲁　天　在 刺猬　神　是

汉译：阿布卡赫赫、巴那姆赫赫、卧勒多赫赫一齐感谢者固鲁女神。者固鲁，原来是天上的刺猬神，

衣 固布其 箭热　德 发扬阿 斋拉勒 额尔登额 乌尔莫 博 讷勒莫
i　gubci　beye　de fayangga jailare　eldengge　ulme　be　nereme
她 全　身体 在 魂魄 藏，躲 有光的　针　把 披着

阿布卡 赫赫 侬兰 额云 嫩 图门 额勒更额 博 班机非
abka　hehe　ilan　eyun　non　tumen ergengge　be　banjifi
天　女 三　姐姐 妹妹 万　物　把 生育

发扬阿 博 布合
fayangga be　buhe
魂　把 给

汉译：它身披满身能藏魂魄的光针，帮助阿布卡三姊妹生育万物，付给灵魂。

衣尼　额尔登额　额涂库　各木　顺　必牙　衣　额尔登　佛孙　德　卓多莫
ini　eldengge　etuku　gemu　šun biya　i　elden　foson　de　jodome
他的　有光的　　衣服　全部　日　月　的　光　　照耀　在　织

乌莫西　达春　都崩额
umesi　dacun dubengge
最　　锋利　有尖的

汉译：她身上的光衫，就全是日月光芒织成的，锋利无比，

图门　额勒更额　图门　衣巴干　博　雅萨　萨布勒库
tumen ergengge　tumen ibagan　be　yasa　saburakū
万　物　　万　怪　把　眼睛　看不见

非颜　阿户
fiyan akū
颜色　没有

汉译：可使万物万魔双目失明，黯然失色。

西斯林　赫赫　恩都力　多西　阿木嘎　敖非　阿班　卓博伦　塔塔莫
sisrin　hehe enduri　doosi　amga　ofi　amba　jobolon　tatame
西斯林　女　神　贪　睡觉　因为　大　灾难　拉

依兰　赫赫　恩都力　衣　博　阿布卡　那　涂乐勒机　德　博硕布合
ilan　hehe enduri　i　be abka　na　tulergi　de　bošobuhe
三　女　神　的 把 天　地　外面　在　驱逐

衣尼　赫赫　巴宁额　恩都灵额　索林　博 都力布合
inu　hehe baningge enduringge soorin　be duribuhe

是　女性 原本的　神　　　宝座　把　夺去

汉译：西斯林女神因为贪睡，惹出大祸，被三女神驱逐出天地之外，
夺去了她的女性神牌。

西斯林 赫赫　恩都力 阿勒布恩 库布里莫
sisrin　hehe　enduri　arbun　kūbulime
西斯林　女　神　　形　　改变

阿玛拉 耶鲁里 莫音 佛哲勒机德 哈哈　巴宁额 必干 恩都力 敖号
amala　iruri　meyen fejergide　haha　baningge bigan enduri oho
后　　耶鲁里 队、伙 下面的　男性 原本的　野 神　就这样

汉译：西斯林从此改变了神形，后来成了耶鲁里伙下的男性野神，

古您　其亥 西德勒布 勒户
gūnin　cihai siderebu　akū
心意　任意 妨碍　　无

阿布卡 那 西登 德　索多莫
abka　na siden de　šodome
天　　地 缝 在　各处游

阿林 博 阿尸沙莫
alin　be ašame
山　把　撼动

必牙 博 阿尸沙莫
biya　be ašame
月　把　撼动

图门 扎卡　德 额木 卓博伦 必木必
tumen jaka　de emu　jobolon bimbi
万　物　在一　害　成为

汉译：放荡不羁，驰号天地之间，撼山撼月，成为万物一害。

阿木嘎 扎兰 德 乌勒色 乌朱　德 衣尔哈 博 阿思哈莫 其哈拉莫
amga　jalan de urse　uju　de　ilha　be ashame　cihalame
后来　世界 在 人们　头　在 花　把 佩戴　嗜好

额莫木 孙绰霍 西登 德 衣尔哈 博 绰克衣莫 其哈拉莫
ememu soncoho siden de　ilha　be　cokime　cihalame
或　辫子 缝 在 花　把 插　嗜好

塔喀喇德 胡涂 衣巴干 博　果洛布非 斋喇莫 木特木必
takarade　hūtu ibagan　be　golobufi　jailame mutembi
认为　鬼 怪 把 惊　躲　能够

汉译：后世人们头上总喜戴花或头髻插花，认为可惊退魔鬼。

阿思哈勒 衣尔哈 绰克衣勒 衣尔哈 佛洛勒 朱赫 衣尔哈
ashare　ilha　cokire　ilha　foloro　juhe ilha
佩带　花　插　花　雕刻 冰 花

山烟　硕丹 衣尔哈 博 其哈拉莫
šanyan šodan ilha　be　cihalame
白色的 芍药 花　把 爱好

汉译：戴花、插花、贴窗花、雕冰花，都喜欢是白芍药花。

尼莽机　衣尔哈 各姆 山烟　非颜 色莫
nimanggi　ilha　gemu šanyan　fiyan seme
雪　　　花　　全部　白　　颜色 是

阿布卡 赫赫 恩都力 哈萨拉布莫
abka　hehe enduri　hasalabume
阿布卡 女　　神　　剪成

衣巴干　博 斋拉布莫
ibagan　be jailabume
怪　　　把 驱赶

扎兰 博 博尔果莫
jalan be　bolgome
世界 把　清洁

扎兰 扎兰 衣 赛音
jalan jalan i　sain
世　 世　 的　好

汉译：雪花，也是白色的，恰是阿布卡赫赫剪成的，可以驱魔洁世，代代吉祥。

附录一

《天宫大战》字词表

A

阿巴达哈，abdaha，叶子

阿布卡，abka，天

阿查玛，acame，配合

阿楚，encu，另

阿达拉莫，adarame，为何

阿达利，阿达离，阿达里，adali，相同的，并列

阿达莫，adame，陪着

阿发汉，afahai，连续战斗

阿夫西，aimu，怎么

阿固喇，agūra，器物

阿斤，ajin，鳇鱼

阿济格，阿沙格，ajige，小

阿克达哈，akdaha，依靠

阿克达莫，akdame，依靠

阿库，akū，没有

阿兰，ala，桦皮

阿喇哈，araha，养

阿拉冈，alamimbi，驮

阿拉布嘎，arabuha，造

阿勒布恩，arbun，形

阿里莫，alime，接受

阿那布哈，anabuha，被推

阿兰哈，araha，造

阿喇勒，arare，造

阿莫察莫，amcame，追

阿拉差哈，aljaha，分离

阿拉顿嘎，araduha，造

阿里，阿林，alin，山

阿力干，aligan，座

阿勒奔，arbun，形

阿勒堪 卡勒堪，arkan　karkan，刚刚

阿勒嘎，arga，计策

阿木察哈，amcaha，追

阿木孙，amsun，祭肉

阿母嘎，amga，睡觉

阿莫嘎莫必，amgambi，睡

阿玛拉，amala，后

阿那布哈，anahuha，让

阿尼亚，阿尼雅 aniya，年

阿琴布莫，acibume，驮

阿琴给布哈，acinggiyabuba，摇动

阿斯哈，asha，翅膀

阿思哈莫，ashame，佩带

阿思哈勒，ashare，戴

阿施沙喇，ašša，动

阿尸沙莫，aššame，撼动

阿苏，asu，网

阿苏吉哈，asujihe，网来的

阿烟，ayan，大的

爱瞒，aiman，部落

爱努，ainu，为何

艾涂布合必，aitubumbi，拯救

爱西拉不莫，aisilabume，帮助

艾新，aisin，金色的

艾其，aciha，驮着

安，an，常规

暗，encu，另外

安班，amba，大

安班凌古，ambalinggū，宏伟的

敖尔浑，olhon，干的

昂阿，angga，口

安巴喇莫，ambarame，变大

敖尔浑，olhon，干燥

敖勒轰，orhonggo，草

敖号，oho，已然

奥莫、奥姆，omo，湖泊

敖姆必，ombi，成为

敖霍，ohode，若

B

巴哈莫，bahame，得到

巴克其拉库，bakcilakū，不相对

巴林，balin，白

巴尼哈布哈，banihabuha，谢谢

巴彦，bayan，富

白非，baifi，要求

白搭，baita，事

白郎额，bairangge，请求

百达拉莫，baitalame，用

巴多拉库，badarakū，无法发展

巴哈拉，bahara，得之

巴哈莫，bahame，得到

巴勒给扬哈，bargiyaha，约束

巴那，ba na，地方

巴宁，巴宁额，baningge，原来

巴宁额，baningge，原本的

巴尼泰，banitai，性

白达哈，baitalaha，用

板金布哈，banjibuha，生出来

包，博，boo，房子

包春郭，包锁霍，boconggo，彩色

包辍，布出，boco，色

包毕，bumbi，给

保道非，bodofi，计谋

包哈，buha，赋予

包浑，薄得，boihon，土

包力，buruhun，昏暗

包霍毛，borho，聚集

包拉阔，bolgo，清洁

箔，be，我们

博德勒非，bederefi，退回

比，bi，我

比干，bigan，原野

比赫，biha，一小块

必勒干，birgan，小溪

必禄莫，bilume，抚育

必木必，bimbi，成为

比西勒勒，bisire，有的

班金必，banjimbi，生

班金哈，banjiha，生

比拉哈，bireha，展示

必，bi，有

必木比合，baimbi，寻

比赫，bihe，有

比赫，bime，而且

毕牙，biya，月

必勒莫，bireme，冲出

标勒色莫，bilgešembi，水满将溢

勃德赫，博特克，箔特赫，bethe，脚

博德勒合，bederehe，使撤退

博敖哈，buha，给予

博博勒舍合，boboršehe，爱不释手

博德勒非，bederefi，返回

博多霍，bodoho，想

博多莫，bodome，谋划

博多亨额，bodohonggo，计谋，想

博尔果，bolgo，清洁

博尔果莫，bolgome，清洁

博尔拙非，boljofi，约定

博硕布合，bošobuhe，驱赶

博特亨额，bethengge，有腿的

箔热，beye，身体

勃里任，beliyen，醋

布车，buce，死

布彻莫，buceme，死

博崇额，boconggo，彩色的

布都，buruhun，暗淡

博硕莫，bošome，驱逐

布出巴哈，butuleha，暗地里

布都，buruhun，暗

布都拖，butu，幽暗

布克坦，buktan，堆

布拉初合，boljohe，约定

布勒痕，bulehen，鹤

布离任赫，burireme，淹没

布鲁拉布哈，burulambuha，败走

布禄巴喇，burubura，渺茫，恍惚

布莫、布么，bume，bumbi，给予，交给；供给；赋予等；给

布哈，buhe，给

布库，buhū，鹿

布任必，buyembi，爱慕

布朱　巴加，buju　baja，数不尽的

布占，bujan，森林

C

车库，ceku，秋千

车库德，cekude，秋千架子

车库德莫，cekudeme，荡秋千

车其克，cecike，雀

朝克，cokcohon，高出的地方

楚库哈户，cukuhakū，不疲倦

绰克衣勒，cokire，插

撮伦，coron，帐篷

D

达，da，元

达，da，中心

达巴库离，dabkūri，重叠的

达巴西，dabsi，臂

打布木必，dabumbi，点燃

达布塔布合，gabtabuhe，射

达春，Dacun，锋利

达尔巴，dalba，旁边的

达尔巴德，dalbade，旁边

达哈斯浑，dahasshūn，迎合

达哈莫，dahame，跟随着

达哈勒，dahare，顺着

达昏拉哈，dahalaha，跟随

达呼莫，dahūmbi，重复

达克西出克，tuksicuke，危险的

达拉坎，delhen，块

达勒胡欢，darhūwan，竿子

达里哈，daliha，遮盖

达力哈必，darimbi，经过

达力莫，dalime，遮，掩

达那非，danafi，照管

达尔达布非，daldabufi，隐藏

达瓦萨哈，tuwašataha，照看

丹母，dambi，刮

道波里，dobori，夜

德博哲布莫，debkejeme，松散

德博西特勒，debsitere，不停地扇翅膀

德顿恩刻衣，dekdembi，飞起

得恩，den，高

德克德布合，dekdebuhe，泛起

德克德布赫，dekdembi，上升

德勒，dere，桌子上面

德勒其，tulergi，外

德里奔，deribun，始端

德力布木必，deribumbi，开始

德力给，dergi，东

德母恩，demun，怪样

德诺哈，dekdeha，浮

德色，tese，它们

德音姆，德耶合，deyeme，飞

德耶机勒，deyejire，飞起

灯占，dengjan，灯

东其莫，donjime，听见

都，du，胯骨

都巴，dobton，套

都崩额，dubengge，有尖的

都箔哈，gukuha，灭亡

都给，dorgi，里面

都哈，duha，令完成

都勒，dule，原来

都勒其，dulembu，过

都勒莫，duleme，越过

都力，dolo，里头

都力布合，duribuhe，被夺

杜力努勒，durinure，抢夺

都林，dulin，半数

都伦，dule，原来

都伦，durun，模样

都伦巴，都林巴，dulimba，中央

都音，德音，duin，四

堆布勒其，duibulembi，比较

洞古，dunggu，洞

顿督，tundo，直的

都其莫，tucibume，显露出

顿其哈必，donjimbi，听着

敦吉哈，donjiha，听说

敦吉哈，tunggiyeha，捡起来

多博力，dobori，夜

多德恩比，donjimbi，听见

多喀霍，dokaho，多喀霍

多克辛，doksi，暴

多西哈，dosiha，进入

多里，多勒机，dorgi，里

多罗，dolo，里

多勒滚，dorgon，獾子

多勒机德，dorgide，里面

多其哈，tuciha，出来

多西，doosi，贪

E

额，be，把

额箔勒，ebele，这边

额车勒莫，acalame，适合

额德克，ede，于是

额东额，edungge，风

额都浑，eduhun，强

额敦，edun，风

额尔博亨额，elbehengge，盖

额尔德讷布合，eldenebuhe，使照亮

额尔德布莫，eldembume，照耀

额尔合，elhe，安

额尔合衣，elhei，慢慢的

额尔合讷莫，elheneme，安静

额非都合，efiduhe，玩耍

额夫勒哈，efuleha，毁坏

额夫罗，hefeli，肚子

额给沙卡，ekiyaka，宁静地

额赫勒哈，ehelehe，变成了

额夫勒布莫，efulebume，使破坏

额勒，ele，愈加

额勒更额，ergengge，物，生灵

额勒舍希，eršesi，服侍

额勒德木，erdemu，技艺

额勒德姆，erdemu，才

额勒浑，elehun，安然的

额勒门嘎，elemangga，反而

额哈，恶赫，额勒赫，ehe，恶

额赫勒毕，eherembi，变了

额赫勒哈，eherehe，变成

额克涩，ekšun，可厌的

额勒，ere，这个

额勒顿，elden，光

额勒根，ergen，生命

额勒顿克，eldengge，有光的

额勒德，erde，清晨

额鲁沃德哈，eruwedeha，钻

额姆，emu，一个

额莫木，ememu，或

额突胡舍合，etuhušehe，强横

额涂库，etuku，衣服

额姆格里，emgeri，已经

额姆给衣，额木机，emgi，一起

额莫母，额莫木，ememu，有些

额木浑，emhun，独

额能给，enenggi，今日

额尼热痕，eniyen，母

额任，ele，足够了

恶任，eyen，水流

额思勒痕，esike，够了

额特布合，etebuhe，取胜

额特木必，etembi，得胜

额突胡升额，etuhušengge，强横

额图浑，etuhun，强

额衣其簿，eicibe，总得

额云，eyun，姐姐

额哲勒合，ejelehe，占夺

额折突勒布莫，ejetulebume，纪念

恩都浑，etuhun，强大的，高强的

恩都力，enduri，神

恩额勒莫，enggeleme，临

恩额娄，onggolo，在……之前

恩特合莫，enteheme，永远

F

发爱旦，faidan，行列

发楚胡喇布户，facuhūbukū，不捣乱

发楚胡喇布勒，facuhūrabure，作乱

发卡西，faksi，巧术

发卡莫，faksalame，分别

发拉布莫，falabume，放

发拉浑，farhun，farhūn 昏

发勒浑，farhūn，黑暗

发利良哈，juliyaha，吐出

发离亚太，faršatai，奋不顾身地

发沙杭阿，faššangga，卖力地

发扬阿，fayangga，灵魂

房缠库，fancabu，生气

非牙，fiya，桦树

非雅户，fiyakū，烤

非雅塔里，fiyaltari，晒

非颜，fiyan，颜色

分德，fonde，时候

分多霍，fondolo，穿透

分车母哈，funcehe，余

佛车勒给，fejergi，下面

佛库莫，fekume，跳跃

佛勒滚，forgon，季

佛伦，foron，顶

佛洛勒，foloro，雕刻

佛勒滚窝楚克，ferguwecuke，惊奇的

佛捏，feniyen，群

佛耶，feye，伤口

佛索莫，fosome，照射

佛折勒机，fejergi，下面的

抚尔尖，fulgiyan，红色

否革哈，farakabi，晕

夫尔他浑，fulahūn，赤条条

夫赫赫，夫勒赫，fulele，根

夫勒坦，fiyartun，疮疤

夫勒尖，fulgiyan，红

付卢，夫禄，fulu，强胜，多

夫莫勒磨，fumereme，混搅

夫它，futa，绳子

夫尼也赫，夫尼叶赫，funiyehe，毛，头发

夫顺哈，fosoha，照耀

夫苏勒，fusubure，喷出

G

嘎拉，gala，手

嘎郎阿，galangga，有手的

嘎哈，gaha，乌鸦

嘎鸟，ganio，怪异的

嘎鲁，garu，天鹅

嘎思哈，gasha，鸟

嘎思憨，gashan，难

盖太，该太，gaitai，忽然，忽而

盖姆必，gaimbi，领导

高喽，goro，远

哥彻莫，geceme，冻

革德拉库，getelakū，不醒

哥恩吉任，genggiyen，照亮

格混，革痕，gehun，明亮

哥离，gere，天亮

革离，该力，geli，又，也

哥拉浑，gelhun，整

哥勒非，gelefi，怕

哥勒布木，gelebumbi，惊吓

葛勒合，gelehe，害怕

哥勒勒户，哥勒喇户，gelerakū，不怕

格木，gemu，都

格讷哈，genehe，去了

格讷莫，geneme，去

格色，gese，相同

各伦，geren，众

格突肯，getuken，明白

给达母哈，gidaha，压

给达涩，gidaša，压迫

给德布哈，给达布哈，gidabuhe，令压

给任，giyan，理

给苏勒克，gisuleke，说

给孙，gisun，话

给孙勒勒，gisurere，要说的

根吉任，genggiyen，明亮的

更金恩，更尖，genggiyen，清楚

瓜，gūwa，其他的

姑巴其，固卜其，gubci，全部

姑离布赫，guribuhe，搬来

姑尼莫，gūnime，想

古鲁古，gurgu，兽

古库，guku，令灭亡

固库莫必，bucebumbi，使死

古里布，guribu，移动

古尼恩，gūnin，心意

瓜，gūwa，别的

郭达莫，kadalame，管理

郭多母比，godombi，鱼跃

果尔奔突瓦，golontuwa，篝火

郭吉布哈，gocibuha，出现

郭离布母莫，horibume，囚困

郭勒敏，golmin，长

郭罗，goro，远

郭罗，gorokon，遥远的

郭罗，gūla，本身

郭喽，goro，众

果洛哈，goloho，惊吓

郭心，gūnin，想

郭心哈，gosiha，仁慈

郭你哈，gūniha，想

果洛布非，golobufi，惊

H

哈巴它，habta，翅

哈达，hada，石碴子

哈达布赫，hadabuha，使钉入

哈达莫，hadame，钉

哈达害，hadahai，盯住了

哈达萨莫，gidašame，欺负

哈尔浑，halhūn，热

哈哈，haha，男，男人

哈克山，haksan，险峻

哈拉，hala，姓

哈卡桑，haksan，阴险

哈拉巴，halba，肩胛骨

哈勒维让，halfiyan，扁平的

哈勒混，olhon，干燥

哈兰扎莫，halanjame，轮流

哈鲁亢，halukan，暖

哈木夹里，hamgiyari，蒿猪

哈钦，hacin，种

哈萨拉布莫，hasalabume，剪成

哈坛，hatan，烈

号，hoo，样子

罕达罕，kandahan，驼鹿

憨其，hanci，近的

合卜德布非，hebdešefi，商量

赫尔门，helmen，影子

赫赫，hehe，赫赫

赫夫里，hefeli，肚子

赫色，hese，同

黑离，hiri，酣睡

黑扬，fiyasha，山墙

痕彻非，hencefi，砸

痕都哼额，henduhengge，说

呼文给，huwengkiyeme，啄

胡敦，hūdun，快速

胡拉布木必，hūlabumbi，使呼叫

户尔哈莫，hūlhame，偷

胡喇哈，hūlaha，呼叫

胡里布哈，guribuha，移动

胡沙胡，hūšahū，猫头鹰

胡顺，护孙，hūsun，力量

胡涂，hutu，鬼

胡突里，hūturi，福分

胡西莫，hūsime，包裹

胡瓦萨哈，hūwašaha，养育

呼瓦莎莫，hūwašame 养育

怀塔布合，huwaitabuhe，拴

怀塔布棱额，huthuburengge，被绑

浑哈，hūwalambi，打破

霍里非，horifi，围住

霍敦，hūdun，快点

霍尔拖布合，holtobuhe，哄骗

霍尔拖默，holtome，哄骗

霍绰，hojo，俊美好看

霍离布赫，horibuhe，困住

霍里不棱额，horiburengge，被围困

霍洛，holo，山谷

霍伦，horon，威力

霍缩离，hosori，肤屑

霍吞，hoton，城墙

J

吉赫，jihe，来

吉，juwe，两

吉达拉哈，gidalame，打、刺

吉达莫，机达莫，gidame，盖

机达纳哈，gidanuha，一齐压下

机尔干，jilgan，声音

机尔涂看，giltukan，俊秀

机尔塔里，giltari，明亮的

吉拉敏，jiramin，厚

机喇力莫，giyarime，巡察

吉兰给，机郎机，giranggi，骨头

吉郎阿，jilangga，有慈心

吉勒冈，jilgan，声音

吉勒达里，giltarilambi，光亮

吉勒敏，jiramin，厚

吉利，jili，生气

吉莫，jime，出来

机萨布合，gisabuhe，杀尽

夹克山，jaksan，霞

加林卡，jalingga，狡猾的

夹昆，giyahūn，鹰

交，机殴，gio，狍

津其，jingji，重

京，jing，正好

京其尼，jingkini，真正

掘非，juwefi，搬运

K

卡达拉哈，kadalaha，掌管

卡丹，kadalame，喷

喀勒玛莫，karmame，保护

卡卢莫，kalumi，刺破

喀木尼莫，kamnime，合上

喀突巴，katun，健壮

凯查，kaica，桦皮篓

凯莫，gaime，要

凯哈，gaiha，要

科车莫，kicebe，勤勉的

克尔非舍莫，kelfišeme，摇摆

克根吉任，genggiyen，光明

克里，cira，颜面

克里比，tulembi，力

克托阿库，kuturakū，没有拉

克木恩，克姆恩，kemūn，规矩

可姆尼，Kemuni，仍

肯，genggiyen，清澈

库布里非，kūbulifi，变化

库布林，kūbulin，变化

库布里合，kūbulihe，变化

阔刻勒莫，kokiram，残害

库勒布莫，kurbume，翻身

库离布莫，koribume，挖

阔罗，koro，伤害

阔其户，gocikū，袋子

库布凌额，kūbulingge，变化

库布聂合，库布里合，kūbuliha，变化

库布里莫，kūbulime，改变

库鲁，kulu，健康

库瓦兰，kūwaran，场地

库瓦哈，kūwaha，夜啼鸟

库瓦莫，kūwame，张开

库衣布莫，koolibume，遵例

L

拉巴，labdu，极，甚，颇，很；多的，颇多的

拉巴那，labdulambi，增多，加多

喇克雅布哈，lakiyabuha，悬挂

兰，lan，蓝

喇木恩，lamun，蓝色

喇西黑合，lasihihe，摆动

郎刻，langgake，取

勒夫，lefu，熊

里，le，强调

力发憨，lifahan，泥巴

禄克，luku，茂密

M

玛出浑，macuhūn，瘦

玛发，mafa，老人

玛机哥，majige，稍微，少许

玛卡，maka，不知

玛克塔非，maktafi，抛掷

妈妈，mama，祖母

满朱，manju，满族

忙嘎，mangga，难

马牙哈，mayaha，消化

毛，moo，树，木

毛楼哈必，morombi，睁圆

每合勒非，meiherefi，扛起

每合勒莫，meihereme，担着

梅赫，meihe，蛇

门其莫，monjime，揉

蒙温，明安，minggan，千

蒙温，menggun，银色

米出莫，michume，爬

米思哈赫，mis'hahe，躲开

莫勒根，mergen，智慧

莫勒臣，mektehe，打赌

莫音，meyen，队，伙

莫完哈，mohoha，竭尽

姆，eme，母亲

默德里，mederi，海

莫勒根，mergen，智谋

莫林，morin，马

莫克特，mekte，打赌

木克德，mukde，隆起

木克德浑，mukdehun，坛

母克敦哈，mukdeha，升起

木都呼，mujuhu，鲤鱼

木都里，muduri，龙

木丹，mudan，回

木罕，muhan，公

木合连，muheliyen，圆的

木机恩，mujin，心志

木机勒恩，mujilen，心

木克，muke，水

木克德恩哈，mukdendeha，升腾

母克山，mukšan，棍

穆克德浑，mukdehun，祭坛

木克耶莫，mukiyeme，灭

木木户，mumuhu，球

木特合必，mutenhebi，才能

木特喇户，muterakū，不能够

母特莫，muteme，完成

母特拉库，muterakū，不能

木特布合必，mutebuhebi，完成

木特莫，muteme，能

木瓦，muwa，粗

N

那丹，nadan，七

那拉呼，naihū，星

那拉浑，narhūn，细细的

讷勒库，nereku，斗篷

讷勒莫，nereme，披着

讷莫莫，nememe，愈加

讷苏肯，nesuken，温良

嫩，non，妹妹

嫩德，嫩特恩，nenden，首先

嫩德哈，nendeha，先于

嫩德木必，nendembi，超过

尼楚非，nicufi，闭眼

尼玛哈，nimaha，鱼

尼玛琴，imcin，鼓

尼曼吉，nimanggi，雪

尼莽机，nimenggi，油脂

尼莫勒，nimere，疼

尼莫楚克，nimecuke，利害

尼莫楚克，nimecuke，严

尼热赫，niyehe，鸭子

尼雅满，niyalman，心

尼庸尼雅哈，niongniyaha，鹅

宁聂里，niyenniyeri，春天

纽胡属勒合，niohušulehe，赤裸

纽浑，niohon，苍

农嫩嘎，nongnembi，伤害

诺毕，neombi，游荡

诺莫浑，nomhon，忠厚老实

诺哲，nergin，当即

讷莫莫，nememe，更加

Q

其，ci，从

其箔申，cibsen，静寂

其发航，cifahan，泥

其哈拉莫，cihalame，嗜好

其亥，cihai，任意

其杭阿，cihangga，情愿

其喇莫，cirame，紧

其玛力，cimari，每天

洽拉器，carki，鼓板

R

热箔纯嘎，yebecungge，秀丽

若薄罗，卓博伦，jobolon，灾难

若黑，wešen，套网

若克托，yokto，兴趣

若罗，noho，总是

若索赫，若梭哈，fosoha，照射

S

赛看，saikan，美丽

赛音，sain，好

萨布合，sabuhe，看见

萨布非，sabufi，看

萨布勒，sabure，看见

萨克达，sakda，老

萨哈连，Sahaliyan，黑色，黑龙江

萨里莫，sarame，张开

萨玛，saman，萨满

色箔肯，sebken，初

色布哈，cibuha，拦阻

色恩，sen，孔

僧额，sengge，刺猬

色喇布，selabu，畅快

色勒布合，serebuhe，感到

色鲁元，bulukan，温和

色合浑，šehun，旷地

森德哲莫，sendejeme，冲突

涩力，šeri，泉

沙比，sabi，吉祥

沙户伦，šahūrun，冷

沙旦哈，sarašaha，游说

莎衣康，saikan，美好的

沙，ša，看

沙哈，saha，知道

沙呼伦，serguwen，凉

沙机兰，šajilan，桦木

沙吉勒，jamara，吵闹

沙拉库，šarakū，不知道

沙勒甘，sargan，妻子

沙里甘居，sarganjui，女儿

沙勒卡奔，salgabun，禀赋

沙卡，saka，刚才

沙苏勒莫，sesulame，吃惊

沙音，沙延，šanyan，白肉

申克，sěngge，预知者

山，šan，耳朵

山嘎，šak，高

稍勒机莫，šorgime，集中

申德折合，sendejehe，崩裂开口

属窝，šuwe，最

顺，šun，太阳

硕丹，šodan，芍药

硕勒机莫，šorgime，钻

西拉莫，sirame，连续的

松廓，songko，踪

松郭离，songkoi，遵照

苏博，sube，筋

苏冲阿，sucungga，起初

苏出那哈，sucunaha，出来

苏户，fulhū，袋

苏都哈毕，suihenembi，生长

苏克顿，sukdun，气

舒库，sukū，皮肤

苏勒，sure，聪明的

苏勒德哈，šurdeme，周围

苏勒莫，sureme，喊叫

苏勒勒，surere，喊叫

苏木其，šumci，坠入

随拉莫，suilame，辛苦

虽兰，suilan，大马蜂

孙绰霍，soncoho，辫子

孙郭哈，songkoloho，啼哭

孙克，šungke，通

索秘哈比，somihabi，藏

索勒给，šorgi，令催

索林，soorin，宝座

索索，coco，阴茎

索多莫，šodome，闲逛

T

塔春其，dacun，锋利

它达，dade，而且

塔尔满，talman，雾

塔尔堪因，talkiyan，闪电

塔卡库，takakū，不认得

塔克西莫，taksime，存在

它拉达赫，daldaha，隐瞒

它库兰，takūra，差役

它拉芒，talman，雾

它母哈，damha，管理

塔娜，tana，珍珠

塔钦，tacinun，习俗

它西哈，dasiha，盖

它其哈必，tacihabi，学习

塔其莫，tacime，学习

塔其哈，taciha，学习

塔尔堪因，talkiyan，闪电

塔塔莫，tantame，打

坦达哈，tantaha，追打

坦打布非，tantabufi，追打

坛它莫，tantame，打

唐古，tanggū，百

唐古色，tanggū，百

套博，tob，正

特，te，现在

特布哈，tebuhe，装

特恩哈，teheren，相当

特恩特克，tentekengge，那样的

特赫，dehe，令打成叶子

特合，tehe，住

特赫必，tembi，住

特克斯，tešara，错

特母涩哈，temšeha，拼争

特合必，tehebi，住

特勒，tele，那个

特勒痕赫，delhembi，分开

特勒肯，tereci，因此

特勒窝，tuktan，起初的

特莫，teme，坐骑

特莫涩哈，temšeha，争夺

特姆申都莫，temšendume，相争

特热，teyen，休息

特衣分，teifun，拐杖

特衣勒，teile，仅仅

特衣夫舍莫，teifušeme，拄拐杖走路

突勒滚德，turgunde，缘故

特勒窝，tuktan，原初

特莫曷都，temgetu，特征

特尼，teni，才

特色，tese，她们

突阿布合必，tuwabumbi，看见

突比赫，tubihe，果子

图发莫，doigošome，预先

突佛卡给，dufedekagi，淫

突尔津，tulgiyen，除……之外

突布哈，突哈，tantaha，打

涂合克，突合克，tuheke，落

突赫勒，tuhere，落下

突克西楚克，tuksicuke，危难的

突勒，dele，上

突其，tuci，出现

突其非，tucifi，出来

突其布非，tucibufi，显露

突其克，tucike，出去

突斯深，tucisen，出来

突给，图机，tugi，云彩

突兰给，duranggi，混浊

突伦，durun，样子

图门，tumen，万

图特都，tuttu，所以

突瓦莫，tuwame，看

突瓦给都哈，tuwakiyaduha，守候

图哇给扬哈，tuwakiyaha，看守

团必，tuwambi，看

团哈，tuwaha，看见

吞，ton，数

拖阿，tuwa，火

托克索，tokso，屯

拖克拖非，toktofi，决定

拖秘喇非，tomilafi，照料

拖里，tuweri，冬天

拖莫勒浑，tomorhon，清楚

拖瓦莫，tuwame，看见

拖秘喇非，tomilafi，派

突箔，dube，尖儿

X

西，si，你

西，ci，从

西德勒布，siderebu，妨碍

西登，siden，缝

西勒丹，sirdan，梅花箭

西勒嘎，sirga，獐

西兰，siran，接连

西力，sira，接着

西力布非，siribufi，挤

西玛楚喀，simacuka，肃杀

西特恩，sithūme，专心

西西哈，sisiha，插

西察莫，sicame，震

新德母哈，辛搭哈，新达哈，sindaha，放；施加

辛达非，sindafi，放

W

瓦，wa，气味

瓦吉黑，wajihai，拼命进行

瓦吉勒，fejergi，下面

瓦卡，wakala，责备

瓦哈，waha，杀死

瓦卡查莫，hūwajame，破裂

哇拉，瓦喀，wala，下

瓦勒给，wargi，西

洼西哈，wesiha，上升

洼西毕，wasibumbi，下降

哇西哈，wasika，下来

歪达库，waidakū，杓子

亡阿，wangga，芳香

威必赫，uhei，共同，一起

威赫，uihe，角

围勒，weile，物

威勒恩，ulen，田间沟渠

温布合，wembuha，使融化

文楚，onco，宽

文克，wengke，化

温突浑，untuhūn，空的

温哲布合，wenjebuhe，温暖

窝布哈必，obuhabi，当成了

窝彻布木必，wecebumbi，祭祀

窝合雅合，wehiyehe，扶助

窝机，weji，丛林深处

窝赫，wehe，石头

乌春勒克，uculeke，唱

乌出勒合，uculehe，歌唱

乌出勒木必，uculembi，唱

乌出勒亨额，uculengge，鸣唱

乌春衣，ucun，歌

乌都，udu，几

乌尔莫，ulme，针

乌合，uhe，统一的

乌合里，乌合力，uheri，都

乌合里勒合必，uherilembi，总，统

乌卡莫，乌喀莫，ukame，逃跑

乌卡纳哈，ukanaha，逃走了

乌克苏拉，šukilambi，顶

乌拉，ula，江

乌拉黑苏，ulihicun，灵性

乌拉黑苏毕，urahilambi，探听

乌勒滚折莫，urgunjeme，高兴

乌喇木必，ulambi，流传

乌勒本，ulabun，传记

乌勒滚，urgun，喜欢

乌勒滚哲非，urgunjefi，高兴

乌勒莫，ulme，针

乌勒色，wesihun，高

乌离，uli，弓弦

乌鲁依，urui，只是

乌米雅哈，umiyaha，虫

乌木西，乌鲁，uru，是

乌莫西，umesi，最

乌能莫，unggime，调遣

乌诺母哈，unubuha，背上

乌忻，usin，田地

乌特海衣，uthai，立刻

乌西哈，usiha，星星

乌云，uyun，九

乌真，ujen，沉重

乌朱，uju，头

乌朱勒莫，ujulame，带领

乌朱拉布哈，ujulabuha，带头

窝，we，谁

窝本刻，obonggi，泡

窝车库，weceku，神祇

窝出，encu，异，别的

窝佛洛，oforo，鼻子

窝赫，oho，腋毛

窝合雅合，wehiyehe，辅佐

窝浑伦，foholon，短

窝勒其，olji，俘虏

窝离，oori，精力

窝木毕，obonmbi，水泡

窝合耶棱额，wehiyelengge，扶持

窝思浑，oshon，暴虐

Y

亚步黑，牙步哈，牙布卡，雅布非，yabuha，行走

牙莫，yabume，行走

亚凡，yafan，园地

雅鲁赫，yaluhe

衣勒嘎哈，ilgaha，分辨

牙利，yali，肉

亚路哈，yaluha，骑

雅姆吉思浑，yamjishūn，夜晚

牙木吉，yamji，夜晚

牙沙，yasa，眼睛

耶勒霍，yerhuwe，蚂蚁

耶禄，耶鲁，yeru，穴

耶鲁里，iruri，多指下沉之意，指耶鲁里

衣，i，的

衣巴干，ibagan，怪

衣薄莫，ibeme，前进，进入

衣昌卡，icangga，顺手

依差浑沙哈，faihacamha，烦躁

依车，ice，新

衣尔哈，ilha，花

衣尔嘎沙勒，ilgašare，游逛的

衣吉斯浑，ijishūn，顺心的

依兰，ilan，三

依勒都哈，ildumbi，相熟识，亲昵，亲近

衣勒嘎哈，ilgaha，分辨

衣勒图勒合必，iletulehefi，显露

衣立非，ilifi，止

衣力莫，ilime，立

衣尔哈，衣拉哈，ilha，花

衣力布莫，ilibume，立

衣立勒库，iliburakū，不停止

依能给，inenggi，日

依奴，inu，是

衣其合雅莫，icihiyame，办理

衣其萨莫，icišame，趁势

依斯春，isembi，怕

衣色勒莫，iseleme，抗争

衣思浑，ishun，迎面的

依色拉库，iserakū，不惧怕

伊斯浑德，ishunde，相互

依能给，inenggi，日子

衣西塔喇，isitala，直到

衣西那莫，isiname，到达

衣西布合，isibuhe，施

愚愚莫，yuyume，饥饿

Z

扎布卡，jaluka，塞满

扎凡必，jafambi，抓

扎发哈，jafaha，抓

扎卡，jaka，物

扎卡德，akade，因为

扎克占，akjan，雷

扎坤，jakūn，八

扎兰，jalan，世

扎鲁其拉，jalukiya，满足

扎鲁，jalu，满

扎鲁哈，jaluha，满

扎鲁伦嘎，jalungga，满的

斋，zhai，和

斋喇勒，jailara，躲避

斋拉莫，jailame，躲

斋拉布莫 jailabume，驱赶

则木其，wempi，教化

哲克，jeke，吃

哲克必，jembi，吃东西

折勒机，jergi，层次

抓里，juwari，夏天

拙，juwe，两

朱布奔哈，jobobuha，虐待

朱滚，jugūn，路

朱凡，juwen，借

朱棍温，jugūn，道路

朱克都，juken，正直、正好

朱勒勒机，朱勒机，juleri，南

朱勒革，julergi，前

朱勒古，julge，早先

朱勒赫，jursu，双层的

朱勒西，jule，往前

朱克，朱赫，juhe，冰

朱克都，juktu，壮实

朱禄，juru，双

专，juwan，十个

锥，jui，孩子

卓博伦，jobolon，害

卓多莫，jodome，织

拙勒坤，jolho，水向上冲涌

浊其布合必，jocibumbi，伤害

做布母哈，joboho，辛苦了

柞木毕赫，jombuhe，启发

昨巴春，jobocun，忧愁

附录二

《天宫大战》两个版本的比较

1990 年，富育光所著《萨满教与神话》①　中披露了《天宫大战》的文本，2009 年，《天宫大战》的满语采记稿和文本正式出版，若比较两个版本，我们发现了一些差异。为了研究，此处将两个版本比较如下。

《萨满教与神话》中的文本（2023）②	《天宫大战》（2009）
引子	
	黑龙江四季屯满族白蒙古老人讲"窝车库乌勒本"，即神龛上的故事。
	犹如东方的太阳神光，照彻大地。博额德音姆，安班萨玛哪！
	现在，所有的供果，都摆上了祭坛，千网得来的安班阿斤，已经供献上了。这是你的海中坐骑，我们是从两千里外的东海给你网来的。还有百只、千只山雀，美丽的红顶鹤，都是你的使者。它们听从你的神鼓的声响，一起鸣唱，鸣唱明天，明天美好的日子。
乌朱腓凌（uju jergi ilhi1）第一章	
从萨哈连下游的东方，走来骑九叉神鹿的博额德音姆萨玛——	从萨哈连下游的东方，走来骑九叉神鹿的博额德音姆萨玛——
天上彩霞闪光的时候，萨哈连水跳着浪花的时候，天上刮下来金翅鲤鱼，树窟里爬出来	天上彩霞闪光的时候，萨哈连水跳着浪花的时候，天上刮下来金翅鲤鱼，树窟里爬

---

①　该著 2023 年再版，此处引文依据新版中文本。富育光：《萨满教与神话》，商务印书馆 2023 年版。

②　本书依《天宫大战》相应文本对段落做了调整。

续表

《萨满教与神话》中的文本（2023）	《天宫大战》（2009）
四腿的银蛇。不知是几辈奶奶管家的年头，从萨哈连大下游的东头，走来了骑着九叉神鹿的博额德音姆萨玛，百余岁了，还红颜满面，白发满头还年富力强。是神鹰给她的精力，是鱼神给她的水性，是阿布卡给她的神寿，是百鸟给她的歌喉，是百兽给她的坐骥，百技除邪，百事通神，百难卜知，恰拉器传谕着神示，厚爱众族的情深呵，犹如东方的太阳神（光）照彻大地……	出来四腿的银蛇。不知是几辈奶奶管家的年头，从萨哈连下游的东头，走来了骑着九叉神鹿的博德音萨玛，百余岁了，还红颜满面，白发满头，还年富力强。 是神鹰给她的精力，是鱼神给她的水性，是阿布凯赫赫给她的神寿，是百鸟给她的歌喉，是百兽给她的坐骥。百枝除邪，百事通神，百难卜知，恰拉器传谕着神示。厚爱情深啊，犹如东方的太阳神光照彻大地……

拙腓凌（第二腓凌）

世上最先有的是什么？最古最古的时候是什么样？世上最古最古的时候是不分天不分地的水泡泡，天像水，水像天，天水相连，像水一样流溢不定。水泡渐渐长，水泡渐渐多，水泡里生出阿布卡赫赫。她像水泡那么小，可她越长越大，有水的地方，有水泡的地方，都有阿布卡赫赫。她小小的像水珠，她长长的高过寰宇，她大得变成天穹。她身轻能飘浮空宇，她身重能沉入水底。无处不在，无处不有，无处不生。她的体魄谁也看不清，只有在小水珠里才能看清她是七彩神光，白亮湛蓝。 她能气生万物，光生万物，身生万物，空宇中万物愈多，便分出清浊，清清上升，浊浊下降，光亮上升，雾气下降，上清下浊。于是，阿布卡赫赫下身又裂生出巴那姆赫赫（地神）女神。这样，清光成天，浊雾成地，才有了天地姊妹尊神。清清为气，白光为亮，气浮于天，光游于光，气静光燥，气止光行，	世上最先有的是什么？最古最古的时候是什么样？世上最古最古的时候是不分天、不分地的水泡泡，天像水，水像天，天水相连，像水一样流溢不定。水泡渐渐长，水泡渐渐多，水泡里生出阿布卡赫赫。她像水泡那么小，可她越长越大。 有水的地方，有水泡的地方，都有阿布卡赫赫。她小小的像水珠，她长长的高过寰宇，她大得变成天穹。她身轻能飘浮空宇，她身重能沉入水底。无处不在，无处不有，无处不生。她的体魄谁也看不清，只有在小水珠里才能看清她是七彩神光，白蓝白亮，湛湛。 她能气生万物，光生万物，身生万物。空宇中万物愈多，便分出清浊，清清上升，浊浊下降，光亮上升，雾气下降，上清下浊。于是，阿布卡赫赫下身又裂生出巴那姆赫赫。这样，清光成天，浊雾成地，才有了天地姊妹尊神。清清为气，白光为亮，气浮于天，光浮于光，气静光燥，气止光行，气

续表

《萨满教与神话》中的文本（2023）	《天宫大战》（2009）
气光相搏，气光骤离，气不束光。 于是，阿布卡赫赫上身才裂生出卧勒多赫赫女神（希里女神），好动不止，周行天地，司掌明亮。阿布卡赫赫、巴那姆赫赫、卧勒多赫赫，同身同根，同现同显，同存同在，同生同孕。阿布卡气生云雷，巴那姆肤生谷泉，卧勒多用阿布卡赫赫眼发布生顺、毕牙、那丹那拉呼（日、月、小七星），三神永生永育，育有大千。	光相搏，气光骤离，气不束光。 于是，阿布卡赫赫上身裂生出卧勒多赫赫，好动不止，周行天地，司掌明亮。阿布卡赫赫、巴那姆赫赫、卧勒多赫赫，同身同根，同现同显，同存同在，同生同孕。阿布卡气生云雷，巴那姆肤生谷泉，卧勒多用阿布卡赫赫眼睛发布生顺、毕牙、那丹那拉呼，三神永生永育，育有大千。
依兰腓凌（第三腓凌）	
世上怎么有了男有了女？有了虫兽？有了禀赋呢？阿布卡赫赫性慈，巴那姆赫赫性憨，卧勒多赫赫性烈。原来三神生物相约合力，巴那姆赫赫嗜睡不醒，阿布卡赫赫和卧勒多赫赫两神造人。最先生出来的全是女人。所以女人心慈性烈。 等巴那姆赫赫醒来想起造人事，姐妹已走，情急催生，因无光而生，生出了天禽、地兽、土虫，都是白天喜睡，夜出活动。因无阿布卡赫赫的慈性，相残相食，暴殄肆虐，还有虫类小兽惧光怕亮，癖好穴行。 那么又怎么有了男人呢？阿布卡赫赫见世上光生女人，就从身上揪块肉做个敖钦女神。生九个头，这样就可以有的头睡觉，有的头不睡觉，还从卧勒多女神身上要的肉，给她做了八个臂，有的手累了歇息，有的手不累辛勤劳碌，让她侍守在巴那姆赫赫身旁，使巴那姆赫赫总被推摇，酣不成眠。阿布卡赫赫、卧勒多赫赫这回同巴那姆赫赫造男人。巴那姆赫赫身边有捣乱的敖钦女神不得酣睡，姐妹又在催促快造男人。	世上怎么有了男有了女？有了虫兽？有了禀赋呢？阿布卡赫赫性慈，巴那姆赫赫性酣，卧勒多赫赫性烈。原来三神生物相约合力，巴那姆赫赫嗜睡不醒，阿布卡赫赫和卧勒多赫赫两神造人。最先生出来的全是女的，所以，女人心慈性烈。 等巴那姆赫赫醒来想起造人事，姐妹已走，情急催生，因无光而生，生出了天禽、地兽、土虫，都是白天喜睡，夜出活动。因无阿布卡赫赫的慈性，相残相食，暴殄肆虐，还有虫类小兽惧光怕亮，癖好穴行。 那么又怎么有了男人呢？阿布卡赫赫见世上光生女人，就从身上揪块肉做个敖钦女神，生九个头，这样就可以有的头睡觉，有的头不睡觉。还从卧勒多女神身上要的肉，给她做了八个臂，有的手累了歇息，有的手不累辛勤劳碌。让她侍守在巴那姆赫赫身旁，使巴那姆赫赫总被推摇，酣不成眠。阿布卡赫赫、卧勒多赫赫这回同巴那姆赫赫造男人。巴那姆赫赫身边有捣乱的敖钦女神，不得酣睡，姐妹在一旁催促快造男人。

《萨满教与神话》中的文本（2023）	《天宫大战》（2009）
她忙三选四不耐烦地顺手抓下一把肩胛骨和腋毛，和姐妹的慈肉、烈肉，搓成了一个男人。所以，男人性烈、心慈，还比女人身强力壮，因是骨头做的。不过是肩骨和腋毛合成的，所以男人身上比女人须发鬐毛多。肩胛骨常让巴那姆赫赫躺卧压在身下，肩胛骨有泥，所以，男人比女人浊泥多，心术比女人叵测。阿布卡赫赫说，这还不算男人啊，男人女人不同在哪啊？卧勒多赫赫也不知男人啥样？巴那姆赫赫便想到学天禽、地兽、土虫的模样造男人。男人多一个"索索"（雄性生殖器），她抓上一块肉闭着眼睛一下子擂在山雉乌勒胡玛身上，所以山鸡屁股上多个鸡尖和一个小肉桩；姐妹说擂错了，她又抓下一块肉擂进了水鸭子肚子里，所以水鸭类的"索索"长在肚腔里；姐妹又埋怨擂错了，她抓下一块细骨棒擂到了身边的母鹿肚底下，母鹿变成了公鹿。从此凡是獐鹿狍犴类雄性的"索索"像利针，常在发情时刺毙母鹿，锋利无比。姐妹俩又生气说给安错了，巴那姆赫赫这时才苏醒过来了，慌慌忙忙从身边的野熊胯下要了个"索索"，给她们合做成的男人型体的胯下安上了。

　　所以，男人的"索索"，跟熊罴的"索索"长短模样相似，是跟熊身上借来的。所以，兽族百禽比人来到世上早。 | 　　她忙三选四不耐烦地顺手抓下一把肩胛骨和腋毛，和姐妹的慈肉、烈肉，揉成了一个男人。

　　所以，男人性烈、心慈，还比女人身强力壮，因是骨头做的。不过是肩骨和腋毛合成的，所以，男人身上比女人须发鬐毛多。巴那姆赫赫躺卧把肩胛骨压在身下，肩胛骨有泥，所以，男人比女人浊泥多，心术比女人叵测。

　　阿布卡赫赫说：男人不同女人在哪啊？卧勒多赫赫也不知男人啥样？巴那姆赫赫便想到学天禽、地兽、土虫的模样造男人。男人多一个"索索"，她抓身上一块肉，闭着眼睛一下子擂在山雉乌勒胡玛身上，所以，山鸡屁股上多个鸡尖和一个小肉桩；姐妹说擂错了，她又抓下一块肉擂进水鸭子肚底下，所以，水鸭类的"索索"，都长在肚腔里；姐妹又埋怨擂错了，她抓下一块细骨棒擂到了身边的母鹿肚子底下，母鹿变成了公鹿。

　　从此凡是獐鹿狍犴类雄性的"索索"像利针，常在发情时刺毙母鹿，锋刃无比。姐妹俩又生气说给安错了，巴那姆赫赫这时才苏醒过来，慌慌忙忙从身边的野熊胯下要了个"索索"，给她们合做成的男人型体的胯下安上了。

　　所以，男人的"索索"跟熊罴的"索索"长短模样相似，是跟熊身上借来的。所以，兽族百禽比人来到世上早。 |
| 都音腓凌（四腓凌） | |
| 　　世上最早的恶魔怎么生的？最凶的魔鬼是谁？敖钦女神九个头颅，想的事超过百禽百兽，眼睛时时有睁着的，耳朵时时有听着的， | 　　世上最早的恶魔怎么生的？最凶的魔鬼是谁？

　　敖钦女神九个头颅，想的事超过百禽百 |

续表

《萨满教与神话》中的文本（2023）	《天宫大战》（2009）
鼻子时时有闻着的，嘴时时有吃东西的。所以，她把百禽百兽的智慧和能耐都学通了；她的手时时推摇巴那姆赫赫，练得力撼山岳，猛劲无穷。她总看守巴那姆赫赫，也甚觉没趣儿，有时就发怒吼闹。	兽，眼睛时时有睁着的，耳朵时时有听着的，鼻子时时有闻着的，嘴时时有吃东西的。所以，她把百禽百兽的智慧和能耐都学通了，她的手时时推摇巴那姆赫赫，练得力撼山岳，猛劲无穷。她总看守巴那姆赫赫，也甚觉没趣，有时就发怒吼闹。
因她身子来自阿布卡赫赫和卧勒多赫赫吐出的云气和烈火更伤害巴那姆赫赫的宁静。巴那姆赫赫本来就烦恶敖钦女神，一气之下用身上的两大块石碴子打过去，一块山尖变成了敖钦女神头上的一只角，直插天穹；另一块大山尖压在敖钦女神肚下，变成了"索索"。敖钦女神被两块山尖一打，马上变了神形，是一角九头八臂的两性怪神。她自己有"索索"，能自生自育，又有阿布卡赫赫、卧勒多赫赫、巴那姆赫赫身上的骨肉魂魄，又有九头学到百能百技，有利角可刺破天穹大地，刺伤了巴那姆赫赫，钻进巴那姆赫赫肚子里。她自生自育，生出无数跟她一样的怪神。这就是九头恶魔——无往不胜的耶鲁里大神。它性淫暴烈，能化气升天，它能化光入日，它能凭角入地，对三女神毫不惧畏，反而欺凌女神们。巴那姆赫赫再不能宁静酣眠了，耶鲁里大神闹得她地动山摇，肌残肤破，地水横溢，闹得风雷四震，日月无光，飞星（流星）满天，万物惨亡。	因她身子来自阿布卡赫赫和卧勒多赫赫吐出的云气和烈火，更伤害巴那姆赫赫的宁静。巴那姆赫赫本来就烦恶敖钦女神，一气之下用身上的两大块石碴子打过去，一块山尖变成了敖钦女神头上的一只角，直插天穹；另一块大山尖压在敖钦女神肚下，变成了"索索"。敖钦女神被两块山尖一打，马上变了神形，一角九头八臂的两性怪神。她自己有"索索"，能自生自育，又有阿布卡赫赫、卧勒多赫赫、巴那姆赫赫身上的骨肉魂魄；又有九头学到百能百技；有利角可刺破天穹大地，刺伤了巴那姆赫赫，钻进巴那姆赫赫肚子里。她自生自育，生出无数跟她一样的怪神。它就是九头恶魔神，无往不胜的耶鲁里大神。它性淫暴烈，能化气升天，能化光入日，能凭角入地，对三女神毫不惧畏，反而欺凌诸女神。巴那姆赫赫再不能宁静酣眠了，耶鲁里闹得她，地动山摇，肌残肤破，地水横溢；闹得风雷四震，日月无光，飞星（流星）满天，万物惨亡。
孙扎腓凌（五腓凌）	
世上最早的鏖战是什么？世上最惨的拼争是什么？九头敖钦女神变成了一角、九头、自生自育的恶魔耶鲁里，凌辱三女神，自恃穹宇无敌。她知道卧勒多赫赫有个布星桦皮口袋，	世上最早的鏖战是什么？世上最惨的拼争是什么？九头敖钦女神变成了一角、九头、自生自育的恶魔耶鲁里，凌辱三女神，自恃穹宇无敌。她知道卧勒多赫赫有个布星桦

《萨满教与神话》中的文本（2023）	《天宫大战》（2009）
能骗到手就可以独揽星阵，可吃住、藏身，同阿卡赫赫抗衡无阻。于是，她把九个头变成九个亮星，像太阳一样，天上像有了十个太阳。阿布卡赫赫和卧勒多赫赫大吃一惊。卧勒多赫赫忙用桦皮兜去装九个亮星，亮星装进去了，刚要背走，哪知连卧勒多赫赫也给带入地下。原来兜套在耶鲁里九个脑袋上，耶鲁里力大无比，卧勒多赫赫成了俘虏。 　　卧勒多赫赫乃周行天地的光明神，与巴那姆赫赫为同根姊妹。耶鲁里她囚在地下，她的光芒照得耶鲁里九个头上的眼睛失明，头晕地旋，慌忙将抓在手上的桦皮布星神兜抛出来。正巧是从东往西抛出的，布星女神卧勒多赫赫便从东往西追赶，得到了布星袋。从此，星星总是从东方升起，向西方移动，万万年如此，就是耶鲁里给抛出来的星移路线。 　　凶暴的耶鲁里，搅得天昏地暗，日月星辰，黑暗无光亮。耶鲁里打败了卧勒多赫赫，便想征服阿布卡赫赫，便去找阿布卡赫赫打赌，狡猾的耶鲁里凭着有九个头上的神眼和九个头的智谋，向阿布卡赫赫提出看谁最有能耐寻找到光明，看谁最先分辨出天是什么颜色，地是什么颜色。耶鲁里凭着恶魔的眼力，在暗夜的冰块上找到了白冰，而且理直气壮地说：我敢打赌天与地都是白色的。说着，它让自生自育的无数耶鲁里，到遥远的白海把冰山搬来。阿布卡赫赫苦无良策，处处是白森森的、凉瓦瓦的、白茫茫的，危急时刻巴那姆赫赫派去了身边的九色花翅大嘴巨鸭，它翅宽蔽海，鸣如儿啼，把阿布卡赫赫从被囚困的冰水中背上蓝天，躲过了灾难。可是，冰海盖住了	皮口袋，能骗到手就可以独揽星阵，可吃、住、藏身，同阿布卡赫赫抗衡无阻。于是，她把九个头变成九个亮星，像太阳一样，天上像有了十个太阳。阿布卡赫赫和卧勒多赫赫大吃一惊。卧勒多赫赫忙用桦皮兜去装九个亮星，亮星装进去了，刚要背走，哪知连卧勒多赫赫也给带入地下。原来兜套在耶鲁里九个脑袋上，耶鲁里力大无比，卧勒多赫赫成了俘虏。 　　卧勒多赫赫乃是周行天地的光明神，与巴那姆赫赫为同根姊妹。耶鲁里把她囚入地下，她的光芒照得耶鲁里九个头上的眼睛失明，头晕地旋，慌忙将抓在手上的桦皮布星神兜抛出来，正巧是从东往西抛出的，布星女神卧勒多赫赫，便从东往西追赶，得到了布星袋。从此，星星总是，从东方升起，向西方移动，万万年如此。这就是耶鲁里给抛出来的星移路线。 　　凶暴的耶鲁里，搅得天昏地暗，日、月、星辰，黑暗无光。耶鲁里打败了卧勒多赫赫，又想征服阿布卡赫赫，便去找阿布卡赫赫打赌。狡猾的耶鲁里凭着有九个头上的神眼和九个头的智谋，向阿布卡赫赫提出看谁最有能耐寻找到光明，看谁最先分辨出天是什么颜色，地是什么颜色。耶鲁里凭着恶魔的眼力，在黑暗的冰块上找到了白冰，而且理直气壮地说："我敢打赌，天与地都是白色的。"说着，他让自生自育的无数耶鲁里，到遥远的白海把冰山搬来。阿布卡赫赫苦无良策，处处是白森森的、凉瓦瓦的、白茫茫的。危急时候巴那姆赫赫派去了身边的九色花翅大嘴巨鸭，它翅宽蔽海，鸣如儿啼，把阿布卡赫赫，从被囚困的冰水中背上蓝天，

续表

《萨满教与神话》中的文本（2023）	《天宫大战》（2009）
天穹，蔽盖了大地，大嘴巨鸭口喷烈火，把冰天给啄个洞，又啄个洞，一连气儿啄了千千万万个洞，从此才又出现了日月星光，才有了光明温暖。耶鲁里搬来的冰雪老也化不完。大嘴巨鸭的嘴，在早也是又尖又宽又厚又长的，像钻镐，就因为援救阿布卡赫赫、凿冰不息。大地有了光明，可鸭嘴却从此以后让冰凌巨块给挤压成又扁又圆的了，双爪也给挤压成三片叶形了。	躲过了灾难。但是，冰海盖住了天穹，蔽盖了大地。大嘴巨鸭，口喷烈火，把冰天给啄个洞，又啄个洞，一连气儿啄了千千万万个洞，从此才又出现了日、月、星光，才有了光明温暖。可是，耶鲁里搬来的冰雪老也化不完。大嘴巨鸭的嘴，在早也是又尖又宽，又厚又长的，像钻镐，就因为援救阿布卡赫赫、凿冰不息。大地有了光明。可鸭嘴却从此以后，让冰凌巨块给挤压成又扁又圆的了，双爪也给挤压成三片叶形了。 （后面有大段文字，因《萨》无对应文字，此处省略。）
宁温腓凌（第六腓凌）	
世上谁是长生不死的神？谁是不可抗争的神圣大神？九头恶魔耶鲁里率领自生自的成千恶魔，吐噬万物，称霸苍穹，浊雾弥天，禽兽丧亡。可是，耶鲁里九头八臂都能裂生恶魔，眼睛生恶魔，耳朵生恶魔，汗毛孔里都钻出小小的耶鲁里模样的恶魔，像蝼蚁、像蜂群齐向阿布卡赫赫围击。阿布卡赫赫杀死一群又一群，耶鲁里连生不灭。恶魔反倒比以前更凶更多。 在分不清天分不清地的时候，有个多喀霍神。这位女神就是以石为屋，常住在巴那姆赫赫肤体的石头里。她能帮助众神获得生命和力量，并有自育自生能力。她听说九头恶魔耶鲁里在天穹里大显神威，阿布卡赫赫、巴那姆赫赫也无可奈何，天昏地暗。巴那姆肤体被触角豁伤，伤痕累累；阿布卡肤体也被触角扰得飞星落地、白云不生。七彩神光被九头遮盖只能见到红色和黑色。见到世上恶魔逞凶，便和阿布卡赫赫身边的西斯林女神商量，让西斯	世上谁是长生不死的神？谁是不可抗争的神圣大神？九头恶魔耶鲁里率领自生自育成千的恶魔，吞噬万物，称霸苍穹，浊雾弥天，禽兽丧亡。可是，耶鲁里九头八臂都能裂生恶魔，眼睛生恶魔，耳朵生恶魔，汗毛孔里都钻出小小的耶鲁里模样的恶魔，像蝼蚁、像蜂群，齐向阿布卡赫赫围击。阿布卡赫赫杀死一群又一群，耶鲁里连生不灭。恶魔反倒比以前更凶更多。 在分不清天分不清地的时候，有个多喀霍神出现了。这位女神就是以石为屋，永久住在巴那姆赫赫肤体的石头里。她能帮助众神，获得生命和力量，并有自育自生能力。她听说九头恶魔耶鲁里在天穹里大显神威，阿布卡赫赫、巴那姆赫赫也无可奈何，天昏地暗。巴那姆肤体被触角豁伤，伤痕累累；阿布卡肤体也被触搅得飞星落地、白云不生。七彩神光被九头遮盖，只能见到红色和黑色。见到世上恶魔逞凶，便和阿布卡赫赫身

《萨满教与神话》中的文本（2023）	《天宫大战》（2009）
林女神施展风威，用飞沙走石驱赶魔迹。西斯林女神是阿布卡赫赫的爱女，生下来就神威无比，而且是穹宇中的力神，是卧勒多赫赫的两只大脚。阿布卡赫赫就是从卧勒多赫赫身上要的脚上的肉，和她的慈肉，合成了敖钦女神的，所以敖钦女神能巡行大地，不知疲累。敖钦神一下子变成了九头恶魔耶鲁里后，耶鲁里因身上有卧勒多赫赫脚的肉，因此也具有摇撼世界的风力，力大无穷，疾行如闪。但耶鲁里终究比不上西斯林女神威武有力，因她统管天宇的风气，能小则小，能大则大，所以能背得动装满星云的桦皮口袋。西斯林女神见到阿布卡赫赫被困，便同意多喀霍女神的所求，搬运巴那姆赫赫肤体上的巨石，追打魔群耶鲁里。耶鲁里在得意志满时，突然遭到飞来的满天巨石击打，无处躲身，便仓惶逃回到地下，暂躲起来，天穹才又现出光明。 耶鲁里不甘心，又去找阿布卡赫赫说，你若是能敢跟比试飞速，若是超过我，追过我，我就服输，再不捣乱苍穹，情愿做你顺从的侍卫。阿布卡赫赫心想你怎么飞跳，也跳不出我的肤体之外，又有两个妹妹女神辅佑，必能服你。便同意跟耶鲁里比试高低。 聪明伶俐的九头恶魔耶鲁里，有九个头的智慧，九双眼睛的目光，又有三个女神的神力，听了非常自信高兴，暗想阿布卡赫赫上了当。两人约好，开始比试飞力。耶鲁里化光而逝，阿布卡赫赫凭着七彩神火照射，早看得清	边的西斯林女神商量，让西斯林女神施展风威，用飞沙走石驱赶魔迹。 西林女神是阿布卡赫赫的爱女，生下来就神威无比，而且是穹宇中的力神，是卧勒多赫赫的两只大脚。阿布卡赫赫，就是从卧勒多赫赫身上、脚上的肉，和她的慈肉，合成了敖钦女神的。所以，敖钦女神能巡行大地，不知疲累。敖钦女神一下子变成了九头恶魔耶鲁里后，耶鲁里因身上有卧勒多赫赫脚的肉，因此也具有摇撼世界的风力，力大无穷，疾行如闪。但耶鲁里终究比不上西斯林女神威武有力，因她统管天宇的风气，能小则小，能大则大，所以能背得动装满星云的桦皮口袋。西斯林女神见到阿布卡赫赫被困，便同意多喀霍女神的索求，搬运巴那姆赫赫肤体上的巨石，追打魔群耶鲁里。耶鲁里在得意志满时，突然遭到满天飞来的巨石击打，无处躲身，便仓惶逃回到地下，暂躲起来，天穹才又现出光明。 耶鲁里不甘心，又去找阿布卡赫赫说：你若是能敢跟我比试飞速，若是超过我，追过我，我就服输，再不捣乱苍穹，情愿做你顺从的侍卫。阿布卡赫赫心想：任你怎么飞跳，也跳不出我的肤体之外，又有两个妹妹女神辅佑，必能俘获你。便同意跟耶鲁里比试高低。 聪明伶俐的九头恶魔耶鲁里，有九个头的智慧，九双眼睛的目光，又有三个女神的神力，听了非常高兴，暗想，阿布卡赫赫你可上了当。 两人约好，开始比试飞力。耶鲁里化光

《萨满教与神话》中的文本（2023）	《天宫大战》（2009）
楚，便追了下去。耶鲁里生性能够自生自育，化成无数个耶鲁里。阿布卡赫赫认不出哪一个是耶鲁里正身，遥望前头有个又高又粗的九头耶鲁里超过其他九头耶鲁里模样，心想这回可算盯住了，绝不能再让耶鲁里藏身，追啊追，九头耶鲁里一下钻进白雾里，阿布卡赫赫刚要抓住耶鲁里一个头，便觉周身寒冷沉重，一座座大雪山压到阿布卡赫赫身上，耶鲁里把阿布卡赫赫骗进了北天雪海里逃走了。雪海里雪山堆比天还高，压得阿布卡赫赫冻饿难忍，这里雪山底上的石堆，里边住着多喀霍女神，温暖着阿布卡赫赫的身体。阿布卡赫赫饿得没有办法，又无法脱身，在雪山底下只好啃着巨石充饥。把山岩里的岩石都吞进了阿布卡赫赫的腹内，阿布卡赫赫顿觉周身发热，因为多喀霍女神是光明和火的化身，热力烧得阿布卡赫赫坐立不宁，浑身充满了巨力，烤化了雪山，一下山又重新撞开层层雪海雪山，冲上穹宇。可是热火烧得阿布卡肢身融解，眼睛变成了日、月，头发变成了森林，汗水变成了溪河……所以，后世讲，地上的森林树海、河流，不少是从天上掉下来的。不单是山林、溪流，阿布卡赫赫与耶鲁里拼斗，扰得天空不宁，也把不少生物给从天上挤下来。蛇就是光神化身，是从天上掉下来的，虫类也是从天上掉下来的。所以它们在有火和光的春夏才能出洞生活，无火无光的暗夜和严冬便就入眠了。	而逝，阿布卡赫赫凭着七彩神火照射，早看得清楚，便追了下去。耶鲁里生性能够自生自育，化成无数个耶鲁里。阿布卡赫赫认不出哪一个是耶鲁里正身，遥望前头有个又高又粗的九头耶鲁里的模样，超过其他耶鲁里，心想这回可算盯住了，绝不能再让耶鲁里藏身。追啊追，九头耶鲁里一下钻进白雾里，阿布卡赫赫刚要抓住耶鲁里一个头，便觉周身寒冷沉重。一座座大雪山压到阿布卡赫赫身上。耶鲁里把阿布卡赫赫骗进了北天雪海里逃走了。雪海里雪山堆比天还高，压得阿布卡赫赫冻饿难忍。这里雪山底下的石堆，里边住着多喀霍女神，温暖着阿布卡赫赫的身躯。 阿布卡赫赫饿得没办法，又无法脱身，在雪山底下只好啃着巨石充饥。阿布卡赫赫把山岩里的岩石都吞进了腹内，阿布卡赫赫顿觉周身发热。因为多喀霍女神是光明和火的化身，热力烧得阿布卡赫赫坐立不宁，浑身充满了巨力，烤化了雪山，一下子又重新撞开层层雪海雪山，冲上穹宇。可是热火烧得阿布卡肢身融解，眼睛变成了日、月，头发变成了森林，汗水变成了溪河……所以，后世都讲，地上的森林、湖海、河流，不少是从天上掉下来的。不单是山林、溪流，阿布卡赫赫与耶鲁里搏斗，扰得天空不宁，也把不少生物给从天上挤下来。 蛇就是光神化身，是从天上掉下来的，虫类也是从天上掉下来的。所以它们在有火和光的春夏才能出洞生活，无火无光的暗夜和严冬便就入眠了。

续表

《萨满教与神话》中的文本（2023）	《天宫大战》（2009）
第七腓凌	

《萨满教与神话》中的文本（2023）	《天宫大战》（2009）
世上为啥留下竿上天灯？世上为何留传下来爱鲜花的风俗？卧勒多赫赫被九头耶鲁里打败后，神光被夺走了大半，变成非常温顺的天上女神，除了背着桦皮星袋蹒跚西行，默哑无言。阿布卡赫赫就让巴那姆赫赫妹妹照料她，陪她玩耍，怕她安静寂寞，一天命三鸟在天呼唱，天穹才有生气：夜里沙乌沙（猫头鹰）号叫，清晨嘎喽（雁）号叫，傍晚嘎哈（乌鸦）号叫，从此这三种鸟总是轮流呼唱。巴那姆赫赫还将长在自己心上的突姆火神，派到天上卧勒多赫赫身边，用她的光毛火发帮助赫赫照路。天上常常见到的旱闪，便是突姆火神的影子。天上常常掉下些天落石，便是突姆火神脚上的泥。 九头恶魔耶鲁里闯出地窟，又到天穹逞凶，它要吃掉阿布卡赫赫和众善神。耶鲁里喷出的恶风黑雾，蔽住了天穹，暗黑无光，黑龙似的顶天立地的黑风卷起了天上的星辰和彩云，卷走了巴那姆赫赫身上的百兽百禽，突姆火神临危不惧，用自己身上的光毛火发，抛到黑空里化成依兰乌西哈（三星）、那丹乌西哈（七星）、明安乌西哈（千星）、图门乌西哈（万星），帮助了卧勒多赫赫布星。然而，突姆火神却全身精光，变成光秃秃、赤裸裸的白石头，吊在依兰乌西哈星星上，从东到西悠来悠去。白石头上还发着微光，照彻大地和万物，用生命的最后火光，为生灵造福。南天上三星下边的一颗闪闪晃晃、忽明忽暗的小星，就是突姆女神仅有的微火在闪照，像天灯照亮穹宇。后世人把它叫做"车库妈妈"，即秋千	世上为啥留下竿上天灯？世上为何留传下来爱鲜花的风俗？卧勒多赫赫被九头耶鲁里打败后，神光被夺走了大半，变成非常温顺的天上女神，除了背着桦皮星袋蹒跚西行，默哑无言。阿布卡赫赫就让巴那姆赫赫妹妹照料她妹妹，陪她玩耍，怕她安静寂寞。一天，命三鸟在天呼唱，天穹才有生气；夜里沙乌沙号叫，清晨嘎喽号叫，傍晚嘎哈号叫，从此这三种鸟总是轮流呼唱。巴那姆赫赫还将长在自己心上的突姆火神，派到天上卧勒多赫赫身边，用她的光、毛、火、发帮助赫赫照路。天上常常见到的旱闪，便是突姆火神的影子。天上常常掉下些天落石，便是突姆火神脚上的泥。 九头恶魔耶鲁里，闯出地窟，又逞凶到天穹，它要吃掉阿布卡赫赫和众善神。耶鲁里喷出的恶风黑雾，蔽住了天穹，暗里无光，黑龙似的顶天立地的黑风卷起了天上的星辰和彩云，卷走了巴那姆赫赫身上的百兽百禽。突姆火神临危不惧，用自己身上的火光毛发，抛到黑空里化成依兰乌西哈、那丹乌西哈、明安乌西哈、图门乌西哈，帮助了卧勒多赫赫布星。然而，突姆火神却全身精光，变成光秃秃、赤裸裸的白石头，吊在依兰乌西哈星星上，从东到西悠来悠去。从白石头上还发着微光，照彻大地和万物，用生命的最后火光，为生灵造福。 南天上三星下边的一颗闪闪晃晃、忽明忽暗的小星，就是突姆女神仅有的微火在闪

续表

《萨满教与神话》中的文本（2023）	《天宫大战》（2009）
女神，从此后世才有了高高的秋千杆架子，吊着绳子，人头顶鱼油灯荡秋千，就是纪念和敬祀慈祥而献身的伟大女神突姆。后世部落城寨上和狍獐皮苫成的“撮罗子”前，立有白桦高竿，或在山顶、高树上用兽头骨里盛满獾、野猪油，点燃照天灯，岁岁点冰灯，升篝火照耀黑夜，就是为了驱吓独角九头恶魔耶鲁里，也是为了缅念和祭祷突姆火神。卧勒多赫赫星袋里的那丹女神，知道突姆女神光灭星陨，便也钻出了大星袋，化成数百个小星星，像个星星火球，在九头恶魔耶鲁里扰黑的穹宇中，照射光芒。恶风吹得星球忽而变缩成圆形，忽而被恶风吹扯成长形，不少星光也失去了光明，后来变成了一窝长勺形的小星团。这便是七星那丹那拉呼，变成现在的模样，也是耶鲁里的恶风吹成的，一直到现在由东到西缓缓慢行，成为星阵的领星星神。	照，像天灯照亮穹宇。后世人把它叫做“车库妈妈”，即秋千女神，从此后世才有了高高的秋千杆架子，吊着绳子，人头顶鱼油灯荡秋千，就是纪念和敬祀突姆慈祥而献身的伟大母神。后世部落城寨上和狍獐皮苫成的“撮罗子”前，立有白桦高竿，或在山顶、高树上用兽头骨里盛满獾、野猪油，点燃照天灯，岁岁点冰灯，升篝火照耀黑夜，就是为了驱吓独角九头恶魔耶鲁里，也是为了缅念和祭祷突姆女神。 卧勒多赫赫星袋里的那丹女神，知道突姆女神光灭星陨，便也钻出了大星袋，化成数百个小星星，像个星星火球，在九头恶魔耶鲁里搅黑的穹宇中，照射光芒。恶风吹得星球，忽尔变缩成圆形，忽尔被恶风吹扯成长形，不少星光也失去了光明，后来变成了一窝长勺形的小星团。这便是七星那丹那拉呼。一直到现在由东到西缓缓而行，成为星阵的领星星神。
在东方天空有个蓝色的草地，有天禽和百树，生长繁茂，住着依尔哈女神，她香气四溢，是阿布卡赫赫身上的香肉变成的，她日夜勤劳，为苍穹制造香云。所以天的颜色总是清澄无尘，而且空气总是清新沁人。她主要是依靠西斯林女神的风翅扇摇，才使她永远清新美丽。耶鲁里在天上看这块秀美的所在，还见西斯林女神用风翅抚盖着天上草地，里面阳光明媚，百禽鸣唱。在黑风恶雾里到处天昏地暗，唯有这里却是另一个世界，耶鲁里大声吼怒，知道这必是阿布卡赫赫在天上栖居的地方。它暗暗高兴，乔装成一个赶鹅的老太太，拄着个木杖吆吆喝喝地走来，天鹅不怕天风，将翅一	在东方天空有个蓝色的草地，有天禽和百树，生长繁茂，住着依尔哈女神，她香气四溢，是阿布卡赫赫身上的香肉变成的，她日夜勤劳，为苍穹制造香云。所以，天的颜色总是清澄无尘，而且总是清新沁人。她主要依靠西斯林女神的风翅扇摇，才永远清新美丽。耶鲁里在天上看这块秀美的所在，还见西斯林女神用风翅抚盖着天上的草地，里面阳光明媚，百禽鸣唱。在黑风恶雾里到处天昏地暗，唯有这里却是另一个世界，于是便大声吼怒。耶鲁里知道这必是阿布卡赫赫在天上栖居的地方。暗暗高兴，乔装成一个赶鹅的老太太，拄着个木杖吆吆喝喝地走来。天鹅不怕

《萨满教与神话》中的文本（2023）	《天宫大战》（2009）
合钻进草香莺啼的小溪里。 　　老太太用斗篷把头一裹，躲过暴风，也随鹅走到小溪旁。鹅，乍开起只是三只，忽然鹅生鹅、鹅变鹅，越变越多，不大功夫遍野全是白花花、嘎嘎怪叫的大鹅。老太太的拄杖一下子变成开沟镐，把百树、百草、花坛都给豁成了山谷深涧。阿布卡赫赫正安静睡觉，忽然觉得全身被白网拴着，越拴越紧，白鹅原来变成了拴阿布卡赫赫的白筋绳子，木拐杖原来正是九头恶魔耶鲁里的又凶又大的顶天触角，刺扎得阿布卡赫赫遍体鳞伤。这块天上秀美的草地正是阿布卡赫赫变成的，想躲过耶鲁里的九头魔眼，结果被它识破了。守护赫赫的西斯林女神当时贪恋睡觉，只张开着风翅保护着赫赫，没用飓风扇动天魔，被耶鲁里轻易地破了风阵，抓住了阿布卡赫赫。阿布卡赫赫被抓，天要塌陷了，天摇地晃，日月马上暗淡无光。天上的神禽，地上的神兽相继死亡，阿布卡赫赫的两个妹妹吓得手足无措。三姊妹同根同存，一个若是被杀死，两个妹妹也就随着窒息。大难眼看临头，耶鲁里要执掌穹宇，众魔手舞足蹈，争霸天地间的星房地窟。正在这大难临头的千钧一发之时，在白鹅筋绳拴绑的阿布卡赫赫泪眼溪流旁，住着者固鲁女神们，她们是赫赫的护眼女神，守护日月，使其日夜光照宇宙，送暖大地。所以她们身上都有光衫慈魂，其外形虽然瘦小，但神威远远高过三位女神身边的众位保护女神。她们在溪河旁知道赫赫被绑，天地难维，便化做了一朵芳香四散、洁白美丽的芍丹乌西哈（芍药花星星），光芒四射。九头恶魔耶鲁里一见这朵奇妙的神花，爱不释手。恶魔	天风，将翅一合钻进草香莺啼的小溪里。 　　老太太用斗篷把头一裹，躲过暴风，也随鹅走到小溪旁。鹅，乍开起只是三只，突然鹅生鹅、鹅变鹅，越变越多，不大功夫遍野全是，白花花、嘎嘎怪叫的大鹅。老太太的拄杖一下子变成开沟镐，把百树、百草、花坛都给豁成了山谷深涧。阿布卡赫赫正安静睡觉，忽然觉得全身被白网拴着，越拴越紧。原来白鹅变成了拴阿布卡赫赫的白筋绳子，木拐杖原来正是九头恶魔耶鲁里的又凶又大的顶天触角，刺扎得阿布卡赫赫遍体鳞伤。这块天上秀美的草地正是阿布卡赫赫变成的，想躲过耶鲁里的九头魔眼，结果被它识破了。 　　守护赫赫的西斯林女神当时贪恋睡觉，只张开风翅保护着赫赫，没用飓风扇动天魔，被耶鲁里轻易地破了风阵，抓住了阿布卡赫赫。 　　阿布卡赫赫被抓，天要塌陷了，天摇地晃，日月马上暗淡无光。天上的神禽，地上的神兽相继死亡，阿布卡赫赫的两个妹妹吓得手足无措。三姊妹同根同存，一个若是被杀死，两个妹妹也就随着窒息。大难眼看临头，耶鲁里要执掌穹宇，众魔手舞足蹈，争霸天地间的星房地窟。 　　正在这大难千钧一发之时，在白鹅筋绳拴绑的阿布卡赫赫泪眼溪流旁，住着者固鲁女神们，她们是赫赫的护眼女神，守护日月，使其日夜光照宇宙，送暖大地。所以，她们身上都有光衫慈魂，其外形虽然瘦小，但神威远远高过三位女神身边的众位保护女神。她们在溪河旁知道赫赫被绑，天地难维，便化做了一朵芳香四散、洁白美丽的芍丹乌西哈，光芒四射。九头恶魔耶鲁里一见

续表

《萨满教与神话》中的文本（2023）	《天宫大战》（2009）
们争抢着摘白花，谁知白花突然变成千条万条光箭，射向耶鲁里的眼睛，疼得耶鲁里闭目打滚，吼叫震天，捂着九头逃回地穴之中。阿布卡赫赫被拯救了，天地被拯救了。阿布卡赫赫、巴那姆赫赫、卧勒多赫赫齐感谢者固鲁女神的功助。者固鲁，原来是天上的刺猬神，它身披满身能藏魂魄的光针，帮助阿布卡三姊妹生育万物，付给灵魂。她身上的光衫，就全是日月光芒织成的，锋利无比，可使万物万魔双目失明，暗然失色。 西斯林女神因为贪睡惹出大祸，被三女神驱逐出天地之外，夺去了她的女性神牌。西斯林从此改变了神形，后来成了耶鲁里麾下的男性野神，放荡无羁，驰号天地之间，撼山撼月，成为万物一害。 后世人们头上总喜戴花或头髻插花，认为便可惊退魔鬼。戴花、插花、贴窗花、雕冰花，都喜欢是白芍药花。雪花，也是白色的，恰是阿布卡赫赫剪成的，可以驱魔洁世，代代吉祥。 附：都凯女神变成地下蚯蚓，永远不能生活于地上，但她常常帮助阿布卡赫赫的护眼女神。护眼女神的神火能透穿大地，润育沃野，可以孳生万物。都凯女神为了能回到阿布卡赫赫身边，便竭力帮助护眼女神们，把深深的地层钻出洞眼，使她能够随时幻化成各种香花异草。护眼女神后来能变成芍丹乌西哈，使耶鲁里上当，救了阿布卡赫赫，也有都凯女神的功劳。阿布卡赫赫为了感谢都凯女神，允许她自生自育，不论冬夏她永远不死，常存于地下。蚯蚓神又称小蟒神，可助萨满治世宁人。（《萨满教女神》，第37页。）	这朵奇妙的神花，爱不释手。恶魔们争抢着摘白花，谁知白花突然变成千条万条光箭，直射耶鲁里的眼睛，疼得耶鲁里闭目打滚，吼叫震天，捂着九头逃回地穴之中。阿布卡赫赫被拯救了，天地被拯救了。阿布卡赫赫、巴那姆赫赫、卧勒多赫赫一齐感谢者固鲁女神。者固鲁，原来是天上的刺猬神，它身披满身能藏魂魄的光针，帮助阿布卡三姊妹生育万物，付给灵魂。她身上的光彩，就全是日月光芒织成的，锋利无比。可使万物万魔双目失明，黯然失色。 西斯林女神因为贪睡，惹出大祸，被三女神驱逐出天地之外，夺去了她的女性神牌。西斯林从此改变了神形，后来成了耶鲁里伙下的男性野神，放荡不羁，驰号天地之间，撼山摇月，成为万物一害。 后世人们头上总喜戴花或头髻插花，认为可惊退魔鬼。戴花、插花、贴窗花、雕冰花，都喜欢是白芍药花。雪花，也是白色的，恰是阿布卡赫赫剪成的，可以驱魔洁世，代代吉祥。

《萨满教与神话》中的文本（2023）	《天宫大战》（2009）
八腓凌	

世人为何崇爱白鹊白鸟？世上为何敬颂刺猬、地鼠的功劳？千寿万寿的彩石呵，是祖先的爱物，朝夕难分难离。石头是火，石中有火，是热火、力火、生命火。自从西斯林女神曾搬石御敌，追打九头耶鲁里，北方堆石成了山岳，石山石砬石洞最多，就是那时候留下来的。石岩凝固成蛇脉，石岩凝结成高山。平川河谷就缺少了火石。所以天下暴雪，寒酷非常，百兽百物藏洞求生。阿布卡赫赫一心打败狠毒的九头恶魔耶鲁里，就要强壮筋骨，突姆神告诉赫赫要多据有石火，吃石补身，便天天派侍女白腹号鸟、白脖厚嘴号鸟，飞往东海采衔九纹石。吃彩石就能壮力生骨，吃彩石可以身长坚甲，热照天地。白腹号鸟、白脖厚嘴号鸟勤快辛劳，日夜不停衔回彩石，累了便在归程时总是在东天九叉神树上歇脚，察望耶鲁里的恶魔动静。千年松、万年桦，开天时的古树是榆柳。长叶柳树能说人语、道人性，能育人运、水润虫蛙，通天通地称为天树。天树通天桥，通天桥路分九股，九天九股住着宇宙神，都是耶鲁里从地上赶上来的。九路分住着三十妈妈神，一九雷雪三十位，二九溪涧三十位，三九鱼鳖三十位，四九天鸟长翼神，五九地鸟短翼神，六九水鸟肥脚神，七九蛇猬迫日神，八九百兽金洞神，九九柳芍银花神，统御寰天二百七，三位赫赫位高尊。征战恶魔用兵器，阿阿卡赫赫命巴那姆赫赫出主意，鸟生爪、鱼生翅、龟鳖生骨罩、蛇脱皮草上飞，百兽牙爪破坚石。野猪最早无锋牙，那是恶魔给安的。耶鲁里的长角最无敌。赫赫搓下身上的泥做了	世上为何崇爱白鹊、白鸟？世上为何敬颂刺猬、地鼠的功劳？千寿万寿的彩石呵，是祖先的爱物，朝夕难分难离。石头是火，石中有火，是热火、力火、生命之火。自从西斯林女神搬石御敌，追打九头耶鲁里，北方堆石成了山岳，石山、石砬、石洞最多，就是那时候留下来的。石岩凝固成蛇脉，石岩凝结成高山。平川河谷就缺少了火石。所以天下暴雪，寒酷非常，百兽百物藏洞求生。阿布卡赫赫一心打败狠毒的九头恶魔耶鲁里，就要强壮筋骨，突姆神告诉赫赫要多据有石火，吃石补身，便天天派侍女白腹号鸟、白脖厚嘴号鸟，飞往东海采衔九纹石。吃彩石就能壮力生骨，吃彩石可以身长坚甲，热照天地。白腹号鸟、白脖厚嘴号鸟勤快辛劳，日夜不停，衔回彩石累了，归程时总要在东天九叉神树上歇脚，察望耶鲁里恶魔的动静。千年松、万年桦，开天时的古树是榆柳。长叶柳树能说人语道人性，能育人运水润虫蛙，通天通地称为天树。天树通天桥，通天桥路分九股，九天九股住着宇宙神，都是耶鲁里从地上赶上来的。九股分住着三十妈妈神：一九雷雪三十位，二九溪涧三十位，三九鱼鳖三十位，四九天鸟长翼神，五九地鸟短翼神，六九水鸟肥脚神，七九蛇猬迫日神，八九百兽金洞神，九九柳芍银花神，统御寰天二百七，三位赫赫位高尊。征战恶魔用兵器，阿布卡赫赫命巴那姆赫赫出主意，鸟生爪，鱼生翅，鱼鳖生骨罩，蛇脱皮草上飞，百兽牙爪破坚石。野猪

《萨满教与神话》中的文本（2023）	《天宫大战》（2009）
无数米亚卡小神，能伸能缩，钻进地下，钻进了耶鲁里的九头独角里面。耶鲁里又痒痒头痛，冲到天上，独角让米亚卡神给钻了一半，再不像过去那样又长又尖了。耶鲁里的角掉在地上，正巧赶上野猪拱地成沟，要咬耶鲁里，结果那个掉下的角一下子扎在野猪的嘴上，从此野猪长出了又长又灵的獠牙，比百兽都厉害。耶鲁里头上滴的血滴到了树林和岩石、土层里。所以不少树木的木质变成了红色，有不少石头和土也永远是红色的了。耶鲁里疼得在天上打滚，见到三百女神向它扑来，便随着黑风逃到了一条大河河底下，化成个小曲蛇（蚯蚓）藏进了泥水里，三九天上的鱼母神，就追进水里，变成个机灵敏捷的小鲤拐子，找到了耶鲁里，从泥里咬住了耶鲁里化形的小蚯蚓尾巴，蚯蚓身子一缩掀起大浪泥沙，扰混了清水，鱼母神松口，耶鲁里化阵恶风又逃之夭夭。 西离妈妈女神因找到耶鲁里有功，便成为宇宙中的鱼星辰——鲤鱼拐子星，日夜还在天海边追寻着恶魔耶鲁里。从此，世上的鲤鱼类总喜欢生活在深水水底，啃泥和水草根茎为食。 耶鲁里凭借西斯林的风威，将光明吞进肚里，天宇又变成黑漆无光。恶风呼啸，尘沙弥漫，企图把天上三百女神吹昏头脑，追踪不到它的身迹。阿布卡赫赫便让一九云母神变作一个永世计时星，嘱她一定要永世侧身而行，不要让耶鲁里认出来，因为耶鲁里有西斯林的飓	最早无锋牙，那是恶魔给安的。耶鲁里的长角最无敌。赫赫搓下身上的泥做了无数米亚卡小神，能伸能缩，钻进地下，钻进了耶鲁里的九头独角里面。耶鲁里又痒痒头痛，冲到天上，独角让米亚卡神给钻了一半，再不像过去那样又长又尖了。耶鲁里的角掉在地上，正巧赶上野猪拱地成沟，要咬耶鲁里，结果那个掉下的角一下子扎在野猪的嘴上，从此野猪长出了又长又灵的獠牙，比百兽都厉害。耶鲁里头上滴的血滴到了树林和岩石、土层里。所以，不少树木的木质变成了红色，有不少石头和土也永远是红色的了。耶鲁里疼得在天上打滚，见到三百女神向他扑来，便随着黑风逃到了一条大河河底下，化成小小曲蛇藏进了泥水里。三九天上的鱼母神，见此情景追进水里，变成个机灵敏捷的小鲤鱼拐子，找到了耶鲁里，从泥里咬住了耶鲁里化形的小蚯蚓尾巴，蚯蚓身子一缩掀起大浪泥沙，搅混了清水，鱼母神松口，耶鲁里化阵恶风又逃之夭夭。 西离妈妈女神因找到耶鲁里有功，便成为宇宙中的鱼星辰——鲤鱼拐子星，日夜还在天海边追寻着恶魔耶鲁里。从此，世上的鲤鱼类总喜欢生活在深水水底，啃泥和水草根茎为食。 耶鲁里凭借西斯林的风威，将光明吞进肚里，天宇又变成黑漆无光。恶风呼啸，尘沙弥漫，企图把天上三百女神吹昏头脑，追踪不到它的身迹。阿布卡赫赫便让一九云母神变做一个永世计时星，嘱她一定要永世侧身而行，不要让耶鲁里认出来，因为耶鲁里

《萨满教与神话》中的文本（2023）	《天宫大战》（2009）
风，刮起来云母神便不能久停。云母神便化作卧勒多赫赫布星神属下的一位伟大而忠于职守的塔其妈妈星神，昼夜为众神计时，再狂的恶风黑夜也骗不了众神的眼睛。可是耶鲁里总也抓不住她，也认不出来，所以耶鲁里永远不能辨时辨方向，总是不如阿布卡赫赫畅行自如。 阿布卡赫赫又从身上搓落出泥，生出兴克里女神，能在黑暗里钻行，迎接和引导太阳的光芒照进暗夜，这便是永世迎日的鼠星神祇。鼠星是迎日早临的女神，离黎明时分还有若干时辰。阿布卡赫赫担心黎明前黑夜里耶鲁里仍偷袭捣乱，就把身边的三耳陆眼灵兽派了出去，永远地横卧在苍天之中，头北尾南，横跨中天，总是极目远望高天，寻找耶鲁里的踪影，一直到太阳的光芒照彻寰宇，星光隐灭，辛勤而忠于职守的迎日灵兽才从中天中消逝。所以，他是朝朝不知懒惰地爱日神兽，满语古语尊称他为乌西哈布鲁古大神。 者固鲁女神总是披着刺眼的光衫，这是阿布卡赫赫赋予她的万神神威，万神的能耐和品德都汇集到了她的身上，能攻能守，能进能退，能隐能显，能扩能缩，能滚能行，威勇无敌。九头恶魔屡战屡败，恼羞万分，便找西斯林风魔神送去口信，要一对一地比试高低。双方都不要带帮手，谁胜了谁就是执掌寰宇的额真达爷。万物都要由他领辖，由他创造，由他衍生更替。 阿布卡赫赫便同卧勒多赫赫商议对策，卧勒多女神说于大姊，我虽不能去直接助阵，但	有西斯林的飓风，刮起来云母神不能久停。云母神便化作卧勒多赫赫布星神属下的一位忠于职守的塔其妈妈星神，昼夜为众神计时，再狂的恶风黑夜也骗不了众神的眼睛。可是耶鲁里总也抓不住她，也认不出来，所以耶鲁里永远不能辨时辨方向，总是不如阿布卡赫赫畅行自如。 阿布卡赫赫又从身上搓落出泥，生出兴恶里女神，能在黑暗里钻行，迎接和引导太阳的光芒照进暗夜，这便是永世迎日的鼠星神祇。鼠星是迎日早临的女神，离黎明时分还有若干时辰。阿布卡赫赫担心黎明前黑暗里耶鲁里仍偷袭捣乱，就把身边的三耳六眼灵兽派了出去，永远永远地横卧在苍天之中，头北尾南，横跨中天，总是极目远望高天，寻找耶鲁里的踪影，一直到太阳的光芒照彻寰宇，星光隐灭，辛勤而忠于职守的迎日灵兽才从中天中消逝。所以，他是朝朝不知懒惰爱日的神兽，满语古语尊称他为乌西哈布鲁古大神。 者固鲁女神总是披着刺眼的光衫，这是阿布卡赫赫赋予她的万神神威。万神的能耐和品德都汇集到了她的身上，能攻能守，能进能退，能隐能显，能扩能缩，能滚能行，威勇无敌。九头恶魔屡战屡败，恼羞万分，便找西斯林风魔神送去口信，要一对一地比试高低。双方都不要带帮手，谁胜了谁就是执掌寰天的额真达爷。万物都要由他领辖，由他创造，由他衍生更替。 阿布卡赫赫便同卧勒多赫赫商议对策，卧勒多女神说于大姊，我虽不能去直接助

续表

《萨满教与神话》中的文本（2023）	《天宫大战》（2009）
可以暗中帮助姐姐额云获胜，我用布星的神工将星群列成战阵，连成一片，供你争战时累了可以在星辰上藏身歇脚，凭我身上的银光长翅可以为你打闪照路，我能把星海堆成山峦沟谷川壑，阻挡耶鲁里的逃遁和施展淫威。阿布卡赫赫听了十分高兴，便与耶鲁里争杀在一起，地动星移，星撞星雷鸣电闪，耶鲁里喷着黑风恶水，天地昏黑，石雨雷雹，万物殒灭，只有榆柳长寿齐天延续至今。百兽从此变得细小，藏匿于岩林沃雪之中。硕兽巨鸟，因畏惧西斯林的飓风，传下瘦小敏捷的后代，能在林荫草莽中栖生。 　　耶鲁里被星光围困，被光耀照晃，被者固鲁女神光衫刺射，虽然与阿布卡赫赫一对一地厮斗，终神力难支，便学阿布卡赫赫也想站在星星上歇口气，谁知耶鲁里想歇脚的星斗并不是星体，而是卧勒多赫赫很早就派去查看双方厮打战情的德登女神的头部。德登女神是阿布卡赫赫的一只脚，身姿秀美修长，与天地同长，与天地同高，性喜终日追逐风云，无论多么高多么遥远的云天，都可攀涉低于其肩，可洞测寰宇些微动息，餐风啖星度日。德登女神妈妈正在瞭看战况，忽见九头恶魔耶鲁里仓皇降下，便故意将自己的尖尖长发布散成一望无边的空中星地，骗住耶鲁里以为是一颗天星，等耶鲁里双脚刚一踏上，德登神将头身猛倾，耶鲁里踩空，头朝下一下子就堕落进了德登女神脚踩着的地心里。正巧，地心正是巴纳吉额姆身上的肚脐眼。这里住着一位女神，是巴那吉额姆最宠爱的女儿福特锦力神。她是生得四头六臂八足的大力神，与德登女神同样是身高	阵，可我可以暗中帮助姐姐额云获胜。我用布星的神工将星群列成战阵，连成一片，供你争战累了，可以在星辰上藏身歇脚，凭我身上的银光长翅可以为你打闪照路，我能把星海堆成山峦沟谷川壑，阻挡耶鲁里的逃遁和施展淫威。阿布卡赫赫听了十分高兴，便与耶鲁里争杀在一起，地动星移，星撞星雷鸣电闪，耶鲁里喷着黑风恶水，天地昏黑，石雨雷雹，万物殒灭，只有榆柳长寿齐天延续至今。百兽从此变得细小，藏匿于岩林沃雪之中。硕兽巨鸟，因畏惧西斯林的飓风，传下瘦小敏捷的后代，能在林荫草莽中栖生。 　　耶鲁里被星光围困，被光耀照晃，被者固鲁女神光衫刺射，虽然与阿布卡赫赫一对一地厮斗，终神力难支，便学阿布卡赫赫站在星星上歇口气，谁知耶鲁里想歇脚的星斗并不是星体，而是卧勒多赫赫很早就派去查看双方厮打战情的德登女神的头部。德登女神是阿布卡赫赫的一只脚，身姿秀美修长，与天地同长，与天地同高，性喜终日追逐风云，无论多么高多么遥远的云天，都可攀涉低于其肩，可洞测寰宇稍微动息，餐风啖星度日。德登女神妈妈正在瞭看战况，忽见九头恶魔耶鲁里仓惶降下，便故意将自己的尖尖长发，布散成一望无边的空中星地，骗住耶鲁里，使他以为是一颗天星，等耶鲁里双脚刚一踏上，德登女神将头身猛倾，耶鲁里踩空，头朝下一下子就堕落进了德登女神脚踩着的地心里。正巧，地心正是巴那吉额姆身上的肚脐眼。这里住着一位女神，是巴那吉额姆最宠爱的女儿福特锦力神。她是生得

续表

《萨满教与神话》中的文本（2023）	《天宫大战》（2009）
齐天，只不过她不守视天穹，而是护视九层天穹的下三层。四头分视四方，眼睛能观察到鸟虫也飞不到的地方，能看穿岩土峦岳。她的六臂能够托天摇地，拔山撼树，能缚捉住千里之外的飞鸟奔兔，闭眼伸手就能采摘野果，辨百草，她长着人脚、兽腿、鸟爪、百虫的足，跑起来连风也追不到。她的身姿与姊妹神德登女神正相反，粗矮雄阔，像一座横亘千里的峰岩。耶鲁里掉进肚脐洞，正被福特锦力神捉住，紧紧掐住耶鲁里的九头，耶鲁里因有气光神功，惊慌逃窜，因为是化成光气跑走的，在福特锦力女神身上从此留下许多气孔，至今石岩中常见到像蜂窝似的气室，就是当年耶鲁里逃窜化气时留下来的。耶鲁里逃跑后，被放散的魔气化成了山岚恶瘴、疫病，从此留到了世间，贻害无穷。耶鲁里被福特锦力女神摁住，抓下了片片黑色的骨甲，骨甲变成了龟蛤蛛神，爬进河谷和草间。龟蛤蛛丝均可入卜，因其本为耶鲁里的灵气残骨，寓有灵气，空际星阵为卧勒多赫赫聚星而成，从此穹宇间日月相分，不在一天，相互追映。空际有了天河星海，白亮亮光闪闪绵亘东西像一条顶天立地不可逾越的星山，便是为拦截耶鲁里而筑成的。	四头六臂八足的大力神，与德登女神同样是身高齐天，只不过她不守视天穹，而是护视九层天穹的下三层。四头分视四方，眼睛能观察到鸟虫也飞不到的地方，能看穿岩土峦岳。她的六臂能够托天摇地，拔山撼树，能缚捉住千里之外的飞鸟奔兔，闭眼伸手就能采摘野果，辨别百草，她长着人脚、兽腿、鸟爪、百虫的足，跑起来连风也追不到。她的身姿与姊妹神德登女神正相反，粗矮雄阔，像一座横亘千里的峰岩。耶鲁里掉进肚脐洞，正被福特锦力神捉住，紧紧掐住耶鲁里的九头，耶鲁里因有气光神功，惊慌逃窜。因为化成光气跑走的，在福特锦力女神身上从此留下许多气孔，至今岩石中常见到像蜂窝似的气室，就是当年耶鲁里逃窜化气时留下来的。耶鲁里逃跑后被放散的魔气，化成了山冈恶瘴、疾病，从此留到了世间，贻害无穷。被福特锦力女神摁住，抓下了片片黑色的骨甲，变成了龟蛤蛛神，爬进河谷和草间。龟蛤蛛丝均可入卜，因其本为耶鲁里的灵气残骨，寓有灵气，空际星阵为卧勒多赫赫聚星而成，从此穹宇间日月相分，不在一天，相互追映。空际有了天河星海，白亮亮光闪闪绵亘东西，像一条顶天立地不可逾越的星山，便是为拦截耶鲁里而筑成的。
九腓凌	
天上的争杀怎么平静的？世上的生涯是怎么传下的？耶鲁里恶魔被福特锦力神缚捉，掐破肤甲，轧露光气，耶鲁里从此恶风骤减，九个头上有四个头的眼睛只能洞测黑夜，惧慑太阳火光，但是恶念凶欲不死，企望挟天为主，	天上的争杀怎么平静的？世上的生涯是怎么传下的？耶鲁里恶魔被福特锦力神缚捉，掐破肤甲，轧露光气，耶鲁里从此恶风骤减，九个头上有四个头的眼睛只能洞测黑夜，惧慑太阳火光，但是，恶念凶欲不死，企望挟

续表

《萨满教与神话》中的文本（2023）	《天宫大战》（2009）
便于日月降落后的黑夜里，悄悄冲向青空，口喷黑风恶水，淹没了穹宇大地，阿布卡赫赫刚升到天上，得到德登女神的报告，可耶鲁里已经将兴恶里鼠星女神捉住，放走了神鹰，并把迎面冲来的阿布卡赫赫身上的九座石山九座柳林九座溪流九座兽骨编成的战裙扯了下来。这是阿布卡赫赫的护身战裙。阿布卡赫赫丢掉了护身战裙便只好逃了出来，在众星神的保护下，逃回九层天上，疲惫不堪，昏倒在滚动着金光的太阳河旁。太阳河边有一棵高大的神树，神树上住着一位名叫昆哲勒的九彩神鸟，它扯下自己身上的毛羽，为阿布卡赫赫擦着腰脊上的伤口，用九彩神光编织护腰战裙，又衔来金色的太阳河水，给阿布卡赫赫冲洗着伤口，使阿布卡赫赫很快伤愈如初。阿布卡赫赫身穿九彩神羽战裙，从太阳河水中慢慢苏醒过来。巴那姆赫赫将自己身上生息的虎、豹、熊、鹿、蟒、蛇、狼、野猪、蜥蜴、鹰、雕、江海牛鱼、百虫等魂魄摄来，让每一个兽禽神魂献出一招神技帮助阿布卡赫赫，又让它们都从自己身上献出一块魂骨，由昆哲勒神鸟在太阳河边用彩羽重新又为阿布卡赫赫编织了护腰战裙，从此天才真正变成了现在这个颜色。阿布卡赫赫也真正有了无敌于寰的神威，姊妹三人在众神禽神兽的辅佐之下打败了九头恶魔耶鲁里，使它变成了一个只会夜间怪号的九头恶鸟，埋在巴那姆赫赫身下的最底层，不能再扰害天穹。可是，巴那姆赫赫身边还生活着许多喜欢穿穴而居的生命，如蝼蚁、穿山甲、地鼠等等，耶鲁里的败魂还时常出世脱化满尼、满盖，践害人间。然而由于阿布卡赫赫打败耶鲁里时，将它九个头中其余五个头的双眼取下，	天为主，便于日月降落后的黑夜里，悄悄冲向青空，口喷黑风恶水，淹没了穹宇大地。阿布卡赫赫刚升到天上，得到德登女神的报告，可耶鲁里已经将兴恶里鼠星女神捉住，放走了神鹰，并把迎面冲来的阿布卡赫赫身上的九座石山九座柳林、九座溪流九座兽骨编成的战裙扯了下来。这是阿布卡赫赫的护身战裙。阿布卡赫赫丢掉了护身战裙便只好逃了出来，在众星神的保护下，逃回九层天上，疲惫不堪，昏倒在滚动着金光的太阳河旁。太阳河边有一棵高大的神树，神树上住着一位名叫昆哲勒的九彩神鸟，它扯下自己身上的毛羽，为阿布卡赫赫擦着腰脊上的伤口，用九彩神光编织护腰神裙，又衔来金色的太阳河水，给阿布卡赫赫冲洗着伤口，使阿布卡赫赫很快伤愈如初。阿布卡赫赫身穿九彩神羽战裙，从太阳河水中慢慢苏醒过来。巴那姆赫赫将自己身上生息的虎、豹、熊、鹿、蟒、蛇、狼、野猪、蜥蜴、鹰、雕、江海鱼虾、百虫等魂魄摄来，让每一个兽禽神魂献出一招神技，帮助阿布卡赫赫。又从自己身上献出一块魂骨，由昆哲勒神鸟在太阳河边，用彩羽重新为阿布卡赫赫编织了护腰战裙。从此，天才真正变成了现在这个颜色，阿布卡赫赫也真正有了无敌于寰宇的神威。 姊妹三人和在众神禽兽的辅佐之下，打败了九头恶魔耶鲁里，使它变成了一个只会在夜间怪号的九头恶鸟，埋在巴那姆赫赫身下的最底层，不能再扰害天穹。可是，巴那姆赫赫身边还生活着许多喜欢穿穴而居的生命，如蝼蚁、穿山甲、地鼠等等，耶鲁里的

《萨满教与神话》中的文本（2023）	《天宫大战》（2009）
使他变成了瞎子，最怕光明和篝火，只要燃放篝火，点起冰灯，照亮暗隅，九头鸟便不敢危害世间了。从此，才在世间留下了夜点冰灯、拜祭篝火的古习。阿布卡赫赫从此才成为一位永远不死、不可战胜的穹宇母神，维佑天地，传袭百世。 　　阿布卡赫赫又派神鹰哺育了女婴，使她成为第一个大萨满，神鹰哺育的奶水便是昆哲勒衔来的太阳河生命与智慧的神羹。空际的大鹰星本由卧勒多赫赫用绳系住左脚，命它协佐德登女神守护穹宇。因为耶鲁里扯断了鹰的神索，鹰星在天空中变幻最大，其星羽突闪突现。阿布卡赫赫便命她哺育了世上第一个通晓神界、兽界、灵界、魂界的智者——大萨满，神鹰受命后便用昆哲勒神鸟衔来的太阳河中的生命与智慧的神羹喂育萨满，用卧勒多赫赫的神光启迪萨满。使她通晓星卜天时，用巴那姆赫赫的肤肉丰润萨满，使她运筹神技，用耶鲁里自生自育的奇功诱导萨满，使她有传播男女媾育的医术。女大萨满才成为世间百聪百伶百慧百巧的万能神者，抚安世界，传替百代…… 　　天荒日老，星云更世，不知又过了多少亿万斯年，北天冰海南流，洪涛冰山盖野。地上是水，天上也是水，大地上只有代敏大鹰和一个女人留世，生下了人类。这便是洪涛后的女萨满，成为人类始母神，是阿布卡赫赫把太阳光和昆哲勒神派到水中，从此冰水才有了温	败魂还时常出世脱化满尼、满盖，践害人间。然而，由于阿布卡赫赫打败耶鲁里时，将它九个头上的五个头的双眼取下，使他变成了瞎子，最怕光明和篝火。只要燃放篝火，点取冰灯，照亮暗隅，九头鸟便不敢危害世间了。从此，才在世间留下了夜点冰灯、拜祭篝火的古习。阿布卡赫赫从此才成为一位永远不死、不可战胜的穹宇母神，维佑天地，传袭百世。 　　阿布卡赫赫又派神鹰哺育了一女婴，使她成为世上第一个大萨满，神鹰哺育的奶水，太阳河便是昆哲勒衔来的生命与智慧的神羹。空际的大鹰星本由卧勒多赫赫用绳索系住左脚，命它协佐德登女神守护天穹的。因为耶鲁里扯断了鹰的神索，鹰星在天空中变幻最大，其星羽突闪突现。阿布卡赫赫便命她哺育了世上第一个通晓神界、兽界、灵界、魂界的智者——大萨满。神鹰受命后便用昆哲勒神鸟衔来太阳河中的生命与智慧的神羹喂育萨满，用卧勒多赫赫的神光启迪萨满，使她通晓星卜天时；用巴那姆赫赫的肤肉丰润萨满，使她运筹神技；用耶鲁里自生自育的奇功诱导萨满，使她有传播男女媾育的医术。女大萨满才成为世间百聪百伶、百慧百巧的万能神者，抚安世界，传替百代…… 　　天荒日老，星云更世，不知又过了多少亿万斯年，北天冰海南流，洪涛冰山盖野。地上是水，天上也是水，大地上只有代敏大鹰和一个女人留世，生下了人类。这便是洪涛后的女大萨满，成为人类始母神，是阿布卡赫赫把太阳和昆哲勒神派到水中，从此冰

续表

《萨满教与神话》中的文本（2023）	《天宫大战》（2009）
暖，才生育出水虫、水草，重新有鱼虾、水蛇、水獭、水狸，又在东海有人身鱼神，受太阳之光不少水虫变为人首鱼身的河湖沼海之神，因其是应阳光而育、应阳光而生，故常罩七彩光衫，称为"德立格"女神。为使世间能分辨方向，阿布卡赫赫让自己身边的四个方向女神下来给人类指点方向，西方洼勒格女神是一步三蹦地先走到了人世，随后到的是东方德勒格女神和北方阿玛勒格女神以及南方朱勒格女神，中位为都伦巴女神，由五位女神执掌方位。大地上残留汪洋，阿布卡赫赫拔下身上的腋毛，化成了无数条水龙——木克木都力，朝朝暮暮地吞水，从此又在大地上出现了无数条又粗又宽又长又弯的道口江河和沟岔，有像毕拉一样的河、像乌拉一样的江、像岔儿汉的小支流，养育着阿布卡赫赫的子孙——人类。	水才有了温暖，才生育出水虫、水草，重新有鱼虾、水蛇、水獭、水狸，又在东海有了人身鱼神，受太阳之光，不少水虫变为人首鱼身的河湖沼海之神，因是受阳光而育，应阳光而生，故常罩七彩光衫，称为"德立格"女神。为使世间能分辨方向，阿布卡赫赫让自己身边的四个方向女神下来，给人类指点方向。西方洼勒格女神是一步三蹦地先走到了人世，随后到的是：东方德立格女神和北方阿玛勒格女神以及南方朱勒格女神，中位为都伦巴女神，由五位女神执掌方位。大地上的残留汪洋，阿布卡赫赫拔下身上的腋毛，化成无数条水龙——木克木都力，朝朝暮暮地吞水。从此，又在大地上出现了无数条又粗又宽、又长又弯的道口江河和沟岔，有像毕拉一样的河，像乌拉一样的江，像岔儿汉一样的小支流，养育着阿布卡赫赫的子孙——人类。
不知又经过了多少万年，洪荒远古，阿布卡赫赫人称阿布卡恩都里大神，高卧九层云天之上，呵气为霞，喷火为星，山河宁静，阿布卡恩都里也学巴那吉额姆一样懒散慢惰，性喜酣睡。所以，北地朔野寒天，冰河覆地，雪海无垠，万物不生。巴那吉额姆教人穴居地下，筑室洞窟，故北人大家深室九梯，刺猬、蝙蝠均为安全守神。耶鲁里常潜出施毒烟害人，疮疥、天花灭室穴生命。天生雅格哈女神擅视百草，索活（甜酱菜）、它卡（野芥菜）、佛库它拉（蕨菜）、省哲（蘑菇）、山茶（木耳）为人所食，百花为人送香气，百树为人衣其	不知又经过了多少万年，洪荒远古，阿布卡赫赫人称阿布卡恩都力大神，高卧九层云天之上，呵气为霞，喷火为星，山河宁静，阿布卡恩都里也学巴那吉额姆[1]一样懒散慢惰，性喜酣睡。所以，北地朔野寒天，冰河覆地，雪海无垠，万物不生。巴那吉额姆教人穴居地下，筑室洞窟，故北人大都深室九梯，刺猬、蝙蝠均为安全守神。耶鲁里常潜出施毒烟害人，疮疥、天花灭室穴生命。天生雅格哈女神擅视百草，索活、它卡、佛库它拉、省哲、山茶为人所食，百花为人送香气，百树为人衣其皮，百兽为人食其肉，

---

[1]　原文为巴那姆额姆，应为巴那吉额姆。

续表

《萨满教与神话》中的文本（2023）	《天宫大战》（2009）
皮，百兽为人食其肉，年期香为人祛疮除秽敬祖神。阿布卡恩都里送给人间瞒尼神九十二位、战神、箭神、石神、痘神、瘸神、头疼神、噬血神、大力神、猎狩神、穴居神、飞洞神、舟筏神、育婴神、产孕神、媾交神、断事神、卜算神、驭火神、唤水神、山雪神、乌春神（歌神）、玛克辛神（舞神）、说古神，等等。瞒爷神，传播古史子嗣故事。 　　最古，先人用火是拖亚拉哈大神所赐：阿布卡恩都里未给人以火之前，人茹血生食，常室于地下，同蝼鼠无异。雪消出洞，落雪入地，人蛇同穴，人蝠同眠，十有一生。阿布卡恩都里额上突生红瘤"其其旦"，化为美女，脚踏火烧云，身披红霞星光衫，嫁与雷神西思林为妻。雷神西思林也同风神西斯林女神一样，原来同是阿布卡恩都里的爱子爱女，雷神西思林是阿布卡恩都力的酣声化形而成的巨神，火发白身长手，喜驰游寰宇，声啸裂地劈天，勇不可挡，而风神西斯林早生于雷神西思林，是阿布卡恩都里的两双巨脚所化生，风驰电掣，不负于雷神的肆虐，乘其外游盗走其旦女神，欲与女神媾孕子孙，播送大地，使人类得以绵续。可是其其旦女神见大地冰厚齐天，无法育子，便私盗阿布卡恩都里的心中神火临凡，怕神火熄灭，她便把神火吞进肚里，嫌两脚行走太慢，便以手为足助驰。天长日久，她终于运火中被神火烧成虎目、虎耳、豹头、豹须、獾身、鹰爪、猞猁尾的一只怪兽，变成拖亚拉哈大神，她四爪踏火云，巨口喷烈焰，驱冰雪，逐寒霜，驰如电闪，光照群山，为大地和人类送来了火种，招来了春天。 　　天上所以要打雷，就是禀赋暴烈的雷神弟弟向风神哥哥在索要爱妻呢！	年期香为人祛疮除秽敬祖神。阿布卡恩都力送给人间瞒尼神九十二位，其中有：战神、箭神、石神、痘神、瘸神、头疼神、噬血神、大力神、狩猎神、穴居神、飞洞神、舟筏神、育婴神、产孕神、媾交神、断事神、卜算神、驭火神、唤水神、山雪神、乌春神、玛克辛神，说古神，等等。重要的瞒爷神，传播古史子嗣故事。 　　最古，先人用火是拖亚拉哈大神所赐；阿布卡恩都力未给人以火之前，茹血生食，常室于地下同蝼鼠无异。雪消出洞，落雪入地，人蛇同穴，人蝠同眠，十有一生。阿布卡恩都力额上突出红瘤"其其旦"，化为美女，脚踏火烧云，身披红霞星光衫，嫁与雷神西思林为妻。雷神也同风神西斯林一样，原来同是阿布卡恩都力的爱子。雷神西思林，是阿布卡恩都力的酣声化形而成的巨神，火发白身长手，喜驰游寰宇，声啸裂地劈天，勇不可挡；而风神西斯林早生于西思林雷神，是阿布卡恩都力的两双巨脚所化生，风驰电掣，不负于雷神的肆虐，乘其外游盗走其其旦女神，欲与女神媾孕子孙，播送大地，使人类得以绵续。可是其其旦女神见大地冰厚齐天，无法育子，便私盗阿布卡恩都力的心中神火临凡。怕神火熄灭，她便将神火吞进肚里，嫌两脚行走太慢，便以手为足助驰。天长日久，她终于在运火中，被神火烧成虎目、虎耳、豹头、豹须、獾身、鹰爪、猞猁尾的一只怪兽，变成拖亚拉哈大神，她四爪踏火云，巨口喷烈焰，驱冰雪，逐寒霜，驰如电闪，光照群山，为大地和人类送来了火种，招来了春天。 　　天上所以要打雷，就是禀赋暴烈的雷神弟弟向风神哥哥在索要爱妻呢！

附录三

《天宫大战》(韩语)

(乌车姑乌勒本, 우처구우러본)[*]

李钟周　张春植　译^{**}

첫 모링(脈凌)①

"사하련(薩哈連)下流의 東方에서 아홉 가지 뿔의 神座을 탄 버어더인무샤머(博額德音姆薩滿)께서 걸어오신다. ——"

"하늘에 아름다운 무지개 빛날 때, 사할린(薩哈林) 물이 물보라 칠 때, 하늘에서 금빛지느러미 잉어가 바람에 날려 오고 나무 구멍에서 네 발 銀뱀이 기어 나올 때, 몇 대조인지 모르는 할머니께서 살림을 주관하던 그 초기에, 사하련(薩哈連) 하류의 동쪽에서 아홉 가지 뿔 神鹿을 타신 버어더인무 샤만께서 걸어 오셨네. 연세가 백여 세인데도 얼굴에는 홍조가 넘치고, 백발이 머리를 덮었으나 아직 힘이 장사이시네. 神鷹께서 그녀에게 精力을 주셨고, 魚神께서 물재주를 주셨고, 아부카(阿布卡)께서 神의 壽命을 주셨고, 온갖 새들이 노래하는 목청을 주고, 온갖 짐승이 타실 짐승을 주었기 때문이라네. 온갖 기술로 사악한 것을 물리치시고, 모든 일을 환히 꿰뚫어 보시며, 백 가지 재난을

---

　*　富育光의 저서, 『薩滿教與神話』(요령대학출판사, 1990)에 실린(pp. 227 – 245) 자료를 근거로 하였다. 1996. 11 이종주와 김재용이 그를 초청하여 세미나를 하면서 이 책 등 자료 번역과 게재를 허락받았다.

　**　張春植은 中國社會科學院 文學研究所 연구원이다. 거리상의 문제로 번역상의 이견을 충분히 조절하지는 못하였다. 그러므로 번역에 대한 최종 책임은 이종주가 진다.

　①　"모링(脈凌)", 滿族語로 回 혹은 順序의 뜻.

점쳐 아시고, 하라치(恰拉器)①는 神의 가르침을 전하네. 여러 **種族**을 사랑하시는 그 깊은 정은 **東方**의 **太陽神**(태양빛)처럼 대지를 환히 비치네……"

(역자 주: 이하 부육광의 설명임. 이것이 說唱의 서두이다. 원래는 滿族語로 說唱한 것을 기록자가 韻이 힘차고 흐름이 조화롭고 감정이 깊다고 생각하여 漢語로 기록하게 되었다. 들은 바에 의하면 滿族語로 說唱하면 듣는 사람이 모두 집안의 내력을 듣는 듯 도취된다고 한다. 구연자가 즉흥적인 기억에 따라 읊기 때문에 줄거리에 일관성이 없고 묘사도 자세하지 않다고 한다. 그러므로 記錄者는 그것이 엉성한 기록을 모아 놓았다 하여 '北方 古神話 묶음'이라 부르고 있다.

버어더인무 샤만이란 말은 紀賢, 伯嚴 등 선생이 土着語를 잘 하는 滿族 노인들에게 물어본 바에 따르면, 모두 '벌써 집에서 나간 샤만'으로 해석되는데, '이미 죽은 本氏族의 샤만'을 뜻하므로, 동시에 샤만의 魂魄이 전해 준 龕室 이야기를 말하는 것이다. 버어더인무 샤만 본인은 재주가 뛰어난 歌舞神이고 또 記憶神이기도 한 女神으로 그에 대한 神話나 傳說이 매우 많다.

전하는 바에 의하면, 그 女神이 샤만의 몸에 붙으면, 노래하고 춤을 추게 되는데, 밤을 새워 노래해도 그 목소리가 여전히 아름답고, 피곤한 줄을 모르고 움직이길 좋아한다. 나무와 돌을 두드려 여러 가지 장단과 音節을 내고, 입으로는 온갖 산새들의 울음소리를 모방하는데 진짜 새소리와 조금도 다름이 없다고 한다. 그리고 돼지 몸에 서서 춤을 추면, 돼지가 놀라서 도망도 못간다고 한다. 더욱 신기한 것은 그녀의 혼이 샤만의 몸에 붙은 후에는, 샤만이 속한 部族의 어느 집안, 어느 代의 逸話를 묻건 거침 없이 읊어대는데, 시간과 숫자마저 전혀 틀리지 않는다고 한다. 그러므로 옛날 샤만은 제사를 치를 때, 위치나 방향을 잊어버린 조상의 무덤 자리, 조상이 거주했던 강줄기, 족보상의 먼 宗嗣 등이 분명치 않거나 의심이 가면, 백발의 女神 버어더인무 샤만을 맞아 神堂에 모시고 의

---

① 대나무 두 쪽으로 만든 일종의 짝짝이 같은 악기. 제사중 2−30 명이 함께 사용하기도 했다다. 이 악기는 신의 발걸음을 뜻하며 소리가 나면 신이 내려온 것으로 생각했다.

문점들을 물어보곤 하였다 한다. 그래서 더욱 滿族의 여러 성씨 샤만들의 숭배를 받았다고 한다.)

이 모링:

"세상에 가장 먼저 있었던 것이 무엇인가? 가장 오랜 그 옛날의 모양은 어떠했는가? 가장 오랜 저 옛날 세상은 하늘이 나뉘지 않고 땅이 나뉘지 않은 물거품이었다. 하늘은 물 같고 물은 하늘 같았다. 하늘과 물이 서로 이어져서 물처럼 끊임없이 흘러넘쳐 물거품이 불어나고 많아지자 물거품 속에서 아부카허허(阿布卡赫赫)가 나타났다. 그녀는 물거품처럼 작았는데 점점 커져서, 물이 있는 곳, 물거품이 있는 곳에는 어디에나 아부카허허가 있게 되었다. 그녀는 물방울처럼 작았지만 길어져서 지구를 꿰뚫었고 나중에는 크게 변하여서 하늘이 되었다. 그녀의 몸이 가벼울 때는 허공을 날아다니기도 하고 무거울 때는 물 밑까지 들어갈 수 있었다. 그녀가 없는 장소는 없었고 어느 곳에나 그녀는 존재하였다. 그녀의 형체는 누구도 명확히 볼 수가 없었고 단지 작은 물방울에서 볼 수 있는 그녀는 일곱 색깔 신이한 빛을 내며 반짝반짝 빛났다.

그녀는 공기로 만물을 만들고 빛으로 만물을 만들고 자기 몸으로 만물을 만들어, 허공에는 만물이 많아졌다. 그래서 淸濁이 갈라져, 맑디맑은 것은 上昇하고 흐린 것은 下降하였고, 빛은 上昇하고 안개는 下降하여, 위쪽은 맑아지고 아래쪽은 흐려졌다. 그리하여, 아부카허허 下身이 다시 찢어지며 바나무허허(巴那姆赫赫, 地神)女神을 생산해 내시었다. 이렇게 맑은 빛이 하늘이 되고 흐린 안개는 땅이 되면서, 비로소 하늘과 땅 두 姉妹神이 있게 되었다. 맑은 것은 공기가 되고 흰 빛은 밝아지고, 공기는 하늘에 떠다니고 빛이 빛 속을 떠다니며, 공기가 조용할 때 빛은 소리치고 공기가 정지할 때 빛은 움직여서, 공기와 빛이 서로 다투고 공기와 빛이 모였다 흩어져서, 공기가 빛을 붙들 수가 없었다. 이에 아부카허허의 上身이 찢어지며 와러두허허(臥勒多赫赫, 希里 女神)女神을 만들어 냈는데, 이 신은 움직이기를 좋아하여 가만히 한 자리에 있지 못하고 하늘과 땅을 돌아다니며 밝은 빛(明亮)을 담당하였다. 아부카허허, 바나무허허, 와러두허허는 같은 몸, 한 뿌리로서 함께 현현하였고, 함께 존재하며 함께 잉태하였다.

아부카는 공기에서 구름과 우뢰를 만들고, 바나무는 피부에서 골짜기와 샘물을 만들고, 와러두는 아부카허허의 눈에서 부생순(布生順), 비아 (畢牙), 나단나라후(那丹那拉呼)(日, 月, 小七星)를 만들어 냈다. 이 세 神은 永生永育하며 大千 세계를 養育하였다. "

삼 모링:

"세상에 어떻게 남자와 여자가 있게 되었는가? 벌레와 짐승, 그리고 天性은 어떻게 있게 되었는가? 아부카허허께서는 성격이 자애롭고, 바나무허허께서는 잠이 많으시고, 와러두허허께서는 성질이 급하셨다. 원래 이 세 신께서는 만물을 만들 때 힘을 모아 하자고 약속했었는데 바나무허허께서 잠에 곯아떨어져 깨지 못하였다. 그래서 아부카허허와 와러두허허 두 신께서 사람을 만들었는데 제일 먼저 만들어 낸 것은 모두 女人이었다. 그래서 여성은 마음이 인자하고 성질이 급한 것이다. 바나무허허께서 잠을 깨어 사람을 만드는 일을 생각해 냈을 때 다른 두 姉妹는 벌써 가 버린 뒤였다. 그래서 마음이 급하여 서둘러 만드는데 빛이 없이 만들다 보니, 하늘의 새, 땅 위의 짐승, 흙 속의 곤충 등을 만들었는데 이들은 모두 낮에는 잠자기를 좋아하고 밤에 나가 활동하게 되었다. 그리고 아부카허허의 인자한 성격을 가지지 못하였기 때문에 서로가 잔인하게 잡아 먹고 모두 성질이 포악하였다. 벌레나 작은 짐승 따위들은 빛이나 밝은 곳을 두려워하여 굴 속에서 살기를 좋아했다.

그러면 어떻게 남자가 생겼는가? 아부카허허께서는 세상에 여자만 생겨난 것을 보고는 몸에서 살 한 덩이를 뜯어내어 오친(敖欽)女神을 만들었는데 머리가 아홉 개였다. 그래서 어떤 머리가 잠잘 때 어떤 머리는 깨어 있었다. 또 와러두 女神의 몸에서 살을 좀 달래서 팔 여덟 개를 만들었는데, 어떤 팔이 힘들어 쉴 때 다른 팔들은 힘겨워 하지 않고 부지런히 일하였다. 그녀더러 바나무허허 곁에 있으면서 늘 흔들어 깨워 잠을 못 자게 하였다. 아부카허허와 와러두허허께서는 이번에는 바나무허허와 함께 남자를 만들었다. 바나무허허는 오친 女神이 곁에서 잠을 못 자게 하고, 또 姉妹들이 남자를 만들라고 재촉하므로, 내키 지 않은 대로 肩胛骨과 겨드랑이의 털을 뽑아서 姉妹들의 인자한 성품의 살과 급한 성격의 살을 주물러서는 남자를 만들었다. 그래서 남자가 성격이 급하고 마음이 인자한 것이다. 여자보다 힘이 센 것은, 뼈로 만들었기 때문이다. 그러나 견갑골과 겨드랑이 털로 만들었기 때문에 남자의 몸에는 여자들 보다

수염과 털이 많게 되었다. 견갑골은 항상 바나무허허가 잠을 잘 때 몸에 깔려 있고 흙이 묻어 있어, 남성들은 여인보다 때가 많고 마음쓰는 것이 깊었다.

　아부카허허는 이게 어디 남자냐, 남자가 여자와 다른 것이 무엇이냐고 하였다. 와러두허허도 남자가 어떤 것인지를 몰랐다. 바나무허허는 문득 禽獸와 벌레의 모양대로 남자를 만들어야겠다고 생각했다. 남자는 '소소 (索索)'①가 하나 더 달려 있었다. 그래서 몸의 살 한 덩어리를 눈을 감은 채 산꿩 우러후마(鳥勒胡瑪)의 몸에 붙여서 꿩의 엉덩이에는 닭벼슬 처럼 뾰족 나온 부분이 생기게 되고 작은 고기덩이 하나가 더 붙게 되었다. 姉妹가 잘못 붙여 놓았다고 하자 그녀는 또 살 한 덩어리를 떼내어 물오리의 뱃속에 붙여 놓았다. 그래서 물오리 종류의 '소소'는 뱃속에 있게 되었다. 자매들이 또 잘못 붙였다고 불평하자 그녀는 가는 뼈를 떼내어 곁에 있던 암사슴의 배 밑에 붙였는데 그러자 암 사슴은 수사슴으로 변했다. 이때부터 노루나 사슴 종류의 수컷 생식기는 날카로운 침처럼 생겨서 發情할 때는 칼과 다름없이 암사슴을 찔렀다. 두 자매는 또 성이 나서 이번에도 잘못 붙였다고 질책하자, 바나무허허는 그제야 잠이 깨어 황망하게 곁에 있는 곰의 사타구니에서 '소소'를 달래 가지고 그걸 그들이 함께 만든 남자의 사타구니에 붙여 놓았다. 곰의 몸에서 빌려 온 것이라 남자의 '소소'는 곰의 '소소'와 길이나 모양이 비슷하게 되었다. 그러므로 모든 禽獸가 인간보다 세상에 먼저 온 것이다."

　사 모링:

　"세상 최초의 惡魔는 어떻게 생겨났는가? 가장 흉악한 魔鬼는 누구인가? 오친(敖欽)女神의 아홉 개의 두뇌가 생각하는 것은, 모든 짐승을 훨씬 초과하였고, 눈은 언제나 동그랗게 뜨고 있었고, 귀는 언제나 듣고 있었고, 코는 언제나 냄새를 맡고 있었고, 입은 언제나 뭔가를 먹고 있었다. 그녀는 모든 짐승의 지혜와 능력을 모두 배웠기 때문이었다.

　그녀의 손은 언제나 바나무허허를 흔들었으므로 山岳을 움직일 수 있는 강력한 힘을 갖게 되었다. 그녀는 늘 바나무허허를 지키 고 있었는데 지겨워서 때때로 화를 내며 고함을 지르기도 하였다.

---

① '소소(索索)'. 女眞의 土着語로 男性의 生殖器.

　　그녀의 몸은 아부카허허와 와러두허허에게서 비롯되었으므로 토해 내는 雲氣와 烈火가 더욱 더 바나무허허의 안정을 깨뜨렸다. 바나무허허는 원래 오친 女神을 성가시게 여겼던지라 홧김에 몸에 지닌 큰 바위 두 개를 던졌는데, 하나는 오친 女神의 머리에 난 외뿔이 되어 허공을 찌르고, 다른 하나는 오친 女神의 배밑에 붙어서 '소소'로 변했다. 오친 女神이 두 바위 덩어리에 맞자 곧, 뿔 하나에 머리 아홉, 팔이 여덟 개가 달린 兩性의 기괴한 神의 모양으로 변했다. 그녀는 자신에게 '소소'가 있어 스스로 生育할 수 있었다. 거기다가 아부카허허, 와러두허허, 바나무허허의 몸의 골육과 魂魄이 있고, 또 아홉 개의 머리로 배운 온갖 기술과 재간을 가지고, 하늘과 대지를 찌를 수 있는 날카로운 뿔을 가지고, 바나무허허를 찌르고는 바나무허허의 뱃속으로 들어갔다. 그녀는 스스로 生育을 할 수 있었으므로, 자신과 같은 무수한 기이한 신을 생산했다. 이것이 바로 아홉 머리의 惡魔神으로, 언제 어디서나 無敵인 예루리 大神이다. 그는 성품이 포악하고 급해서 공기가 되어 하늘에 오르고 빛이 되어 해에 들어갈 수 있으며, 뿔로 땅 속에 들어갈 수 있어서, 세 女神을 조금도 두려워하지 않고 오히려 女神들을 얕보고 괴롭히기까지 하였다. 그래서 바나무허허는 조용히 잠을 잘 수가 없게 되었다. 예루리 大神 때문에 산과 땅이 동요하고, 살이 잔혹하게 찢기고 땅에는 물에 넘쳐 나고, 비바람이 사방에 퍼붓고, 해와 달이 빛을 잃고, 流星이 하늘 가득 날아다니고, 만물이 참혹히 망하였다."

　　오 모링:

　　"세상 최초의 激戰은 무엇이었나? 세상에서 가장 비참한 鬪爭은 무엇인가? 아홉 머리 오친 女神은, 외뿔에 아홉 머리의, 스스로 生育을 하는 악마 예루리로 변하여 세 女神을 괴롭히며 우주간에 대적할 자 없다고 자신하였다. 그녀는 와러두허허가 별을 배치하는 자작나무 주머니를 가지고 있는데, 그걸 손에 넣기만 하면 별자리를 마음대로 할 수 있고, 마음대로 먹고 자고 몸을 감출 수 있어 아부카허허에게 대항할 수 있음을 알고 있었다. 그래서 그녀는 아홉 개의 머리를 아홉 개 밝은 별로 변하게 했는데, 그 밝기가 태양과 같아서 하늘에 열 개의 해가 생겨난 것 같았다. 아부카허허와 와러두허허는 깜짝 놀랐다.

　　와러두허허는 황급히 자작나무 주머니를 가지고 가서 9개의 밝은 별을 담았다. 그런데 별을 거두어 담고 뒤돌아서려 할 때, 누가 알았으랴, 와러두허허마저 땅 속에 끌려들어갈 줄을. 예루리의 아홉 머리에 에워싸인 것인데, 예루리는 힘이 장사라 와러두허허는 포로가 되고 말았다. 와러두허허는 천지를 마음대로 돌아다니는 빛외 신으로서, 바나무허허와 근본이 같은 자매였다. 예루리가 그녀를 붙잡아 땅 밑에 가두자, 그녀가 빛을 비춰 예루리는 아홉 머리에 난 눈이 失明하고, 머리가 어지럽게 핑핑 돌았다. 예루리는 황망 중에 손에 잡았던 자작나무 껍질의 별자리神 주머니를 던졌는데 공교롭게도 동쪽에서 서쪽으로 내던졌다. 그래서 布星 女神 와러두허허는 동쪽에서 서쪽으로 쫓아가서 그 별자리 주머니를 잡았다. 그로부터 별은 언제나 동쪽에서 떠서 서쪽으로 움직이게 되었다. 萬萬年을 그렇게 하고 있는 것은 바로 예루리가 던진 노선에 따라 움직이기 때문이다.

凶惡하고 포악한 예루리는 늘 소란을 부려 천지가 어두워지고 해, 달, 별들이 빛을 잃었다. 예루리는 와러두허허를 이기고는, 또 아부카허허를 征服하고자 아부카허허를 찾아가 내기를 걸었다. 교활한 예루리는 자신의 아홉 머리에 난 신이한 눈과 아홉 머리 智謀를 믿고, 아부카허허에게 누가 더 빛(光明)을 찾는 능력이 있는가, 누가 먼저 하늘이 무슨 색인가, 땅이 무슨 색인가를 분별해 낼 수 있는지 내기해 보자고 하였다. 예루리는 그 악마의 視力으로 어두운 밤 얼음 위에서 흰 얼음을 찾아내고는, 자신은 하늘과 땅이 모두 흰 색이라는 것에 내기를 걸겠다고 장담했다. 그리고는 자신이 生育한 무수한 예루리를 아득히 먼 白海에 보내어 얼음 산을 옮겨 오게 하였다.

아부카허허는 별 뾰족한 수가 없었다. 곳곳마다 흰 색으로 덮여 춥고 싸늘한 흰 색 천지였다. 바로 이 위기의 순간에 바나무허허가 곁에 있는 아홉 색깔 날개와 큰 입을 가진 거대한 오리를 보냈는데, 그 오리의 날개는 바다를 덮을 듯 넓고 울음 소리는 아이가 우는 것 같았다. 그가 아부카허허를 갇혀 있는 얼음 세계에서 푸른 하늘로 업고 올라가서 재난을 피할 수 있었다.

그러나 얼음 바다가 하늘을 가리고 땅마저 뒤덮고 있어서 그 거대한 큰 입 오리는 입에서 뜨거운 불을 토해 얼음 하늘에 구멍을 뚫고 또 뚫어서 단숨에 수천 수만 개의 구멍을 냈다. 그때부터 해와 달, 별빛은 또 다시 나타나게 되었고 세상에 비로소 빛이 생기고 따뜻하게 되었다. 예루리가 옮겨 온 氷雪은 아무리 하여도 다 녹지를 않았다. 그래서, 부리 큰 오리는 원래는 그 부리가 뾰족

하고 넓적하고 두껍고 길어 괭이 모양이었는데, 아부카허허를 구원하기 위하여 끊임없이 얼음을 쪼다 보니 땅에는 빛이 있게 되었지만, 오리의 입은 이로부터 얼음덩어리에 눌려서 납작하고 둥글게 되고 말았다. 두 발도 눌려서 세 잎의 나뭇잎 모양으로 납작하게 되었다. "

육 모링:

"세상에 장생불사하는 神은 누구인가? 누가 천하 무적의 神聖한 大神인가?

아홉 머리 악마 예루리는 자기 몸에서 生育한 수천의 악마들을 이끌고 다니며 만물을 삼키고 토하고, 푸른 하늘을 制霸하여 흐린 안개가 하늘을 덮고 날짐승, 들짐승들이 죽어 갔다. 그럼에도 예루리의 아홉 머리 여덟 팔이 모두 찢어지며 악마를 만들어 냈다. 눈에서도, 귀에서도, 심지어 땀구멍에서마저 작은 예루리 모양의 악마가 생겨나와 마치 개미나 벌떼처럼 일제히 아부카허허를 둘러싸고 공격했다. 아부카허허는 한 무리 또 한 무리 죽여 버렸으나 예루리는 끊임없이 만들어 내어 오히려 악마는 전보다 더 많아졌다.

하늘과 땅이 분명히 구분되지 않았을 때 두카허(多喀霍) 神이라고 하는 이가 있었으니, 이 女神은 돌로 집을 삼아 늘 바나무허허의 몸에 있는 돌 속에 거주하였다. 그녀는 여러 신들을 도와 생명과 힘을 가지게 하였으며, 또한 저 혼자서 生育할 수 있는 능력을 가지고 있었다. 그녀는, 아홉 머리 악마 예루리가 하늘에서 위력을 떨쳐서 아부카허허, 바나무허허조차도 그를 어쩌지 못하고, 하늘과 땅이 어두워졌다는 것을 들었다. 바나무의 몸이 뿔에 찔려 상처투성이가 되고 아부카의 몸 또한 뿔에 찔려 流星이 땅에 떨어지고 흰 구름이 생겨나지도 않는 것이었다. 일곱 가지 신이한 빛은 아홉 머리에 가려서 빨간 색과 검은 색만 보일 뿐이었다. 그렇게 세상에 악마가 내노라 함을 보고는, 아부카허허의 곁에 있는 시스린(西斯林) 女神과 의논하여, 시스린 女神에게 바람의 위력을 내어 돌과 모래를 날려 악마의 흔적을 몰아내게 하였다. 시스린 女神은 아부카허허가 사랑하는 따님이었는데, 세상에 나오자마자 신적 위력이 비할 데 없었고, 게다가 우주의 力神이기도 하였으며 와러두허허의 큰 두 발이기도 했다.

아부카허허는 바로 와러두허허의 몸에서 다리살과 인자한 성품의 살을 가지고 오친 女神을 만들었으므로, 오친 女神은 땅 위를 巡行하면서도 힘든 줄을 몰랐다. 오친 神이 아홉 머리 악마 예루리로 변한 후, 예루리 몸에는 와러두허허의 다리살이 있었으므로 세계를 뒤흔드는 풍채와 힘을 가졌는데 그 힘이 천하무적이었고 걸음걸이는 번개 같았다. 그렇게 강하였지만 예루리는 그래도 시스린 女神보다는 위력이 약했다. 시스린 여신은 우주의 바람을 管掌하여 작게 하려면 작게, 크게 하려면 크게 할 수 있었고, 그래서 별과 구름을 가득 담은 자작나무 주머니를 지고 다닐 수 있었다.

시스린 女神은 아부카허허께서 곤경에 처해 있음을 보고는 두카허 女神의 청을 들어 바나무허허의 몸에 있는 큰 돌을 옮겨 놓고, 예루리 악마의 무리를 쫓아 버렸다. 예루리는 득의만만하던 차에 갑자기 하늘 가득 날아오는 큰 돌에 맞아 몸을 피할 곳을 찾지 못하여 뿔뿔이 땅 속으로 들어가 피신하였다. 그래서 하늘에는 다시 광명이 있게 되었다. 예루리는 달갑지 않은 마음으로 또 다시 아부카허허를 찾아가서는 자기와 날아가기를 겨뤄 나를 이기면 나는 두 손 들고 항복해서 다시는 하늘에서 소란을 피우지 않고 기꺼이 당신의 심부름꾼이 되겠다고 하였다. 아부카허허는 마음 속으로, 네가 아무리 날고 뛰어도 내 몸 밖으로는 뛰어나가지 못할 것이고, 또 두 동생 女神들이 좌우를 보좌하고 있으니, 틀림없이 너를 굴복시킬 수 있으리라 생각하였다. 그래서 예루리와 승부를 다투기로 하였다. 총명하고 영리한 아홉 머리 악마 예루리는 아홉 머리의 지혜와 아홉쌍 눈의 시력, 그리고 세 女神의 神力을 한몸에 지니고 있었으므로, 그 말을 듣고는 매우 자신만만하며 즐거운 마음으로 아부카허허를 이길 수 있다고 믿었다. 두 신은 약속을 하고 날기 시합을 하였다. 예루리가 빛으로 변하여 사라지자 아부카허허가 七色 신이한 불로 비쳐보자 바로 즉시 그 모습이 똑똑히 보여 그 뒤를 쫓아갔다. 예루리는 스스로 生育할 수 있었으므로 무수한 예루리로 변신하였다. 아부카허허는 그에 어느 것이 진짜 예루리인 줄을 분간할 수가 없었는데, 앞을 바라보니 크고 굵은 아홉 머리 예루리가, 다른 아홉 머리 예루리와 모양이 달라서 마음속으로 '이번에는 잡을 수 있겠다'고 생각하고, 이번에는 절대 예루리가 몸을 숨기지 못하게 하려고 쫓고 또 쫓아갔다. 그런데 아홉 머리 예루리는 갑자기 흰 안개 속으로 몸을 감추어서 아부카허허는 예루리의 머리 하나를 잡으려는 찰나에 온몸이 차고 무거워짐을 느꼈다.

하나의 커다란 설산이 아부카허허의 몸을 깔아 눌렀다. 예루리가 허허를 북쪽 하늘의 눈바다(雪海) 속에 끌어 넣고는 도망을 쳤던 것이다. 하늘보다 더 높은 눈바다의 설산이 눌러 아포카허허는 춥고 허기져 견딜 수가 없었다.

이때 설산 밑 돌무더기 주변에 사는 두카허 女神이 아부카허허의 몸을 따뜻이 녹여 주었다. 아부카허허는 허기를 달랠 수가 없고, 또 몸도 뺄 수도 없어, 설산 밑에서 巨石으로 허기를 달래는 수밖에 없었다. 산 속의 그 巨石들을 다 뱃속에 삼켜버리자 아부카허허는 갑자기 온몸이 뜨거워짐을 느꼈다. 두카허 女神은 빛과 불의 化身이었으므로, 아부카허허는 그 뜨거움에 안절부절을 못하고, 온몸에 거대한 힘이 생겨 넘쳐나 설산을 녹여내고, 단번에 층층이 쌓인 눈바다 설산에 구멍을 내고 하늘로 날아 올라갔다. 그런데 동시에 그 불길은 아부카허허의 몸마저 녹여내어, 그녀의 눈은 해와 달이 되고, 머리칼은 森林이 되었으며 땀은 내와 강으로 변했다…… 그래서 후세 사람들은 지상의 森林과 하천 중에서 많은 것이 하늘에서 떨어진 것이라 하였다. 山林이나 냇물, 강물뿐이 아니라 아부카허허와 예루리가 싸울 때 하늘도 소란스러워져서 많은 생물들이 하늘에서 떨어졌다고 하였다. 뱀은 光神의 화신으로 하늘에서 떨어졌는데 곤충들도 하늘에서 떨어졌다. 그래서 이들은 불과 빛이 있는 봄, 여름에는 땅굴에서 나와 생활하다가 불과 빛이 없는 밤이나 추운 겨울이 되면 다시 잠을 잔다. ”

칠 모링:

“세상에는 어떻게 장대에 天燈을 켜는 풍속이 생겼는가? 왜 生花를 사랑하는 풍속이 생겼는가?

와러두허허는 아홉 머리 예루리에게 진 후, 神光을 반 이상 빼앗긴 채 아주 溫順한 하늘의 女神으로 변하여 자작나무 껍질 별주머니를 지고 휘청휘청 서쪽으로 걸어갈 뿐 아무 소리도 하지 못했다. 아부카허허는 그리하여 바나무허허 여동생더러 그녀를 보살피게 하고, 그녀가 적적해 할까 하여 함께 놀게 하였다. 그리고 온종일 세 마리의 새에게 하늘에 대고 노래를 부르게 하여서야 하늘에는 생기가 있게 되었다. 밤이면 사우사(沙鳥沙, 부엉이)가 울고, 아침이면 까러(嘎嘍, 기러기)가 울고, 저녁 무렵이면 까하(嘎哈, 까마귀)가 울었다. 이때부터 이 세 종류 새들은 늘 순서대로 노래를 부르게 되었다.

바나무허허는 자신의 마음 속에 있는 투무(突姆)火神을 하늘에 있는 와러두허허의 신변에 보내어, 그녀의 빛과 불의 머리털로 허허에게 길을 밝혀 주게 하였다. 하늘에서 늘 보게 되는 마른 벼락은, 바로 이 투무 火神의 그림자이다. 하늘에서 늘 떨어지곤 하는 隕石은 바로 투무 火神의 발에서 떨어진 흙이다.

　아홉 머리 악마 예루리는 땅굴에서 뛰쳐나와서 또 하늘에 가서 행패를 부리면서 아부카허허와 여러 착한 神들을 잡아먹겠노라 하였다. 예루리가 뿜어낸 더러운 바람과 검은 안개는 하늘을 덮어버려 빛이 없는 암흑이 되었으며, 검은 龍같은 하늘 끝 검은 바람기둥은, 하늘의 별과 채색구름을 휘몰아가고 바나무허허의 몸에 있는 禽獸들을 휘몰아 갔다. 투무 火神은 이런 위험에 직면해서도, 두려움 없이 자기 몸의 빛나는 불毛髮을 검은 허공에 던져, 이란우시하(依蘭烏西哈. 三星, 삼형제별), 나단 우시하(那丹烏西哈. 七星, 북두칠성), 밍안우시하(明安烏西哈. 千星), 투먼 우시하(圖門烏西哈. 萬星)를 만들고, 와러두허허를 도와 별을 배치하게 하였다. 동시에 투무 火神은 온몸이 맨들맨들하고 빤질빤질한 흰 돌로 변하여 삼형제 별에 매달려 동쪽에서 서쪽으로 왔다갔다 움직였다. 그 흰 돌은 아주 약한 빛을 내면서 땅과 만물을 비쳐 주었으며, 생명의 마지막 불빛으로 生靈들에게 복을 마련해 주었다. 남쪽 하늘 삼형제별 아래에서 반짝이며 깜빡거리는 작은 별은 바로 이 투무 女神이 겨우 간직한 작은 불이 비취는 것으로서, 天燈이 우주를 밝혀 주고 있는 것과 같다. 후세 사람들은 그것을 '처쿠 마마(車庫媽媽)', 즉 그네(鞦韆)女神이라 부르는데, 이로부터 세상에 높은 그넷대가 비로소 생겼다. 사람들이 밧줄을 매고 머리에 魚油燈을 이고 그네를 타는 것은, 자상하고 헌신적인 위대한 투무 여신을 기리고 존경하는 儀式인 것이다. 후세에 부락의 성채 위와 노루 가죽으로 만든 '취러즈(撮羅子)' 앞에 자작나무로 만든 긴 장대를 세우거나, 혹은 산 꼭대기, 나무 꼭대기에 짐승의 두개골에 오소리 기름이나 멧돼지 기름을 담아 天燈을 밝히고, 해마다 氷燈을 켜고 모닥불을 피워 밤을 밝히는 일 등은 모두 외뿔 아홉 머리 악마인 예루리를 쫓기 위한 것이자, 동시에 투무마마 女神을 기리는 제사인 것이다.

　와러두허허의 별주머니 속에 있는 나단(那丹) 女神은 투무女神에게 빛이 사라지고 별이 떨어진 것을 알고는 그 큰 별주머니에서 나와 수백개의 작은 별로 변하여 마치 별로 된 불덩어리처럼 아홉 머리 악마 예루리가 소란피는 암흑의 하늘에서 빛을 밝혀 주곤 하였다. 나쁜 바람(惡風)이 이 별들에 불어닥치는데, 홀연히 圓形이 되었다 길쭉해졌다가 하며 휘몰아쳐 또 많은 별들이 빛을 잃게 되고 나중에는 긴 숟가락 모양의 별덩어리(小星團)가 되었다. 이것이 바로 북두칠성 나단나라후(那丹那拉呼)로서, 지금의 모양이 된 것은, 예루리의 나쁜 바람(惡風)이 불어서 변하게 된 것이며, 지금까지 동쪽에서 서쪽으로 천천히 움직이면서 별나라에서 별을 영도하는 星神이 되었다.

　　동방의 하늘에는 푸른 풀밭이 있어, 하늘의 禽獸와 온갖 나무들이 번성하게 자라나고 있는데 거기에는 이르하(依爾哈)女神이 살고 있다. 그 녀의 향기는 사방으로 넘쳐나는데, 이는 아부카허허 몸의 향기로운 살이 변한 것이다. 그녀는 밤낮없이 부지런히 일하여 창공에 향기로운 구름(香雲)을 만들어 주고 있다. 그러므로 하늘의 색깔은 언제나 티없이 맑고 또 그래서 언제나 청신한 향기가 사람의 가슴을 씻어 준다. 그녀는 주로 시스린 女神의 부채바람 날개짓에 의지하여 영원히 청신한 아름다움을 간직할 수 있다. 예루리가 하늘에서 그 아름다운 곳을 보았다. 그리고 또 시스린 女神이 바람 날개로 그 천상 풀밭을 덮어 주어 거기에 햇빛이 찬란하고 온갖 새들이 그 속에서 함께 노래하는 것을 보았다. 그리고는 검은 바람, 나쁜 안개 속에서 온 천지가 암흑인데 오직 그곳만이 별다른 세계임을 보고는 크게 노하여 고함을 쳤다. 예루리는 이곳이 틀림없이 아부카허허의 천상 거처임을 알고는 속으로 기뻐하며, 거위를 모는 노파로 변장하고 나무 지팡이를 짚고 소리소리 지르며 걸어왔다.

　　거위는 하늘의 바람을 두려워하지 않았으므로 날개를 접고는, 풀향기 나고 꾀꼬리 노래 부르는 시냇물 속에 숨어 들어갔다. 노파는 머리 수건으로 머리를 감고는 폭풍을 피하여 거위를 따라 시냇물가에 이르렀다. 거위는 원래 세 마리였는데 갑자기 거위가 거위를 낳고, 거위가 거위로 변신을 하기도 하면서 순식간에 수없이 불어났다. 그래서 잠깐 사이에 온 들판이 하얀 꽃이 핀 것처럼, 꽥꽥 소리를 지르는 거위로 뒤덮이게 되었다. 노파의 지팡이는 순식간에 골짜기를 파내는 팽이로 변하여 모든 나무와 풀, 꽃밭을 그 산골짜기 깊숙한 곳에 처넣어 버렸다.

　　아부카허허는 이때 마침 조용히 잠을 자고 있다가, 홀연 온몸이 흰 그물에 매어 있음을 느꼈는데 점점 더 졸리는 것이었다. 흰 거위가 바로 아부카허허를 동여매는 흰 끈으로 변해 있었던 것이다. 나무 지팡이는 아홉 머리 악마 예루리의 흉악하고 거대한 하늘 끝 뿔이었는데 지금 아부카허허의 온몸을 찔러 상처 투성이를 만들고 있었다. 이 천상의 아름다운 풀밭은 아부카허허가 변한 것으로, 예루리의 아홉 머리와 악마의 눈을 피해 숨으려 했던 것인데 그에게 발각되어 끝내 파괴되고 말았다. 아부카허허를 수호하던 시스린 여신은 그때에 잠에 빠져서 아부카허허를 보호하는 바람날개를 펼쳐 놓고 있어서 바람을 불어 天魔를 날려 보낼 수 없었다. 그래서 예루리는 쉽게 風陣을 깨고 아부카허허를 잡았다.

아부카허허가 잡히자 하늘이 무너지고 천지가 뒤흔들렸으며 해와 달은 곧 빛을 잃고 어두워졌다. 하늘에 있는 신이한 새들(神禽), 땅 위에 있는 신이한 짐승(神獸)이 연이어 죽어갔지만 아부카허허의 두 여동생은 놀라서 어쩔 줄을 몰랐다. 세 자매는 원래 같은 뿌리에서 나서 같이 존재하고 있었으므로 그중 하나가 죽으면 다른 두 자매도 이어서 질식하게 된다.

대재난이 눈 앞에 닥쳤다. 예루리는 온 하늘을 지배할 것이고, 여러 악마들이 춤을 추며 활개칠 것이고, 천지간의 별집들과 땅의 굴들을 제패하게 될 것이다. 바로 이 대재난의 위기일발 순간, 흰 거위 끈에 결박 당한 아부카허허의 눈물 시냇가에 저구루(者固魯)女神들이 살고 있었다. 그들은 허허의 눈을 수호하는 女神으로서 해와 달을 지키며, 밤낮으로 우주에 빛을 비춰 대지에 따스한 온기를 보내주도록 하고 있었다. 그러므로 그녀들의 몸에는 모두 빛나는 옷과 자애로운 영혼이 있었고, 그 외모는 비록 마르고 작았으나 신적 위력은 오히려 세 女神 身邊에 있는 여러 보호 女神들을 훨씬 능가하였다. 그녀들은 냇물가에서 허허께서 결박당해 천지에 재난이 일어났음을 알고는, 향기가 사방에 진동하는, 순백의 깨끗하고 아름다운 소단우시하(芍丹烏西哈, 함박꽃별)로 변하여 사방에 빛을 뿌렸다. 아홉 머리 악마 예루리는 이 기묘한 꽃을 보고는 손에서 놓을 줄 몰랐다. 여러 악마들도 앞다투어 그 흰 꽃을 꺾었다. 그런데 뉘 알았으랴, 갑자기 이 흰 꽃이 천만가지 빛화살로 변해서 예루리의 눈을 찌를 줄을. 예루리는 너무 아파서 눈을 감고 뒹굴면서 하늘이 진동토록 고함을 치다가 아홉 머리를 싸쥐고 땅굴 속으로 들어갔다. 아부카허허는 구원되었고, 하늘과 땅도 구조되었다. 아부카허허, 바나무허 허, 와러두허허는 모두 함께 저구루 女神의 功勞에 감사했다.

저구루는 원래 하늘의 고슴도치神으로, 온몸에 魂魄을 감출 수 있는 빛

바늘(光針)을 가지고 있는데, 아부카 세 자매를 도와 만물을 生育해 내고 거기에 영혼을 부여하였다. 그녀 몸의 빛나는 옷은 모두 해와 달의 빛으로 짠 것으로, 날카롭기가 이를 데 없었고, 만물과 모든 마귀의 두 눈을 멀게 하여 색깔을 잃게 할 수 있었다. 시스린 女神은 잠에 빠져서 큰 화를 일으켰으므로 세 女神에 의하여 天地 바깥으로 쫓겨나며 그녀의 女神 직책도 빼앗기게 되었다. 시스린은 이때부터 신의 모습(神形)을 바꾸고, 그 뒤에 예루리 일당의 무리속에서 男性 野神으로 변해 방탕하기 이를데 없이 천지간을 내달리며 산과 달을 뒤흔들어, 만물에 커다란 害가 되었다.

　　후세 사람들이 즐겨 꽃을 달거나 머리에 꽂는 것은, 마귀를 놀래서 쫓을 수 있다고 생각하기 때문이다. 꽃을 달거나 꽂거나 창문에 종이꽃을 붙이거나, 얼음으로 꽃을 조각할 때면, 모두 흰 함박꽃 모양으로 하기를 좋아한다. 그리고 눈꽃(雪花)도 흰 색인데 이는 아부카허허가 오려놓은 것으로, 마귀를 쫓고 세계를 깨끗이 하여 세세대대로 길하다 여긴다.ˮ

　　팔 모링:

　　"세상에서는 왜 흰 까치와 흰 새를 숭상하고 좋아하는가? 세상에서는 무엇 때문에 고슴도치와 두더지에게 존경의 노래를 부르는가?

　　천만년 장수하는 채색 돌은 조상들께서 아끼던 물건으로 아침 저녁사이라도 몸에서 뗄 수 없다. 돌은 불인데 돌 속에는 불이 들어 있다. 이 불은 뜨거운 불이고, 힘찬 불이며, 생명의 불이다. 시스린 女神께서 돌을 들어 적을 막고, 아홉 머리 예루리를 물리친 후부터 북방에는 돌이 쌓여 산을 이루고, 돌산과 바윗돌 그리고 바위계곡이 많게 되었는데, 이는 모두 그때 생겨난 것이다. 바윗돌은 굳어서 蛇脈이 되고 높은 산이 되었다. 평탄한 시냇가와 강 골짜기에는 불돌(火石)이 없어 천하는 폭설이 내리고 추위가 혹독하였다. 모든 들짐승과 동물들은 동굴 속에 들어가 살아가고 있었다.

　　아부카허허는 악독한 아홉 머리 악마 예루리를 싸워 물리칠 일에 골똘하고 있었다. 그러자면 강한 힘이 있어야 하였는데, 투무 神은 허허께 돌불을 많이 가지고 돌을 먹어 補身하라고 하였다. 그래서 매일같이 시녀인 흰가슴 새, 흰목 큰부리 새를 동해에 보내어 九紋石을 물어오게 하였다. 채색 돌을 먹으면 뼈가 든든하고 힘이 세지며, 몸이 자라며 갑옷처럼 딱딱해지고, 天地를 뜨겁게 비출 수 있었던 것이다. 흰가슴의 새와 흰목 큰부리 새는 힘든 것을 마다하지 않고 밤낮 부지런히 채색 돌을 거듭 날라왔다. 그런데 돌아올 때는 언제나 동쪽 하늘, 아홉 가지 달린 神樹에서 잠깐 쉬면서 악마 예루리의 동정을 살피곤 하였다. 千年 소나무, 萬年 자작나무, 천지가 개벽될 때의 옛날 나무는 느릅나무와 버드나무였다. 잎이 긴 버드나무는 인간의 말을 하고 인간의 성품을 가졌다. 사람을 養育하고 물을 길어 벌레와 개구리를 살게 했다. 또 하늘의 일, 땅의 일에 통달하여 하늘나무(天樹)라 한다. 하늘나무는 하늘다리를 다니는데, 하늘다리를 지나는 길은 아홉 갈래로 나뉘었다. 아홉 하늘 아홉갈래의 길에는 우주의 신이 살고 있었는데 그들은 모두 예루리에게 지상에서 쫓겨온 이들이었다. 아홉 갈래의 길에는 30명의 媽媽神이 나뉘어 살고 있었다. 첫번째 아홉 갈래 길에는 雷雪神 30분이, 두 번째 아홉 갈래 길에는 냇물神(溪澗神)30분이, 세 번째 아홉 갈래 길에는 魚鱉神 30분이, 네 번째 아홉 갈래 길에는 '긴 날개 天鳥神(天鳥長翼神)'이, 다섯 번째 길에는 '짧은 날개 地鳥神(地鳥短翼神)'이, 여섯 번째에는 '살찐다리 물새神(水鳥肥脚神)'이, 일곱 번째에는 '해맞이 뱀고슴도치神(蛇猬迫日神)'이, 여덟 번째에는 '金洞窟 百獸神(百獸金洞神)', 아홉 번째에는 '은꽃 버드나무 함박꽃神(柳芍銀花神)'이 지켰다. 이들이 모두 하늘의 270곳을 지키는데, 세 분 허허께서는 最高의 존귀한 자리에 계셨다.

　　악마를 토벌하려면 兵器가 필요하여 아부카허허는 바나무허허에게 생각을 내라고 명하셨다. 새는 발톱이 나고, 물고기는 지느러미가 나고, 거북과 자라는 각질이 생기고, 뱀은 허물을 벗고 풀 위를 날아다니며, 온갖 짐승이 이빨과 발톱으로 딴딴한 돌을 깨고 있다고 하였다. 멧돼지는 원래 뾰족한 이빨이 없었는데 그때에 악마가 달아 준 것이다. 예루리의 긴 뿔은 그중 가장 대적할 것이 없었다. 허허는 몸에 있는 때를 밀어서, 무수한 미아카(米亞卡) 小神들을 만들었다. 이들은 몸을 자유로이 줄이고 늘여 땅속에도 파고 들어갈 수 있었는데 예루리의 아홉 머리의 외뿔 속에 파고 들어갔다. 예루리는 가렵고 머리가 아파 하늘로 돌진해 올라갔으나, 그 외뿔은 미아카 신이 파고 들어서 전처럼 길고 날카롭지를 못하였다. 지상으로 떨어진 예루리의 뿔은 공교롭게도 멧돼지에게로 떨어졌는데 멧돼지는 땅을 헤집고 파헤치며 예루리를 물으려 하였다. 그 결과 떨어진 뿔은 바로 멧돼지 입가에 박히게 되었는데 이때부터 멧돼지는,

길고 날카로운 이빨이 자라나게 되어 어떤 짐승보다 사납게 되었다.

예루리의 머리에서 흘러내린 핏방울은 나무 숲과 바위, 흙 속으로 떨어졌다. 그래서 많은 나무의 목질이 붉은 색으로 변하고, 많은 돌과 흙도 영원히 붉은 색을 띠게 되었다. 예루리는 너무도 아파 하늘에서 뒹굴다가 삼백명 **女神**이 덮쳐 오는 것을 보고는 검은 바람을 타고 어느 큰 강의 바다로 도망하여, 작은 꼬부랑 뱀(지렁이)으로 변신하여 흙탕물 속에 숨어 버렸다. 세 번째 아홉 갈래길 '어미 물고기 여신(**魚母神**)'이 곧 물 속으로 쫓아들어가 영리하고 민첩한 잉어 새끼로 변신하여 예루리를 찾아냈다. 흙탕물 속에서 예루리의 변신인 지렁이의 꼬리를 물자, 지렁이가 몸을 꿈틀거려 진흙과 모래 물결이 일어나고 맑은 물이 흐려졌다. 그리하여 어미 물고기 **女神**이 물었던 입을 열자 예루리는 **惡風**으로 변하여 어디론가 도망쳐 버렸다.

시리(**西離**)마마 **女神**은 예루리를 찾아내는 데 공을 세웠으므로, 우주의 물고기별(**魚星辰**)——잉어별이 되어 지금도 밤낮없이 하늘 바닷가에서 악마 예루리를 찾고 있다. 이때부터 잉어류의 물고기들은 깊은 물밑에서 살면서 흙탕물과 풀뿌리 먹기를 좋아하게 되었다.

예루리가 시스린의 위력을 빌어 빛(**光明**)을 뱃속에 삼켜버렸으므로 하늘은 또 칠흑같은 암흑으로 변했다. **惡風**이 사납게 불고 흙모래가 휘몰아쳐, 하늘에 있는 3백명 **女神**들이 머리가 어지러워져서 그를 뒤쫓지 못하게 하려고 하였다. 그래서 아부카허허는 첫 번째 아홉 갈래길의 구름 **女神**(**雲母神**)더러 영원한 **時間**별로 변하여 영원히 자신을 보좌하고 다녀서 예루리가 알아보지 못하도록 해야 한다고 하였다. 예루리가 시스린의 폭풍을 가지고 있었으므로 그것이 불어치면 구름여신조차도 도무지 한자리에 오래 머무를 수가 없었기 때문이다. 구름 **女神**은 와러두허허 **布星神**(별을 지휘하는 신) 휘하의 위대하고 직무에 충실한 타치(**塔其**)마마 **星神**으로 변하여, 여러 신을 위해 밤낮으로 시간을 계산하여 어떤 독한 바람이나 어두운 밤이라 하여도 여러 **神**의 눈을 속일 수 없게 하였다. 그래서 예루리는 어떻게 해도 그녀를 잡지 못하고 또 알아보지도 못하여 영원히 시간과 방향을 분별할 수 없게 되었고, 따라서 언제나 아부카허허처럼 마음대로 나다닐 수 없게 되었다. 아부카허허는 또 몸에서 때를 벗겨 싱커리(**興克里**)**女神**을 만들어 냈다. 그에게 암흑 속을 뚫고 돌아다니면서 태양의 밝은 빛을 맞아 **引導**하여 어두운 밤을 비추게 하였는데 이가 바로 해님

을 맞이하는 쥐별신(鼠星神)이다. 쥐별은 이른 새벽에 해를 맞이하는 女神이
었으므로 그로부터 여명이 되기까지는 아직 얼마간의 시간이 남아 있었다. 아부
카허허는 예루리가 이 여명 전의 어두움 속에서 행패를 부릴까 걱정하여, 곁에 있
던 세 귀, 여섯 눈의 신령한 짐승(靈獸)을 푸른 하늘 가운데 영원히 가로 누워
있으라고 하였다. 머리를 북쪽으로 꼬리를 남쪽으로 두고 하늘에 가로누워
눈을 부릅뜨고 높은 하늘을 바라보며 예루리의 종적을 찾도록 하였다. 태양이
온 하늘에 빛을 비춰서 별빛이 사그러들면 부지런하고 충실한 신령스런 해맞이
짐승은 그때서야 중천에서 사라져 갔다. 그래서 그는 어느 날 아침이건 게으름
을 모르고, 태양을 사랑하는 신이한 짐승(神獸)으로서, 만족의 古語에서는
그를 우시하부루(烏西哈布魯)옛 大神이라 부르고 있다.

　　저구루 女神은 늘 몸에 눈부신 光衫을 걸치고 있는데, 이는 아부카허허
께서 그녀에게 萬神의 위력을 부여해 주었기 때문이다. 그녀는 萬神의 능력과
품성을 한몸에 지니고 있어, 공격과 수비에 다 뛰어나고, 전진과 후퇴에 능하
고, 숨었다 나타났다 할 수 있었으며, 몸을 늘이고 줄일 수 도 있고, 뭉클 수
도 걸을 수도 있어서 그 위력이 천하무적이었다. 아홉 머리 악마는 싸움마다 지
자 화가 치솟아 시스린 風魔神을 시켜 소식을 전하기를 一對一로 겨뤄보자고
하였다. 쌍방 누구든 도움을 받지않고 이긴 자가 바로 하늘을 지배하는 어전
다예(額眞達爺)가 되어, 만물이 그에게 지배받고, 그에게서 창조되고, 그로
부터 번식토록 하자는 것이었다. 아부카허허는 이에 와러두허허와 대책을 상의
하였는데, 와러두 女神은 큰언니에게 이르기를, 나는 비록 직접 싸움을 돕지
는 못할 것이나 언니가 이길 수 있도록 은밀히 뒤에서 도와줄 수 있다 하였다.
즉 자기가 별을 배치하는 神力으로 별들을 모아 진을 쳐서 한 줄로 이어 놓을
테니, 언니가 싸우다가 지치면 그 별에 몸을 숨겨 쉬라고 하였다. 또 자기 몸의
은빛 날개로 길을 밝혀 주겠으며, 별무리로 산이나 골짜기를 만들어서 예루리
가 도망치거나 위력을 발휘할 수 없게 방해하겠다고 하였다. 아부카허허가 그
말을 듣고 매우 기뻐하며 예루리와 大戰을 벌였다.

　　그 싸움에 땅이 뒤흔들리고 별이 자리를 옮겼으며, 별과 별이 부딪치면서
천둥 번개가 치고, 예루리는 검은 바람과 독한 물을 뿜어내어 천지가 어두워지
고 돌우박이 퍼부었으며 만물이 상하였다. 그런데 느릅나무와 버드나무만이
살아서 하늘처럼 장수하여 지금까지 이르렀다. 모든 짐승들은 그 때문에 몸을

작게 하여, 바위와 눈 속으로 몸을 숨겼다. 큰 짐승과 새들은 시스린의 폭풍이 두려워 작고 민첩한 후대를 번식하여 나무숲과 풀섶에 살게 되었다.

예루리는 별빛이 포위하고 태양이 밝게 비치고, 저구루 女神의 光衫이 눈을 찔렀으나 아부카허허와 一對一로 격투를 벌였다. 그러나 결국 神力이 딸려 아부카허허처럼 별에 앉아 숨을 돌리려 하였다. 그런데 뉘 알았으랴. 쉬려던 별자리는 진짜 별이 아니고 와러루허허께서 앞서 쌍방의 격렬한 戰勢를 살피라고 보낸 더덩(德登)女神의 머리였던 것이다. 더덩 여신은 아부카허허의 한쪽 다리였는데, 그 자태가 미끈하게 아름답고 키가 하늘만큼이나 컸다. 그녀는 하루 종일 風雲을 쫓아다니기를 즐기었는데, 아무리 높고 먼 하늘이라도 그녀의 어깻죽지를 넘지 않았다, 바람과 별을 먹고사는 그녀는 우주 속의 미세한 동정도 놓치지 않았다, 戰勢를 살피던 더덩 女神께서는 홀연 아홉 머리 악마 예루리가 허둥지둥 내려옴을 보고는, 일부러 자신의 가늘고 긴 머리로 끝없이 넓은 공중의 별나라를 만들어서 예루리가 별인 줄 알도록 속였다. 예루리가 막 거기에 두 발을 내려놓자, 더덩 여신이 머리를 사납게 젖혀서 예루리는 그만 헛발을 디뎌서 더덩 여신이 발딛고 있는 땅속으로 거꾸로 곤두박질치게 되었다. 그런데 공교롭게도 그 땅속이 바로 바나지어무(巴那吉額姆)의 배꼽이었다. 여기에도 女神 한 분이 살고 있었는데 그녀는 바나지어무가 가장 사랑하는 딸 푸터진(福特錦)力神이었다. 그녀는 머리 넷, 팔 여섯, 발 여덟을 가진 힘장사 신(大力神)으로서, 더덩 女神과 마찬가지로 키가 하늘에 닿았다. 다른 것이란 그녀는 하늘을 지키는 것이 아니라 九層 天穹의 아래쪽 세 층을 지키고 있다는 것이었다. 네 머리는 사방을 나누어 살피고, 눈은 새나 벌레도 날아갈 수 없는 먼 곳을 볼 수 있고, 바위산속도 꿰뚫어 볼 수가 있었다. 그녀의 여섯 팔은, 하늘을 떠받들고 땅을 뒤흔들 수 있고, 산을 뽑아들고 나무를 흔들 수 있고, 천리 밖을 나는 새도 잡을 수 있었으며, 눈을 감고서도 과일을 따고 온갖 풀을 분별할 수 있었다. 그녀는 사람의 발, 들짐승의 다리, 날짐승의 발톱, 백가지 벌레의 발이 달려 있어서, 한 번 뛰기 시작하면 바람보다도 더 빨랐다. 그녀의 몸은 자매신인 더덩 女神과는 아주 달라서 굵고 웅장하기가 천리를 달리는 바위 산과도 같았다.

예루리는 그녀의 배꼽 속에 빠져 들어가 바로 푸터진 力神에게 잡혔다. 신은 예루리의 아홉 머리를 꽉 움켜잡았으나 예루리는 공기와 빛(氣光)의 神力

을 가지고 있었기에 부랴부랴 도망쳐 버렸다. 그런데 빛과 공기(光氣)로 변하여 도망쳤기 때문에, 푸터진 여신의 몸에 수많은 구멍을 뚫어 놓아 지금도 바위에는 벌집 같은 구멍들이 나 있음을 볼 수 있는데, 이는 그때 예루리가 공기로 변하여 도망치면서 남겨 놓은 것이다. 예루리는 도망치면서 악마의 기운(魔氣)을 퍼뜨려 놓아 그것이 산간의 장독과, 돌림병이 되어 인간세상에 남아 큰 해악이 되었다. 푸더진 여신에게 눌리면서 조각난 甲骨을 떨어뜨려 거북, 대합, 거미의 신(龜蛤蛛神)으로 변해 강골짜기와 숲속으로 기어 들어갔다. 거북과 대합과 거미줄은 모두 점을 칠 수 있는데, 그것이 원래는 예루리의 영기어린 뼈로 된 것이었으므로 靈氣가 남아 있는 것이다. 하늘가의 별무리는 와러두허허가 별을 모아 만들어 놓은 것으로, 이로부터 우주간에는 해와 달이 갈라져서 함께 하늘에 있지 못하고 서로 뒤쫓고 있다. 하늘가에는 하늘강의 별바다(天河星海)가 있어 밝게 빛나고 반짝반짝 빛나면서, 마치 지상에서 하늘 끝까지 닿아 넘을 수 없는 별산 모양을 하고 동서로 이어져 있는데 이는 예루리를 막기 위해 쌓은 것이다.”

구모링:
“하늘의 싸움은 어떻게 平定되었는가? 세상의 생명은 어떻게 전해 내려 왔는가?

예루리 악마는 푸터진 力神에게 잡히면서 피부 甲骨이 할퀴어 떨어지고, 빛기운(光氣)이 빠져, 이때부터 예루리의 독한 바람은 태반 위력을 잃었고 아홉 머리 중 네 머리 눈만이 어두운 밤을 살필 수 있고 햇빛을 두려워하게 되었다. 그래도 흉악한 마음과 욕심이 죽지 않아 하늘의 주인이 되기를 꿈꾸었다. 그래서 해와 달이 진 어둔 밤에 초조히 푸른 하늘에 올라가서 검은 바람과 독한 물을 뿜어내어 우주와 대지를 덮어 버렸다.

아부카허허는 하늘에 올라 곧 더덩 여신의 보고를 받았으나, 이때 예루리는 벌써 싱커리(興惡里) 쥐별女神을 붙잡고, 신매(神鷹)를 놓아 버렸다. 그리고 앞으로 마주 달려드는 아부카허허가 입고 있는, 아홉 돌산, 아홉 버드나무 숲, 아홉 시냇물, 아홉 들짐승 뼈를 엮어 만든 전포(戰裙)를 찢었다. 이는 아부카허허의 護身 전포였다. 아부카허허는 호신 전포를 잃게 되자 도망하여 여러 별신들의 보호를 받으며 九層 천상으로 피해 올라갔다. 피로를 참을 수 없어 회전하는 금빛 太陽江 옆에 졸도하여 누워버렸다. 태양강 가에는 거대한 神樹 한 그루가 있었다. 神樹 위에는 쿤저러(昆哲勒)라 부르는 아홉 색깔 神鳥(九彩神鳥)가 살고 있었는데, 그는 자신의 몸에서 깃털을 뽑아 내어 아부카허허의 등에 난 상처를 닦아 주고, 아홉 색깔 신이한 빛(九彩神光)으로 허리 보호 전포를 짜 주고, 또 금빛 태양강의 물을 입에 길어다 아부카허허의 상처를 씻어 주어, 아부카허허의 상처가 빨리 회복되도록 치료했다. 아부카허허는 몸에 아홉 색깔 전포를 입고 태양강 물 속에서 서서히 소생해 갔다.

바나무허허는 자신의 몸에 살고 있는 호랑이, 표범, 곰, 사슴, 구렁이, 뱀, 늑대, 멧돼지, 도마뱀, 매, 독수리, 牛魚, 여러 가지 곤충 등의 영혼을 모아 놓고, 禽獸 神마다 한 가지씩 神技를 바쳐 아부카허허를 도와 드리라고 하였다. 그리고는 자신의 몸에서 魂骨 한 덩어리를 떼 내어서는 쿤저러 神鳥에게 태양강 가에 가서 채색 깃털로 아부카허허에게 허리 보호 전포를 새로 짜 드리라고 하였다. 이때부터 하늘은 비로소 오늘날과 같은 색깔로 변하게 되었다. 그리고 아부카허허도 진정 우주 내에 당할자가 없는 신의 위력을 가지게 되었고, 세 자매와 날짐승 神, 들짐승 神 들의 보좌를 받으며, 아홉 머리 악마 예루리를 물리쳤고, 그를 밤에만 괴상한 소리를 내는 아홉 머리 악한 새로 변하게 하여, 바나무허허 몸 속의 맨 밑층에 파묻어, 다시는 우주 하늘에서 소란을 피우지 못하게 하였다.

그런데 바나무허허의 곁에는 아직도 개미, 穿山甲, 두더지처럼 땅속에 구멍을 파고 살기 좋아하는 생명들이 많이 있었다. 그리고 예루리의 패배한 망령들이 때때로 만니(滿尼)나 만개(滿盖)로 변신하여서 인간 세상에 해를 입히고 있었다. 그렇기는 하지만 아부카허허께서 예루리를 물리칠 때, 그 아홉 머리 중 다섯 머리의 눈을 뽑아 그가 소경으로 변했으므로, 그는 광명과 모닥불을 가장 무서워 하였다. 그래서 모닥불이나 氷燈을 밝혀 어두운 구석을 비추면 아홉 머리 새는 인간 세상에 해를 주지 못하였다. 이로부터 세상에는 밤에 氷燈을 밝히고 모닥불에 제사를 올리 는 옛 풍습이 내려오게 되었다.

아부카허허는 이로부터 영원히 죽지 않고, 아무도 그를 이겨낼 수 없는 우주 母神이 되어 하늘과 땅을 지키면서 百世에 전하고 있다. 아부카허허는 또 神매(神鷹)를 보내어 계집아이를 젖을 먹여 키워서 세상의 첫 큰 샤만이 되게 하였다. 신매가 먹인 젖은 바로 쿤저러가 입으로 길어온 태양강의 생명과 지혜의 신이한 물(神羹)이었다. 하늘가의 大鷹星은 원래 와러두 허허께서 밧줄로 왼 발에 매어 더덩 여신을 도와 우주를 지키게 한 신이었다. 그런데 예루리가 매神 의 줄을 끊어 놓았기 때문에 매별(鷹星)은 하늘에서 변화가 가장 많아, 그 별 깃털은 반짝거리다가 나타나곤 한다. 아부카허허는 그녀더러 세계에서 제일가 는, 神界, 獸界, 靈界, 魂界를 모두 꿰뚫어 보는 지혜로운 자, 큰 샤만을 養育하게 하였다. 신매는 명을 받고나서 쿤저러 神鳥가 입으로 길어온 태양강 의 생명과 지혜의 신이한 물로 샤만을 먹여 기르며, 와러두허허의 神光으로 샤 만을 깨우쳐 주었다. 그래서 그녀는 별로 점을 쳐 하늘의 시간을 알아맞히게 되 었다. 바나무허허의 살로 샤만을 살찌워 그녀는 神技를 마음대로 부리게 되었 다. 예루리의 스스로 생육하는 기이한 기술을 샤만에게 일깨워 그녀가 男女 결 합과 잉태의 醫術을 전파하도록 하였다. 그리하여 큰 여자 샤만은, 세상의 모 든 총명, 모든 영리함, 모든 지혜와, 모든 기술을 가진 萬能神이 되어 세상을 평안하게 하고 百代를 잇게 하였다 ……"

"하늘이 황폐해지고 해님이 늙어, 별과 구름이 세대를 바꿔가면서 또 얼마 나 많은 억만년이 흘러갔는지 모른다. 북쪽 하늘과 얼음바다(氷海)는 남쪽 으로 흘러가고, 홍수와 氷山이 들판을 덮었다. 땅이 물로 덮이고 하늘에도 온 통 물천지여서, 땅에는 세상에 민첩한(代敏) 큰 매와 한 여인만이 남아 인류 를 낳았는데, 이가 바로 홍수가 지난 후의 큰 여자 샤만으로 인류의 始母神이 었다. 이 아부카허허는 햇빛과 쿤저러神을 물에 보내어 이때부터 얼음물이 따뜻 해지고 그래서 물벌레와 水草가 생장하고, 또 새로이 물고기와 새우, 물뱀, 수 달, 水狸들이 생겨나고, 그리고 다시 東海에는 사람 몸을 한 물고기 신(魚 神)이 있게 되었다. 햇빛을 받아 많은 물벌레들은, 사람의 머리에 물고기 몸뚱 이를 한, 강과 호수, 늪과 바다에 사는 神으로 변했다. 이들은 햇빛에 감응 하여 잉태되고, 햇빛에 감응하여 자랐으므로 몸에는 늘 일곱 색깔 光衫을 입고 있어 '더리거(德立格)' 女神이라 불렸다.

세상에서 방향을 분별할 수 있게 하기 위하여, 아부카허허께서는 신변에 있는 네 方向女神에게 인류에게 방향을 가르쳐 주러 내려가게 하였는데, 서방 의 와러거(窪勒格)女神은 달음박질을 하여 제일 먼저 인간 세상에 내려왔고, 그 뒤를 이어 동방의 더리거(德立格)女神과 北方의 아마러거(阿瑪勒格)女 神, 그리고 남방의 주러거(朱勒格)女神이 각각 내려오고, 중앙에 자리하는 두룬바(都倫巴)女神도 내려와서, 이 다섯 女神 들이 方位를 맡게 되었다.

대지 위에 물이 양양히 남아 있었으므로, 아부카허허께서는 몸에서 겨드랑이 털을 뽑아 무수한 물의 龍, 무크무두리(木克木都力)를 만들어 밤낮으로 물을 삼키게 하였다. 이로부터 대지에는 크고 작은, 무수한 길고 굽은 강물줄기와 골짜기가 생겨나게 되었다. 이런 비라(畢拉)나 우라(烏拉) 같은 강이나 차르한(분兒漢)과 같은 작은 물줄기들이 생겨나서, 아부카허허의 자손—인류를 養育하게 되었다.

다시 몇 만년이 지났는지 모르는, 홍수가 휩쓸고 간 먼 옛날, 아부카허허를 사람들은 아부카 언두리 큰 신이라고 불렀는데 九層 구름 하늘에 높이 누워, 입김으로 노을을 만들고, 불을 뿜어 별을 만들고, 산과 강물이 안정되었다. 아부카언두리도 바나지어무(巴那吉額姆)를 닮아 나태하고 잠자기를 일삼았다. 그래서 북쪽 땅은, 모진 추위가 덮쳐들어 氷河가 땅을 뒤덮고, 온 천지에 눈이 뒤덮여, 만물이 생장하지 못하였다. 바나지어무는 사람들더러 땅밑에 동굴을 파 穴居해 살라 하였다. 그래서 북쪽 사람들은 아홉 계단의 깊은 집에 살았고, 고슴도치와 박쥐가 수호신이 되어 지켜 주었다.

예루리는 늘 몰래 나와서는 독있는 연기로 사람을 해쳤고 종기와 천연두로 혈거하는 생명들을 죽였다. 하늘에서 탄생한 야거하(雅格哈)女神이, 소호(索活, 단김장무), 타카(它卡, 들갓), 후쿠타라(佛庫它拉, 고사리), 버섯, 목이버섯 등 百草를 살펴서 사람들이 먹게 해주고, 百花로 사람들이 향기를 맡게 하고, 백 가지 나무껍질로 옷을 지어 입고, 백 가지 들짐승의 고기를 먹으며, 年期香으로 종기를 치료하고 악취를 몰아내고 조상 제사 지내게 하였다. 아부카 언두리는 인간 세상에 瞞尼神 92 명, 이를테면 戰爭神, 화살神, 石神, 天然痘神, 절름발이神, 頭痛神, 吸血神, 힘장사神(大力神), 符操神, 狩獵神, 穴居神, 飛澗神, 뗏목배神, 育兒神, 孕産神, 性交神, 판단의 神, 占卜神, 불의神, 물부르는 神, 山雪神, 우춘신(烏春神, 노래의神), 마크신신(瑪克辛神, 춤神), 옛말 神(說古神)등 만니신을 보내어 그들의 옛 역사와 世代 자손들의 承繼이야기를 전하게 하였다.

아득한 옛날 조상들이 불을 사용하게 된 것은 토야라하(托亞拉哈) 큰 신께서 내려 준 것이다. 아부카언두리께서 인간에게 불을 내려 주기 전 까지는 땅속에 사는 땅강아지나 쥐와 별 다름없이, 늘 땅속에 살며 날것을 먹었다.

눈이 녹으면 굴에서 나오고 눈이 내리면 땅 속에 들어가며, 사람과 뱀이 같은 굴 속에 살고, 사람과 박쥐가 함께 잠을 잤으므로 열중에서 하나밖에 살지 못하였다.

아부카언두리의 이마에는 '치치단(其其旦)'이라 하는 붉은 혹이 갑자기 자라났는데 그것이 美女로 변하여, 발로는 불타는 구름을 딛고, 몸에는 붉은 놀 별빛 적삼(紅霞星光衫)을 입고, 천둥신인 시스린(西思林)에게 시집을 갔다. 천둥신 시스린도 바람의 신 시스린(西斯林)女神과 마찬가지로 원래는 아부카언두리의 사랑하는 자녀였다. 그런데 천둥신 시스린은 아부카언두리의 코고는 소리가 변하여 형성된 거대한 신으로서, 불꽃 머리에 흰 몸, 긴 손을 가지고 있어 우주 속을 치달리기를 좋아하고, 그 소리는 하늘과 땅을 찢어놓는 듯하고, 용기는 당할 자가 없었다. 바람의 신 시스린은 천둥신 시스린보다 먼저 태어났는데, 그는 아부카언두리의 거대한 두 발이 변하여 된 것으로, 바람이 휘몰아치고 번개가 치면 잔혹하기가 천둥신 못지않았다. 그는 천둥신이 밖에 나간 틈을 타서 치치단 女神을 훔쳐 도망가서는, 女神과 관계하여 자손을 얻어 대지에 보내어 인류가 연속되게 하려고 했다. 그런데 치치단 女神은, 대지의 얼음이 하늘에 닿아 있어 자식을 養育할 수 없음을 보고는, 몰래 아부카 언두리의 가슴 속에 있는 신불(神火)을 훔쳐내서, 신불이 죽을까봐 뱃속에 삼킨 후, 두 발로 도망하는 것조차 너무 느리다 걱정하여, 손이 발이 되도록 달려갔다.

세월이 지나면서 그녀는 끝내 불을 옮기다가 신불에 타서 호랑이 눈, 호랑이 귀, 표범 머리, 오소리 몸뚱이, 매의 발톱, 스라소니의 꼬리를 가진 怪獸가 되었다가, 토야라하(托亞拉哈)큰 신으로 변하였다. 그녀는 네 발로 불구름을 밟고 다니고, 거대한 입으로는 뜨거운 火陷을 뿜어내어 氷雪을 녹이고 찬 서리를 물리쳤다. 번개처럼 빨리 달려 여러 산을 밝게 비춰주며 대지와 인류에게 불씨를 가져다주어 봄날을 불러왔다. 하늘에서 천둥이 치는 것은 성질이 포악한 천둥신 동생이, 바람 神인 형에게 아내를 내놓으라 고함치는 소리이다."

原文刊載于《韩国古典研究》1997 年第 1 期。

附录四

满族创世神话"窝车库乌勒本
(《天宫大战》)"的创造和鏖战(韩语)

(满族创世神话'우처구우러본
(天宮大戰)'의 創造 와 鬪爭)

李钟周*

目　　次

1. '우처구우러본(天宮大戰)'의 자료적 성격

　　天宮大戰은 만주지역 제 민족의 神話이다. 현재 중국에서는 滿州族①을 위시한 이 지역의 여러 민족을 소수민족이라고 칭하고 있지만, 이 지역 민족들이 세워왔던 고대로부터의 여러 왕국을 생각하면 우리는 결코 이들을 소수민족이

＊　전북대학교 국어국문과 교수
①　이하 중국에서의 관례대로 滿族으로 지칭한다.

라고 부를 수 없다. 夫餘 高句麗 渤海의 역사 속에서 우리는 이들을 우리 역사
와 민족의 한 부분으로 간주할 수 있다. 이들과 우리는 한 뿌리로서, 이들의
神話는 곧 우리 先祖들의 神話라고 할 수 있는 것이다.

　여기에 소개하는 天宮大戰이란 神話는 한문화된 이름이다. 그 원래의 이
름은 퉁구스어로 '우처구우러본'이고, 神의 가르침이 담긴 神書라는 의미를
담고 있다. '우처구우러본'은 滿族의 여러 성씨들이 神의 가르침을 전하는 神
書로 존중하였던 것 중의 하나이다. 愛琿縣과 孫吳縣 샤만에게도 전승되는
滿族의 이 자료는『薩滿敎與神話』①의 저자 富育光의 부친인 富希陸과 吳紀
賢 두 사람이 1939 년②四季屯의 白蒙古 샤만의 口述을 기록해 놓은 것이다.
白蒙古는 滿族인데 本名은 전해지지 않고 있다. 올가미로 노루를 잘 잡고 또
술을 즐겼는데, 그 사냥 기술을 높이 사서 '白蒙古'라 불렀다 한다. 白蒙古
는 이 이야기를 구술할 당시 鴉片 중독에 걸려 두 사람은 그에게 아편을 태워
줌으로써 흥분 상태에서 마음을 터놓고 이야기를 나누며 몇차례 곡절 끝에 들
을 수 있었다고 한다.

　吳紀賢이 질문을 하고 富希陸이 기록하였는데, 후일 비에 젖고 곰팡이까
지 끼어 그 일부는 알아 볼 수가 없게 되었고, 또 모택동의 중국 解放 당시 黑
河에 들이닥친 비적들에게 일부가 散失되었다고 한다. 현재의 자료는 富希陸이
소장하다가 아들 부육광에게 전한 자료이다. 그러나 우리는 남아 있는 자료
의 전문을 볼 수 없다. 자료를 소유하고 있는 富育光은 길림성 사회과학원,
민족연구소 등에 연구원으로 재직하다가 현재 퇴직해 있는 滿族 학자인데 자료
의 일부분만『薩滿敎與神話』에 싣고 있다③. 필자가 富育光에게 들은 바에 의
하면 神話는 약 300 여명의 女神들이 등장할 정도의 장편 서사시라 하며, 그는
이 女神들의 계보를 정리하여 놓고 있다고 하였다. 그러나 그는 여러 가지 이유
로 전문의 공개를 보류하고 있다. 뒤에 번역소개하는 자료에 따옴표를 한 것

---

① 　富育光,『滿敎與神話』, (요령대학출판사, 1990).
　'천궁대전'의 원문 및 이에 관한 제반 지식을 필자는 이 책에서 얻었다. 이 글에서 이루어지는 '천궁대
전'에 대한 자료 설명은 대부분 이 책에 의지하였는데, 일일이 註로 처리할 정도를 넘었기에 표기를 생략한
다.
② 　富育光은 '偽滿 康德六年'이란 연호를 굳이 사용하고 있었다.
③ 　『滿敎與神話』, (요령대학출판사, 1990) pp. 227 - 245.

은 이야기의 일부분이기 때문이다.

'天宮大戰'의 원래이름 '우처구우러본'에서, '우처구'는 神主나 神板①혹은 龕室을, '우러본'은 이야기를 각각 의미한다. '우처구우러본'이란 '龕室의 이야기', 즉 조상신들에 대한 이야기를 뜻하는 것이다. 조상신격들과 神들의 가르침을 씨족 내에 알리는 장엄하고 경건한 종교적인 이야기로서 神話의 속성을 갖는다고 할 수 있다.

이 자료가 天宮大戰이란 이름을 갖게 된 것은, 현재 黑龍江 一帶 滿族들이 중국어를 주로사용하고 있고 또 吳, 富 두 사람이 古漢文 사용을 즐겨한 상황에서 '우처구 우러본(烏車姑烏勒本)'이라는 제목이 마음에 들지 않는다고 그 뜻을 따서 '天宮大戰'이라 부르게 된 것이라 한다. 그러니 '天宮大戰'이란 명칭은 滿洲語를 가벼이 여기고 中國語를 고상히 여기는 의식의 소산이다. 이 이름의 수난이 곧 滿族의 현재의 몰락한 상황을 말해준다 하겠다. 문제는 이름뿐 아니라 내용도 중국문화로 '세련'된 부분이 많으리라는 점이다. 우리는 이 神話는 원래의 이름을 존중하여 神書라는 의미의 '우처구우러본(烏車姑烏勒本)'으로 부르는 것이 합당하다고 생각된다. 漢語로 중국화된 이름 天宮大戰 보다는 '神들의 이야기' '우처구우러본(烏車姑烏勒本)'이 滿族 神話로서의 이름이라 할 것이다.

어떻든, 天宮大戰이란 말은 이 두 사람뿐 아니라 다른 샤만들도 이와 비슷한 의미로 명명한 예가 있다. 그 이야기의 내용에 따라 "神과 魔鬼 의 大戰", "天神과 러루리와의 싸움", "버어더인무(博額德音姆) 이야기" 등으로 불리는 이 神話는 많은 지역에 분포해 있다. 예를들면 寧安孫 民間故事集成에도 寧安縣 지역에 전승되는 滿族 '天宮大戰' 神話를 수록하고 있다 한다.

『부리아트(布里亞特)蒙古民間故事集』에도 天宮大戰 型의 魔鬼와 싸운 이야기가 보존되어 있다. 예를 들면 '多頭惡魔' 型②의 이야기이다. 이 이야기에서 모포에 앉아 하늘에 오르고, 바다에 잠수해 들어가고, 별나라에 올라가고, 죽었다가도 살아나며, 해와 달 사이를 마음대로 오가며, 여러 가지 동물들과 자유롭게 대화를 나누고, 몸을 隱匿하면서 수시로 변신하는 내용의

---

① 판자를 벽 사이에 설치하고 그 앞에 향을 피워 신을 예배하는 동북지역의 풍속.
② 俗稱『망구스를 항복시킨 이야기』혹은『平妖傳』.

환상적인 神界를 볼 수 있다. ①부리아트 蒙古人들이 전승하는 魔鬼와의 싸움 이야기도 같은 내용을 담고 있고, 鄂倫春, 鄂溫克 등 민족들의 魔鬼와의 싸움 이야기도 그 뿌리는 '우처구우러본' 神話에 두고 있다한다.

滿族들에게 있어 이 神聖하고 崇高한 '神들의 일'에 대한 神話는 누구나 함부로 이야기 할 수 없는 것이었다. '우처구우러본'은 그 句句節節 모두 씨족내의 최고 성직자로서 지위를 가진 샤만마파(큰 샤만)만이 이야기하고 해석할 資格을 가지고 있었다. 族內 권력자인 罕이나 達, 혹은 穆昆 등 조차도 늙은 샤만의 지도 하에서 이 '神이 내린 이야기'를 소유 할 수 있었다.

滿族들은 姓氏 중심으로 氏族이 형성되고, 그 성씨마다 氏族의 어른으로서의 샤만이 존재하여 의식을 통하여 씨족신을 섬기고 있다. 그러므로 氏族마다 가지고 있는 神本은 그 씨족의 神話이면서 족보이다. 그 씨족의 아득한 기원과, 氏族이 섬기는 神들의 강림과 활동을 기록하고 있다는 점에서 씨족신화이며, 그 氏族의 조상신들을 열거하고 기록하고 있다는 점에서는 족보라고 할 수 있을 것이다. 그러기에 이 성스럽고 거룩한 조상신화는 아무나 함부로 이야기할 수 없는 존귀한 신성성을 간직하고 있었던 것이다. 그러므로 필자의 견해로는 이 神話는 단순한 巫俗神話가 아니다. 巫祖의 기원에 대해서 풀이하기도 하지만 근본적으로는, 천지의 創造부터 내려오는 神格에 대한 이야기가 핵심으로, 創世神話이면서 족원신화이고, 동시에 巫俗神話의 속성을 갖고 있다. 宇宙와 人間에 대한 근본풀이라는 점에서 創造神話이고, 氏族의 내력을 설명해 준다는 점에서 족보라고도 할 수 있다. 문자생활의 전통이 일천하고 폭넓지 못했던 滿族들이 간직한 神話이자 족보였던 것이다. 이 때문에 이 자료는 현대의 자료이면서도 변이를 적게 겪으며 옛 형태를 유지할 수 있었던 것이다.

신성성, 신화성을 강조하기 위해 神本, 즉 氏族神話가 천상으로부터 기원된 것이라는 신비적 성격이 덧붙여 지고 있기도 하다. '우처구우러본'과 그것을 전하고 있는 샤만의 신성성을 강화해 주는 사례를 다음의 몇 기록에서 확인 할 수 있다.

가) 愛琿縣 大五家子에 있는 富察哈喇 가족 노인의 기억에 따르면 民國

---

① 『부리아트 蒙古民間故事集』, 中國民間文藝出版社 版 "前言" 부분, 4 페이지에서 인용.

初年에 富德才 노인이 病中 꿈속에서 黑龍江가에서 아홉 마리 '검은 七星 가물치'를 낚고서 잠을 깬 후 실성하여 온 집안을 돌아 다니며 '칠성 가물치'를 찾았다. 이에 온 가족이 놀랐는데, 곧 바깥에 있는 나무 대야에서 살아 있는 '칠성 가물치' 아홉 마리를 발견했다. 북방 민속에 칠성 가물치를 '줄철갑상어(鰉魚) 외삼촌'이라 불렀는데 漁民들은 이 고기를 보면 漁獲이 신통치 않다고 불길하게 여긴다. 德才노인은 실성한 소리로 말하기를, 칠성 가물치가 그를 강 가운데로 이끌어가서 白髮의 노파한테 '우처구우러본' 아홉 단락을 배웠다고 하였다. 이때부터 실성해서 '우처구우러본'을 구술하였는데 그 세부 내용이 샤만의 神本에 전하는 내용보다도 더 상세하여 샤만이 그를 우러러 모시고 숭배하였다고 한다.①

나) 天宮大戰 神話는 원래 黑水의 女眞人들 중에서 전해진 이야기이다. 전하는 바에 의하면 清나라 康熙年間에 八旗兵들이 국경을 지키려고 사하연수(薩哈連水, 즉 黑龍江) 오른 쪽에 駐屯해 있으면서 야크사(雅克薩) 戰鬪를 겪고 있을 때, 버어더인무 샤만(博額德音姆薩滿)이라는 토착 여샤만이 아홉가닥 뿔이 난 흰 馴鹿사슴을 타고 부락을 돌아다니고 있었다. 그는 급류를 건너다니면서 강 양안 氏族들의 병을 치료하곤 하였는데 신통한 효과가 있었다. 게다가 한줌 白鹿의 털을 불어 점을 치고, 아홉 개의 줄철갑상어(鰉魚) 뼈로 '차라치(恰拉器), (짝짝이)를 만들어서는 가지고 다니면서 노래도 부르고 춤도 추었으며 밤낮 3일간 이야기를 說唱하여도 끝이 없었다고 한다. '우처구우러본'(烏車姑烏勒本)은 바로 이 女子 샤만에 의해 전해진 것이라 한다.

다) 滿族의 민간에 전해지고 있는 장편 英雄傳說『薩大人傳』, 즉 黑龍江 將軍 사부수(薩布素)가 국경을 지킨 傳奇的인 이야기 중 한 토막이다. 보더인(寶德音)大샤만이라고 하는 독신 노파가 사슴을 타고 黑龍江 아래 위의 여러 부락들을 드나들었다. 며칠 밤을 우러본을 說唱하고 물고기 뼈를 두드리면서 훨훨 날며 춤을 추어서 사람들은 그를 풍마마(미치 광이 어머니)라 모셔

---

① 『愛琿祖風遺拾』에서 인용.

불렀다. 백발이 성성한 그 노파는 나이를 알 수가 없었는데 말년에 어디로 사라졌는지도 알 수가 없었다.

라) 만주국 시절에 민간에는 풍마마께서 神醫 神占으로 백성을 구원한 이야기를 하는 노인들이 있었다. 白蒙古는 바로 그 풍마마께서 들려준 神話 이야기를 說唱한 사람들 중의 한 사람이다. 記錄者가 당시 물어보니, 이야기는 선생이 가르쳐 준 것이라 하였다. 샤만 色夫에게 어디서 배웠느냐고 물으니 꿈에 백발 노파의 가르침을 받았다고 하였다고 한다. ①

가) 의 이야기는 '우처구우러본'이 전형적인 巫俗神話임을 알려주고 있다. '病中 꿈 속에서' 신탁의 대리자 '칠성가물치'를 만나고, 그의 인도로 강물 속의 백발노인으로부터 배웠다는 것은, 이 神話의 무속적 속성과 신성성을 설명하는 것이다. 여기에서 이야기를 전승하는 富德才노인은 곧 샤만이고, 그에게 이야기를 전하는 강물 속의 백발노파는 神話 속에서 始祖母로 등장하는 '제일 大여샤만'이라고 볼 수 있다. 꿈에 신이 가르쳐 주었다는 유형의 설명은 鄂倫春, 索倫人 중에도 유전되었다는 것으로 보아 이 삽화가 만주지역의 전형적인 巫俗神話 유래담임을 알 수 있다.

나) 와 다) 는 이 神話가 신성적 속성뿐 아니라 세속적 힘과 권위를 가져올 이야기임을 암시하고 있다. 神話를 전하는 여샤만은, '八旗兵이 국경을 지키려 주둔하던 흑룡강 지역'에서 활동을 하거나, '흑룡강 장군 사부수가 국경을 지킨 전기적 이야기'의 인물로 등장한다. 이 샤만과 이 神話가 전쟁을 승리로 이끄는 힘과 권위를 생성할 수 있음을 전제로 하여 이러한 유래담이 형성되었다고 볼 수 있다. 물론 샤만과 神話의 힘이 전쟁에만 관계되는 것은 아니다. 다) 는 이 본풀이 神話를 구송하는 샤만이 전쟁과 관계된 힘뿐 아니라 '氏族의 病을 치료하는 힘'을 간직한 것으로 표현하고, 라) 또한 '백발 노파로부터 배운 神話'로 샤만이 '神醫'가 되고 있었음을 보여준다.

---

① 이상 네 가지 인용문도 부육광의 앞의 책에서 인용한 것이다. 부육광은 이 자료들을 개별적인 것으로 생각하여 분산시켜 천궁대전의 성격을 설명하였는데, 필자는 네 자료를 함께 보아야 한다고 생각하였다.

神話의 유래를 설명하는 네 삽화는 모두 이 神話가 神界로부터 전달된 신성한 神본풀이로서, 세속적으로는 전쟁에 승리하고 질병을 물리칠 수 있는 힘과 권위를 가지고 있다는 인식을 보여주는 것이다.

2. 天母 아부카허허와 惡魔 예루리

滿族 학자들은 '天宮大戰'을 創世神話로 자리매김하였다. '天宮大戰'은 세계와 宇宙가 어떻게 創造되었는가, 하늘과 神은 어떻게 創造되었는가를 설명하고 있다는 점에서 이 정의는 타당하다. 그러나 '天宮大戰'은 天地와 人間의 創造를 설명하는 데 그치지 않고 있다. '세상에 가장 먼저 있었던 것은 무엇이냐'로부터 '세상사람들이 왜 흰 새와 까치를 좋아하는가, 생명은 어떻게 전해 내려 왔는가' 등에 이르기까지 일체 존재와 사물의 현상에 대하여 유래를 원리적으로 설명하고 있다. 그런 점에서 이 '天宮大戰'은 宇宙와 人間, 그를 둘러싼 일체의 현상에 대한 본풀이로서의 성격을 갖는다.

'우처구우러본'의 뜻은 위에서 본 것처럼 神들에 관한 이야기라는 점에서 샤만의 기원을 밝히는 샤만 본풀이이기도 하고, 세계와 人間의 생명의 기원을 설명하는 본풀이이기도 하다. 첫모링에서는 이 '우처구우러본'의 기원을 밝혀주는 원초적 샤만의 존재가 드러난다.

1) 天母 아부카허허女神의 創世創人

첫 모링①은 神鹿을 탄 버어더인무 샤만의 등장과 그의 권능에 대한 내력을 노래하고 있다. 神鷹과 魚神과 天母神 아부카허허로부터 精力과 물재주, 神의 壽命을 전수받은 그는 모든 현상을 꿰뚫어 볼 수 있는 능력을 가지고, 신의 가르침을 전하는 존재이다. 그럼 점에서 이 버어더인무 샤만은 신의 뜻을 人間에 전하는 원초적 샤만으로서 제일샤만 혹은 대샤만이라고 할 수 있다. 첫 모링은 대샤만에 대한 본풀이인 셈이다. 이 대샤만 본풀이를 통하여 버어더인무 샤만이 우리에게 강림하심으로써, 샤만과 氏族들은 宇宙의 비밀, 조상의 비밀

---

① '모링'은 女眞族 토착어로 몇차례, 몇번, 몇회의 의미이고, 신에게 제사를 올릴 때의 순서나 次數를 나타낸다.

을 전수받고 '우처구우러본', 즉 天宮大戰 본풀이의 내밀한 소리를 들을 수 있는 것이다.

이 모링은 '세상에 가장 먼저 있었던 것은 무엇인가'로 시작하면서 宇宙와 天地의 創造를 설명한다. 하늘과 땅이 분화되지 않은 상태, 즉 존재하지 않은 상태에서 최초의 존재는 물거품이었고, 그 물거품에서 아부카허허가 탄생한다. 그는 물이 있는 곳에는 어디에나 있는 존재로서, 물과 함께 생명의 원초적 시원으로 설명된다. 물거품과 동일시되는 그가 공기와 빛 그리고 자기 몸으로 만물을 생성해 내고, 자기 하신을 찢어 바나무허허라는 地神을 만들어 내는 것은, 天으로서의 존재인 그가 地를 만들어 내면서 天地의 완성자가 되고, 모든 생명의 모태가 됨을 의미한다. 그는 일체 존재와 생명의 창시자가 되는 것이다.

아부카허허는 또한 와러두허허라는 빛을 관장하는 女神을 만들어 내면서 빛 또한 그로부터 생성되는 것으로 인식되고 있다. 아부카허허, 바나무허허, 와러두허허 이 세 女神은 각기 구름과 우뢰, 골짜기와 샘물, 해달과 별을 만들어 내는 역할 분담을 하여 그 직능이 다른 것으로 묘사되지만, 근본적으로는 아부카허허의 또다른 現身으로서, '같은 몸, 한 뿌리로서 함께 존재하고 함께 잉태하는' 존재로 인식된다. 天神과 地神이라는 자기 범주를 넘어 한편으로 세 자매 女神은 생명의 기원으로서 물과, 공기와 빛을 상징하면서 삼위일체로도 설명되고 있는 것이다. 아부카허허는 모든 존재의 근원으로 창시자이기도 하고, 또한 모든 神의 근원신이기도 하고, 최고 주재자인 天神이기도 하다.

우리는 여기에서 아부카허허 등 神格의 모습과 상징을 주시할 필요가 있다. 앞에서 본 것처럼 아부카허허를 위시한 세女神은 모든 존재를 생성하는 창조신격을 간직하면서 동시에 물과 공기와 빛을 상징하고 있다. 이 세 가지가 모든 생명의 기본원소인 것을 고려하면 세 女神은 자연신격적 성격을 간직하고 있다고 하겠다. 이 神話는 생명생성과 사물의 활동에 대하여 매우 합리적인 과학적 인식에 기초하면서, 그 인식을 神話적 구조로 서사화하고 있는 것이다.

이러한 논리는 아부카허허라는 최고 주재신의 이름에서도 명확하다. 阿布卡赫赫에서 阿布卡는 天, 赫赫은 女人을 의미하는데, 赫赫은 동시에 女陰

과 柳를 뜻하기도 한다. 아부카허허는 女陰이 인격화된 이름으로서 天母 혹은 大母로 명명할 수 있는 생명의 원형적 존재인 것이다. 모든 생명이 女性 혹은 女陰으로부터 시작된다는 인식이 그녀의 이름을 女陰, 柳樹, 天母라는 多意的인 성격을 가지게 한 것이다. 고구려 건국의 어머니 柳花는 이 天母神의 始祖神格이다. ①

삼 모링은, 男性과 女性, 벌레와 짐승이 어떻게 태어나고, 그들의 품성이 어떻게 해서 형성되었는가를 설명한다. 특히 우리의 주목을 끄는 것은, 女性이 먼저 創造된다는 사실과, 그 여인이 아부카허허와 와러두허허의 합작으로 만들어져서 두 神의 성격을 닮아 인자하고 성격이 급하다고 인식된 사실이다. 男性은 세 女神의 합작으로 태어나는데, 특히 바나무허허가 두 女神의 재촉 때문에 견갑골과 겨드랑이 털로 만들어서, 남자는 신체가 강건하고 마음도 넓고 몸에 수염과 털이 많게 되었다고 설명한다. 男性과 女性의 신체적 특징과 성격상의 차이를 조물주인 세 女神의 성격적 분화와 연계시키고 있는 점이 흥미롭다. 남녀뿐 아니라 人間의 성격에 대한 분석적 직관을 전제로 하고 있는 것이다. 세 女神은 사물 창조시에는 물, 공기, 빛으로 분화된 역할을 하다가 여기에서는 人間의 성격적 자질과 그 분화를 대변하는 존재로 다시 변신하고 있다.

女性을 創造한 뒤 남자가 어떻게 생긴 것인 줄 몰라 동물의 수컷을 보고 모방해 만드는 과정이나, 男性 생식기를 만드는 장면은 회화적이기 조차하다. 꿩의 엉덩이가 나온 것, 물오리 같은 새의 생식기가 감추어진 것, 사슴의 성기가 긴 꼬챙이처럼 생긴 현상을 모두, 男性 성기를 만드는 과정에서의 실수로 해석해내는 논리는, 인류의 창조과정에서 하느님이 너무 굽거나 덜구워서 흑인과 백인이 태어났다는 설명만큼이나 희화적인 설명이다. 실수의 과정을 거쳐 人間 男性의 성기가 곰의 성기를 빌려다 붙였기 때문에 人間과 곰의 성기가 비슷하게 되었다는 논리는, 곰이 변해서 웅녀가 되었다는 민족신화에서 처럼, 우리 민족과 곰과의 친연성을 강조해 주고 있다고 할 수 있다.

人間 創造에서 男性보다 女性이 먼저였다는 논리는, 宇宙 창조자인 天

---

① 졸고, "東北아시아의 聖母 柳花", 『口碑文學硏究』 4 집(한국구비문학회, 1997.) pp. 38 –43.

母女神 아부카허허가 여성신격으로서, 女陰을 의미한다는 사실, 즉 여성 성기가 의인화된 존재라는 이모링에서의 인식이 확대 반복된 것이다. 물과 女性 혹은 女陰이 일체 생명의 시원이라는 인식을 바탕으로하여 최초의 생명은 女性이될 수밖에 없었던 것이다. 이러한 女性 神格 주재자의 등장을 중국학계에서는 모계 사회구조의 소산이라고 해석하고 있거니와, 모계사회가 여성생식력 숭배를 제일의 바탕원리로 형성된 것이라는 전제하에 이 해석은 타당하다고 할 수 있을 것이다.

2) 惡魔 예루리의 誕生과 災殃

사 모링은 惡의 기원을 설명한다. 모든 생명이 女性으로부터 시작되었듯 최초의 惡魔도 女神이다. '아부카허허께서 여자만 생겨난 것을 보고 몸에서 살 한덩어리를 떼어 만든 머리 아홉'의 오친女神은, 빛을 관장하는 와러두허허의 살로 만든 여덟 개의 팔을 가지고 있어서 그 힘이 절대적이다. 그 女神의 허공을 찌르는 머리뿔도, 배밑에 붙은 男性 생식기도, 바나무허허가 자기 몸에서 떼어 던진 바위가 변해서 된 것이다. 이 惡魔의 화신도 人間처럼 모두 세 女神으로부터 탄생했음을 말해준다.

그리고 惡魔는, 人間을 創造한 세 女神의 힘과 권능을 모두 간직하고 있고, '女神이지만 男性 생식기를 가지고 있어 홀로 생육할 수 있는 존재이다'. 이는, 神과 人間을 포함한 모든 존재가 惡魔的 속성을 가지고 있을 뿐 아니라, 그 惡은 그 자체로 확대 재생산되는 무한번식의 속성을 가지고 있다는 인식을 보여준다고 할 수 있다. 그리고 人間과 惡이 모두 세 女神이라는 같은 뿌리에서 배태되어 세 女神의 힘과 권능을 함께 하고 있다는 것은, 人間과 사물이 가진 이중적 속성, 즉 善神과 惡神의 속성이 병존하는 존재적 성격을 가지고 있음을 이 神話는 설명하고 있는 것이다. 惡이, 남자를 만드는 과정에서 잘못 만들어진 존재로 인식되었는가, 혹은 女性 자신으로부터 배태된 것으로 생각되었는가의 여부는 분명치 않다. 그러나 惡 또한 우리의 생명의 바탕과 함께 존재한다는 인식은 분명히 드러난다. 人間과 생명을 탄생시킨 세 女神으로부터 그대로 惡이 배태되었다는 논리는, 善과 惡이 표리관계에 있음을 인식하였음

을 보여주는 것이다. ①

이 惡魔的 속성의 女神은, 男性을 만들기 위한 단계에서 생성되었다는 사실에 상응하여 그 이름을 예루리大神으로 전환하면서 드디어 男性的 이름을 가지게 된다. 그리고 이 惡魔神 예루리 때문에 '산과 땅이 동요하고… 땅에는 물이 넘쳐나고 … 해와 달이 빛을 잃고 … 만물이 망하였다'고 묘사되어, 자연계에 현상적으로 존재하는 재앙적 요소를 惡魔 예루리의 활동영역, 혹은 惡魔의 현존 상태로 간주하고 있음을 보여준다.

오 모링은 '세상에서 가장 비참한 격전'의 기원에 관한 것이다. 惡魔의 神 예루리가 創造의 神 아부카허허에 도전하는 상황, 즉 惡이 어떻게 세상에 횡행하는가를 설명한다.

'아홉머리로 스스로 생육하는 惡魔 예루리'는 '아홉머리를 별로 바꾸어' 빛의 女神 와러두허허와 잡고 잡히는 싸움을 벌인다. 별들은 싸움의 와중에 '자작나무 껍질로 된 별자리神의 주머니'를 예루리가 동쪽에서 서쪽으로 던져서 그 노선을 따라 운행하게 된다. 이렇게 자연 현상을 善神과 惡神 간의 싸움의 결과로 이해하는 사실은, 자연현상의 제 측면을 신들간의 투쟁과 질서확보로 해석하는 자연신화적 측면을 이 神話가 가지고 있음을 말해주는 것이다. 이러한 성격은 '포악한 예루리가 늘 소란을 부려 天地가 어두워지고 해, 달, 별들이 빛을 잃었다'는 설명에서 분명해진다.

특히 북방의 찬 기후를 惡魔 예루리의 활동결과로 이해하는 데에서 우리는 '추위'라는 피할 수 없는 환경조건이 북방의 滿族에게 얼마나 심각한 문제였던가 짐작할 수 있다. 그 피할 수 없는 자연상황을 滿族들은 惡의 소산으로 혹은 惡의 한 부분으로 받아들이고 있었던 것이다. '따뜻함' '빛'은 이 찬 대지의 민족들에게 구원의 생명이었다. 마침내 惡魔 예루리가 창조신 아부카허허에게 누가 더 광명을 찾는 능력이 있는가 내기를 하자고 도전을 하는 것은, 북방민족에게 광명의 빛이 절대적 가치였음을 시사하고 있다. 그런데 예루리는

---

① 김재용, "동북아시아 신화의 갈등 구조에 관한 연구", 『문학이론과 비평』1 호(한국문학이론과 비평학회, 예림기획. 1997.)pp. 126 - 128. 김교수는 이 글에서 투쟁은 결국 창조를 위한 것이라는 논리를 전개하였고, '선한 여신 아부마의 몸의 일부가 오친을 만들어 낸 것'은 '악은 선의 다른 한 면이라는 인식'이라고 하였다.

'그 惡魔의 시력으로 어두운 밤 얼음을 찾아내어' '자신이 생육한 무수한 예루리를 白海에 보내 얼음 산을 옮겨'와서, '온 세상을 흰색 天地'로 바꿔놓는다. 북방의 추위와 얼음 그 못견디게 무시무시한 찬 추위가 創造의 女神과는 상관없는, 惡의 소산임을 확인, 설명하는 것이다.

　　백색 얼음과 같은 재앙, 즉 惡의 힘은, 빛의 女神 바나무허허에 의해 극복되지만, '예루리가 옮겨온 빙설은 아무리 하여도 다 녹지않는다'. 이는 人間의 힘으로 벗어날 수 없는 '찬 기후'에 대한 현실적 인정이면서, 동시에 惡의 세력은 절대로 완전히 소멸되지 않는다는 현실감각의 발로이기도 하다. 예루리의 아부카허허에 대한 도전과 투쟁은, 마치 惡魔가 하느님 혹은 그 分身인 예수를 시험하며 도전하는 성경 내용을 연상시킨다. 그만큼 惡魔 예루리의 善神 아부카허허에 대한 도전과 투쟁은, 善神과 惡神 혹은 善과 惡의 갈등을 넘어서는 다층적인 의미를 내포하고 있다고 할 수 있다. 북방거주민으로서 획득하고 싶은 자연조건과 거부하고 싶은 자연조건을 둘러싼 갈등이기도 하고, 생산적이고 풍요로운 自然을 지배하는 創造 女神과 파괴와 부정의 反創造 惡魔신과의 투쟁이기도 하다. 생명창조의 女性 善神과 不毛와 死滅의 얼음 男性 惡神간의 대립이기도 하다. 自然과 人間 활동에 내포된 양가적이고, 이중적인 속성을 이 투쟁과 갈등으로 형상화하고 있다고 볼 수 있다.

　　피할 수 없는 추위와 백색 얼음 그리고 어둠을 상징하는 예루리는 惡의 화신이다. 이로보아 예루리는 人間의 삶의 조건에 반하는, 불리한 자연조건을 상징하는 존재이다. 그것은 매섭게 추운 날씨와 빛을 가리는 어둠뿐 아니라 삶을 곤혹스럽게 하는 모든 자연현상을 대표한다고 할 수 있다. 폭풍과 번개, 홍수와 지진은 물론 각종 돌림병도 그를 원인으로 한다. 이 악세력의 대표자는 예루리(耶魯里) 혹은 러루리(勒魯里)라고 하는데[1], 퉁구스 語族의 여러 민족이 惡魔를 러루리라 하고, 돌궐어계 여러 민족들과 北유럽의 일부 민족들은 惡魔를 여루리[2]라 부른다한다. 그리고 각 민족에게서 호칭이 변이되면서 예루리(耶魯里), 러루리(勒魯里), 예러스(耶勒斯), 망스(莽斯), 망구스(莽古斯) 망니(莽倪), 망리(莽里), 망개리(莽盖里), 망개스(莽盖斯),

---

①　그 뿌리는 突厥語에서 왔을 것이라 짐작한다. 富育光, 앞의책.

②　『滿洲宗教志』에서 인용.

망개니(莽盖倪), 망개(莽盖), 망후(莽虎), 마후(瑪琥), 마후리(瑪琥里), 마후즈(瑪琥玆)등으로 불렸다 한다. 우리는 이 惡魔의 이름에서 탈춤에 등장하는 망고라는 괴물을 상기해 볼 수 있다. 풍요와 벽사의 가면극에서 물리쳐야할 대상으로 등장했던 이 괴물은 그 이름뿐 아니라 바람직하지 않은 기후, 악의 세력이라는 의미에서 동일한 자질을 가지고 있다. 한해의 안녕과 농사의 풍요를 기원했던 제의적 의식인 탈춤에서도 創造 神話에서의 善神과 惡神의 대립과 투쟁을 원형적으로 반복하고 있었던 것이다.

3) 善神과 惡神의 鬪爭과 勝利

　육 모링은 오 모링에서 벌어진 善과 惡, 善神과 惡神의 투쟁에서 결국은 승리하는 신성한 大神을 설명한다. 善 혹은 善神의 원초적 승리 양상을 이 투쟁 기록은 보여주고 있다. 자생자육하는 아홉머리 예루리의 위력을 당해내지 못하여 아부카허허와 바나무허허조차 상처를 입게 되고 하늘과 땅이 어두워졌다. 그 아부카허허의 딸인 바람의 女神 시스린과, 바나무허허 女神 몸속에 거주하는 바위 女神 두카허가 예루리를 몰아내자, 예루리는 다시 아부카허허에게 날기내기를 하여 자기가 지면 종이 되겠다고 한다. 이 내기 중에 아부카허허가 예루리에게 속아 설산에 갇히자 빛과 불의 화신 두카허女神이 雪山을 녹이고, 아부카허허의 몸마저 녹여서, 그녀의 눈은 해와 달이 되고, 머리칼은 森林이 된다. 그리고 하늘에서 떨어진 뱀과 곤충은 빛과 불이 없는 밤과 겨울에도 잠을 자게 되었다. 해와 달 같은 빛의 화신으로 생명을 낳는 자연은 善神 아부카허허 계열로 인식하고, 뱀과 곤충같은 생물들의 동면 자질은 善神와 惡神의 싸움에서 비롯된 것으로 파악하고 있다. 이 역시 자연신화적 측면을 보여주는 것이다.

　칠 모링도 '왜 장대에 天燈을 켜는 풍속이 생겨났는가'와 같은 본풀이 형식을 띠고 시작하지만, 내용은 善神과 惡神의 계속되는 싸움이다.

　와러두허허가 예루리와의 싸움에서 神光을 잃고 있을 때 바나무허허는 자기 마음속에 사는 分身 투무火神에게 그 빛과 불머리털로 세상을 밝히라고 한다. 예루리의 더러운 바람과 검은 안개를 무릅쓰고 투무火神은 三星, 七星, 千星의 빛을 만들고 삼형제별 아래에서 반짝이며 天燈의 역할을 한다. 이 별이 그네(鞦韆)女神 처쿠마마(車庫婦婦)인데, 후세 사람들은 그녀의 불빛처럼

惡魔인 예루리를 쫓기위해 天燈을 밝히게 되었다. 와러두허허의 分身 투무火神이 별자리가 되어 세상에 빛을 유지하는 것처럼, 와러두허허의 별주머니 속에서도 나단(那丹)女神이 나와 小星團을 만드는 星神이 되었다.

이들이 있음에도 불구하고 육모링에서 처럼 아부카허허는 다시 예루리에게 잡히고 만다. 아부카허허의 變身으로, 향기로운 香雲을 창공에 만들어 주는 이르하(依爾哈)女神, 즉 향기로운 구름 풀밭을, 거위 모는 노파로 변장한 예루리가 알아보고 파괴해 버린다. 세상은 다시 어두워지는 대재난이 닥쳐서 惡魔들이 판치게 되었다. 그런데 결박당한 아부카허허의 눈물 시냇가에 살던 저구루女神, 즉 고슴도치신이 아름다운 함박꽃으로 변해 빛을 내다가, 예루리가 꽃을 손에 잡자 천만가지 빛화살로 변해 예루리의 눈을 찔러 아부카허허와 하늘 땅이 구원될 수 있었다.

육모링에서 처럼 善神, 세상을 풍요롭게 하는 광명은 惡魔의 어둡고 더러운 바람앞에 거듭 굴복을 하다가 승리한다. 이 승리는 바나무허허의 分身 투무화신이 만든 三星 등 별빛과 천등역할을 하는 처쿠마마神, 와러두허허의 分身으로 소성단을 이루는 나단女神의 빛에 의해 성취된다. 모두 별의 神格인 이 女神들은, 바나무허허와 와러두허허의 分身이므로, 아부카허허의 分身의 分身인 셈이다. 빛과 생명은 모두 아부카허허에 뿌리를 둔 같은 계열로 인식되었던 것이다. 이 칠모링에서 진행된 아부카허허와 예루리의 싸움 또한 자연현상에 대한 깊은 관찰을 서사화한 것이다. 북방의 추위와 어둠의 고통속에서는 태양과 달 등 거대한 빛뿐 아니라 작은 별빛 또한 소중한 희망이고 기대이다. 이러한 희망과 기대의 심성이 작은 빛을 발하는 별들을 大神의 分身으로 여기며, 작은 신들을 계속 창출해 낸 것이다.

팔 모링에서도 善神 아부카허허와 예루리와의 싸움은 계속된다. 女神은 자기 몸의 때로 미아카 小神을 만들어 예루리의 아홉머리 외뿔로 기어 들어가게 하였다. 이 싸움의 과정에서 멧돼지는 예루리의 날카로운 이빨을 얻게 되고, 나무, 돌, 흙이 붉은 색을 띠게 되었다고 하여 역시 자연현상을 신들간의 투쟁의 결과로 해석한다.

예루리와의 싸움을 승리로 이끄는 女神들은 모두 아부카허허의 分身이다. 미아카 小神과, 잉어로 變身하여 물속에 지렁이로 변해 숨은 예루리를 찾아낸 어미물고기 女神(魚母神), 예루리의 시야로부터 아부카허허를 숨겨주는 구름女神, 구름女神이 변한 타치마마星神, 암흑속에서 빛을 맞아 인도하는 쥐별神(鼠星神)인 싱커리女神 등이다. 魚神과 구름女神은 生産과 豊饒의 상징이고, 타치마마星神과 쥐별神, 싱커리 女神은 빛과 밝음의 상징이다. 이들이 함께 풍요와 따뜻한 빛으로 아부카허허를 보우하며 惡魔 예루리를 물리치는 존재가 되는 것이다.

　　그러나 예루리는 패배를 인정하지 않고 아부카허허에게 하늘의 지배자를 결정하는 최후의 일대일 싸움을 요청하였다. 이 싸움에서도 예루리는, 光衫을 걸친 저구루女神, 아부카허허의 한쪽 다리였던 더덩女神, 바나지어무의 딸 푸터진 女神의 합력으로 푸터진 女神에게 잡혔다. 그러나 그 역시 공기와 빛의 神力을 가졌기에 도망하고 만다. 예루리가 도망하는 것은, 오모링에서 '예루리가 옮겨온 빙설이 아무리 하여도 다 녹지 않는' 현상과 같이 惡은 결코 현실에서 소멸될 수 없다는 존재적 상황을 의미한다. 예루리가 도망하면서 남긴 魔氣로 인해 人間사회에 장독과 돌림병같은 해악이 남게 되었다고 생각한 것도 현실적으로 존재하는 재앙을 악의 흔적으로 받아들인 결과이다.

　　예루리의 도망은, 그에 대한 최후의 승리가 이들 女神보다 더 능력이 뛰어난 빛의 女神들에 의해서 획득될 것이라는 서사상황이 예비된 것으로 볼 수 있다. 星神이나 魚神도 빛과 풍요를 상징하지만 어둠과 추위를 상징하는 절대의 惡魔神 예루리에 대해서는 일시적, 잠정적인 승자가 될 수밖에 없는 존재였던 것이다. 최후의 승리는 빛의 化身인 女神들의 총체적 합심에 의해 이루어진다. 싸움은 역시 세 女神과 그 分身으로 인지된 빛의 化身들에 의해 수행된다.

　　구 모링에서는 크게 보아 세가지 문제의 성격을 설명한다.

　　첫번째 문제는 이제까지 앞에서 전개되었던 善神과 惡神, 빛과 어둠, 풍요와 소멸, 創造와 멸망 간의 투쟁과 갈등으로서, 이 대립의 형태가 반복되어 서사화된다. 그리고 여러 자연현상을 이 투쟁과정의 결과로 설명하는 것도 앞에서의 神話 내용과 같다. 아부카허허 신변의 다섯 方向 女神이 내려와 中央과 四方이 정해졌다는 것, 아부카허허의 겨드랑이 털로 만든 물의 용이 大地의 물을 삼켜서 강줄기와 골짜기가 생겼다는 것, 하늘의 천둥소리는 神들간의 아내다툼이라는 것, 아부카언두리神이 게을러서 '북쪽 땅에 모진 빙하의 추위가 와서 만물이 생장하지 못하고’, ‘예루리가 나와서 독있는 연기로 사람을 해치고 종기와 천연두로 혈거하는 생명을 죽였다’ 는 것 등은, 모두 자연현상과 재앙을 神들의 투쟁과정으로 인식하고 있다는 점에서 이제까지의 설명과 같다.

빛과 어둠, 따듯함과 추위의 문제도 여러 자연현상과 마찬가지로 선신과 악신간의 투쟁의 소산이다. ‘아부카언두리가 불을 내려 주기 전까지는 생식을 하였고’, ‘치치단 女神이 빙설 때문에 자식을 기를 수 없다고 생각하여 아부카 언두리의 신불을 을치고’, ‘그녀가 토야라하 큰 神으로 변하여 거대한 입으로 뜨거운 화염을 뿜어내여 빙설을 녹이고 찬서리를 물리치며, 대지와 인류에게 불씨를 가져다 주어 봄날을 불러왔다’ 는 것은, 어둠과 추위가 악신의 전유물임을 말해주고 있다.

반면에, ‘산, 버드나무, 숲 등 自然 戰袍를 훼손당한 아부카허허가 금빛 태양강 물로 상처를 치료하고 태양강 물속에서 서서히 소생’ 하였다고 한 것, 惡魔예루리가 ‘다섯머리눈을 뽑히고 광명과 모닥불을 싫어하고 그래서 氷燈을 밝히고 모닥불에 제사를 올리는 풍습이 생겼다’ 고 한 것 등은 모두, 따듯함과 빛이 아부카허허 善神 계열에 속함을 설명한다. 선신과 악신의 갈등속에 오는 추위와 어둠같은 자연재앙은 빛과 불의 숭배로 퇴치된다고 믿은 것이다. 이 神話는 처음부터 끝까지 빛과 밝음을 물과 함께 최고 주재신으로 신격화하면서 그 神格을 끊임없이 분화시켜 그 힘을 절대적이고 보편적인 힘으로 확정시키고 있는 것이다. 그것은 곧 밝음과 빛에 대한 절대적 신뢰를 말하는 것으로, ‘빛 지향’, ‘밝음지향’ 이 믿음체계 차원으로 승화될 수 있음을 의미하는 것이다. 확대해석일지 모르나, 한반도의 신화적 인물에 부여되어 있는 ‘밝음’ 지향이 이러한 만주신화와 뿌리를 같이 하고 있다고 볼 수 있을 것이다.

구 모링에서 설명된 또하나의 문제는 두 번에 걸친 세상의 홍수와 남성주재신격의 등장이다. 첫번째의 홍수는 ‘하늘이 황폐해지고 하늘이 늙어… 땅이 물로 덮이고 하늘에도 온통 물천지가 된’ 상황이다. 이때 매(鷹)와 한 여인만이 살아남아 인류의 始母神역할을 하는데 그는 大샤만이다. 생명활동은 天地創造때와 마찬가지로 아부카허허가 파견한 햇빛으로부터 비롯된다. 인류 기원을 다시 본풀이하는 이 홍수 모티브가 함축하는 바는 간단히 설명될 문제는 아니다. 그러나 이 홍수모티브는 神界에서 벌어진 이제까지의 다양한 天地,

神, 人間 創造내용과는 달리 인류의 기원을 다시 '始母神'으로 설정하여 설명하고 있다는 점에서 주목된다. 天地 自然이나 우주자연의 생성과 그 문제를 다루고 있는 본풀이와 인간시원에 대한 본풀이를 분리하여 설명하고 있는 것이다. 이러한 인간기원에 대한 두차원의 설명, 즉 이분법적인 人間 기원설은, 두 가지 논리가 연결된 것으로 보인다. 하나는, 최초의 人間이, 우주 自然과 마찬가지로 최초의 생명으로서 천상에서 출현한 천상적 존재라는 인식이다. 다른 하나는, 人間도 다른 생물들과 같이 지상에 뿌리를 둔 생명현상으로서 간주하고 최초의 생명기원을 설명하려는 인식이다. 즉, 人間을 우주 자연과 같이 천상적 존재로 인식하는 논리와 지상의 여타 생명과 같은 모습을 가진 지상적 존재로 인식하는 두 논리가 神話에서, 神의 創造를 거치는 주지와 홍수후 유일 人間의 번식 주지로, 연결되어 이중으로 표현된 것으로 보인다. 현재로서는 확대해석일 수 있으나, 인간기원에 대한 이러한 이중적 설명은, 창조론적 사고와 진화론적 사고가 함께 나타난 증거로 볼 수 있다.①

　　이런 추정은, 두번째 홍수 모티브의 주제 역시 인류시원을 다루고 있다는 사실로 보완될 수 있을 것이다. '다시 몇만년이 지났는지 모르는, 홍수가 휩쓸고 간 먼 옛날 아부카허허를 사람들은 아부카언두리 大神이 라고 부'른다. 대홍수와 함께 宇宙의 主宰者가 女性天神에서 男性天神으로 전환되고 있다. 앞의 삼모링에서 天母神 아부카허허와 와러두허허의 합작으로 먼저 女性이 創造되고 나서 세 女神의 합작으로 男性이 탄생했던 것을 기억하면 이 전환은 단순한 주재자의 치환이 아니다. 일반적으로 신화적 상상력에서 女性은 생명을 직접 생성시킬 수 있는 존재이지만 男性은 직접 생성을 하지 못하는 존재로 인식된다. 따라서 生命 始原의 주재자 위치에 남성신이 자리하는 서사구조에서는 신성적 존재, 생명산생의 존재로서 女性이 별도로 다시 설정될 수밖에 없다. 滿族의 다른 神話자료에 의하면, '대홍수 후 天神 아부카은도리가 몸에 묻은 진흙으로 만든 사람이 하나 살아남았는데, 柳技가 물 속의 그를 구원해주고 石洞으로 싣고 간 후 여인으로 변하여 後世를 낳았다'고 하였다.②앞에서 살핀 바와 같이 아부카허허가 바로 柳枝라는 의미를 갖고 있다면, 이 男性

---

① 창조론과 홍수신화에 대해서는 차후에 별도의 글에서 다시 상술하기로 하겠다.
② 졸고, "동북아시아의 聖母 柳花"(『구비문학연구』4 집) pp. 43 – 45.

天神과 결혼하는 柳枝는 바로 **女性天母** 아부카허허이다. '（**男性天神→分身 男性**）→（**柳枝 → 女性**）'의 서사구조를 거치며 人間이 탄생하는 것이다. 삼모링에서 두 **女神**이 여인을 먼저 만들고, 다시 세**女神**들이 남자를 만드는 '（**女神→여인**）→（**女神→男性**）'의 구조가 해체된 것이다. '최고 **女性** 주재신 → （**女性** 조상신）→인류의 탄생'의 구조가 '최고 **男性** 주재신→ **女性** 조상신→ 인류의 탄생' 구조로 전환되고 있는 것이다. 이러한 전환은, 일차적으로 생명탄생 과정을 **女性** 중심에서 **男性** 중심으로 이해하는 변화와 함께 한다고 할 수 있다. 그리고 人間의 기원을 천상적으로 보는 견해에서 지상의 생명논리를 파악하는 논리적 전환으로 볼 수 있다. 사회구조적으로는 모계적사회에서 부계사회로 전화되는 과정에서 생겨난 변화라고 이해할 수도 있다. 구모링의 **男性 天神** 아부카은도리의 등장은, 삼모링의 **女性 天母神** 모티브보다 후대의 것이라고 추정할 수 있을 것이다.

구모링에서 설명하고 있는 세번째 문제는 샤만의 기원 및 그 능력에 관한 것이다. 샤만은 始母神으로 天神 아부카허허와 동일한 존재로 인식 되고 있다. '宇宙 母神'이 된 아부카허허가 大鷹星 鷹神을 보내어 계집 아이를 神界, 獸界, 靈界, 魂界를 꿰뚫어 보는 세상의 첫 대샤만으로 길러낸다. 神鳥가 태양강의 생명과 지혜의 샘물을 먹이고, 와러두허허의 神光으로 깨우쳐져서 최초의 샤만은, 남녀 결합 잉태의 기술을 전파하고, '세상의 모든 총명'을 가진 萬能神이 된다. 그의 능력과 자질은 곧 아부카허허 등 天神들로부터 비롯된 것으로서 샤만은 아부카허허의 대행자이자 分身과 같은 존재이다. 그러기에 샤만이, 대홍수 뒤에 큰매와 함께 살아남아 '인류의 始母神'이 되는 것은 아주 자연스럽다. 첫 모링에 등장하는 샤만 버어더인무가 이 神話의 신성한 유래와 성격을 설명하고 있다면, 神話의 마무리에 자리하는 구모링의 샤만 삽화는 샤만이 宇宙 天神이자 始祖母인 아부카허허의 대행자이자 分身으로 存在한다는 사실을 설명하고 있는 것이다. 만족에게 있어서 샤만은 天神 아부카허허의 지상적 존재인 것이다.

3. 韓國神話와 '우처구우러본'

'우처구우러본'은 자연신화적 요소가 강하다, 해와 달을 아부카허허의 눈으로 표현하고, 산과 계곡, 강줄기를 홍수가 넘친 대지 위에서 용들이 물을 마신 결과로 설명하고, 북방의 매서운 추위를 惡魔 예루리의 활동으로, 따듯한 생명의 빛을 선신들의 움직임으로 파악하고 있다. 自然 현상 하나하나를 최고 女神 아부카허허의 몸의 한 부분이거나 그 움직임의 결과로 파악하고 있다. 이런 생각을 바탕으로 滿族은 이 神話를 통하여 自然에 대한 애정과 외경심을 발현하고 있는 것이다.

한편 이 神話는 자연신화적 구조 속에 人間이 본질적으로 안고 있는 善과 惡, 生과 死 등 가치대립의 문제를 다루고 있다. 이 대립의 인식하에서 善과 惡은 光明과 暗黑, 生과 死, 存在와 毀滅 등으로 그 의미의 영역을 넓혀가고 있었다. 그리고 대립과 투쟁을 거쳐 光明과 善, 眞과 美가 결국은 승리를 획득한다. 自然과 인간존재가 가지고 있는 총체적 측면에서의 갈등과 대립, 그리고 질서를 설명한다는 점에서 이 神話는 하나의 우주론이다.

대립과 갈등 그리고 악의 횡행을 보는 시각은 한반도 신화와 차이가 있다. '창세가' 등에는 '미륵과 석가라고 일컬는 거인신 둘이서 이 세상을 차지하기 위한 시합에서 부정한 방법을 쓴 쪽이 이겨 이 세상에는 악이 많다고 했다'①. 선악의 근원을 말하기 위해 두 神을 등장시킨 것은 '우처구우러본'과 한반도 신화가 같다. 그런데 석가와 미륵간의 세차례의 내기와 석가의 '부정한 책략' 때문에 악이 생겼다는 논리는, 두 거인이 인간적인 차원의 갈등과 대립을 하고 있었다는 것이고, 그러한 상태에서 악이 생겼다고 보았으니, 이는 악의 근원을 인간성의 한 측면에서 파악한 것이다. 그러나 '우처구우러본'의 악은 석가와 미륵처럼 동질적인 두 거인간의 인간적 갈등에서 나온 것이 아니다. 아부카허허의 몸으로 만든 오친女神이 변한 惡魔예루리는 그 자체로 본질적 惡性을 가진 존재였다. 그는, 부정한 방법으로라도 남을 이기고 싶은 인간적 심성의 化身이라기 보다는 본원적으로 존재하는 악의 질서 그 자체이다. 그 러기에 그 악마는 善神의 분신으로 태어날 뿐 아니라, 자연상태로 존재하는 어둠, 추위, 매운 바람을 상징하는 성격을 가진다. 이러한 자연 조건은 '있을 수도 있는' 차원의 것이 아니고 필연적이고 본원적인 것이다. 악도 그렇게 본질적인 것

---

① 조동일, 『동아시아 구비서사시의 양상과 변천』(문학과 지성사, 1997) pp. 118 - 124. 조동일 교수는 '미륵의 시대를 석가가 차지하려고 해서 충돌이 생겼다고 한 것은 독자적으로 이룩한 생극론이라고 하지 않을 수 없다'고 하여 갈등과 악의 기원논의가 불교적인 발상이지만 독자적인 것이라 하였다.

으로 인식되었음은 물론이다. 이와같이 '우처구우러본'은, 우주 自然의 제반 현상에 대한 본풀이일뿐 아니라, 자연질서속에서 직관적으로 파악한 추상적 가치질서를 설명하고 있다는 점에서 존재론이고 인식론이며, 윤리론적인 성격을 갖고 있다고 하겠다.

따라서 이 '우처구우러본'은 巫俗神話이되 바리공주 같은 巫祖 神話가 아니다. 샤만의 기원과 능력에 대한 본풀이를 넘어서, 宇宙의 創造부터 설명하는 보다 근원적인 문제에 대한 풀이이다. 샤만은 질병 치료사를 넘어서 우주창조와 그 이후 人間의 총제적 역사를 설명하는 근본 풀이자가 된다. 神話에서 샤만은 人間의 역사를 설명할 뿐 아니라, 그러한 創造와 역사를 수행하는 宇宙 大母神 아부카허허의 分身으로 대행자 역할을 한다. 巫俗神話이되 創造 神話의 속성을 가지고 있다는 점에서 한반도의 제주도와 함경도 등에 남아 있는 '창세가' 등의 무가와 '우처구우러본'은 같은 계열에 속한다고 볼 수①있으나, 한반도 신화에서는 창조신화적 속성이 크게 약화되었고, 샤만의 창조신격의 대행 역할도 거의 보이지 않는다.

천지창조의 양상과 최고 주재신격의 성격도 '우처구우러본'과 한반도 자료에서 달리 나타난다. 제주도 무가에서는 創世神話가 구연되는 제차가 분명히 남아 있고, 굿을 하기 위해서 처음에 하는 굿거리 초감제에서 創世神話가 구연된다. ②그런데 제주도와 함경도 등의 創造 神話에서는 미륵과 같은 절대 주재자가 천지개벽후에 탄생하는 것으로 설명된다. ③'턴디건곤이라 턴디개벽후에 무엇이 낫더냐 미륵님이 낫슴메다'와 같은 형식이다. 그런데 '우처구우러본'에서는 물거품이 먼저 존재하고 '물거품 속에서 아부카허허가 나타났다'. 그리고 '그녀가 공기와 빛으로 만물을 만들고' '下身이 찢어지면서 바나무허허女

---

① 물론 '우처구우러본'은 만족이 문자기록의 역사와 신화를 거의 가지고 있지 않은 상태의 자료로서, 앞에서 살핀 바와같이 만족 역사와 족보라는 성격을 가지고 있으므로, 기록된 역사와 씨족 족보를 가진 우리의 무가와는 자료적 성격과 위상이 다르다.

② 김헌선, 『한국의 창세신화』（길벗, 1994）p. 20.

③ 김쌍돌이 "창세가" '한울과 ㅅ다이 생길격에 미륵님이 탄생한즉, 한을과 ㅅ다이 서로 부터, ㅅ더러지지 안이하소아, 한을은 북개 ㅅ곡지처럼 도도라지고, ㅅ다는 사귀에 구리 기동을 세우고, 그ㅅ대는 해도 둘이요, 달도 둘이요'（김헌선, 앞의 책 p. 230）

전명수 구연 "창세가" '턴디건곤이라 턴디개벽후에 무엇이 낫더냐 미륵님이 낫슴메다 미륵님으 당녯적에는 나무 돌 짐상 무었이나 수물론하고 말을 다 하였슴메다.'（김헌선, 앞의 책 p. 238）등.

神(地神)을 만들어 내시고, 이렇게 맑은 빛이 하늘이 되고 흐린 안개는 땅이 되면서 비로소 하늘과 땅 두 姉妹神이 있게 되었다'고 한다. 생명의 물을 상징하는 절대의 女神은 다른 下位 神과 만물을 만들면서 함께 존재한다. 그리고 하늘과 땅을 創造하는데 이 하늘과 땅은 그녀가 만든 하위神格과 동일체이다. 創造神格과 우주 自然 혹은 天地가 창조주와 피창조물로 이분화되어 나타나지 않는다. 하늘과 땅 그 자체가 하나의 사물이면서 神格인 셈이다. 한반도 자료에서 붙어있는 天地를 거신이 힘으로 분리시키는 것과 같은 神과 天地의 이분적 사고가 보이지 않는다.

절대의 神格이 한반도자료에서는 미륵과 같이 불교적 윤색이 가해진 존재이다. 불교적 성격을 거세시키 더라도 대개 남성신격으로 인지되는데 비하여 '우처구우러본'에서는 여성神格이 최고주재자이고, 구모링에 와서 대홍수를 거친 후에 사람들이 그를 '아부카언두리'라는 남성신으로 부르게 되었다고 설명한다. 이런 차이에 의해 제주도의 창세 신화는 하늘에서 神格이 내려와 지상의 女神과 결합해서 이승과 저승을 다스릴 神格을 낳는다는 내용이 기본적 뼈대를 이루는데①, '우처구우러본'에서는 최고 주재 女神 아부카허허가 다른 女神과 여자를 만들고, 男性은 나중에 創造된다. 그만큼 여성중심의 상상력을 반영하고 있다고 할수 있고, 이는 풍요의 생산력을 중시하는 원형적 사고를 더 반영하고 있는 증거가 된다고 생각된다.

滿族神話에서는, 자연신적 자질을 가진 여성신격 아부카허허가 먼저 존재하면서 宇宙를 創造하고 있다. 아부카허허는 절대자로서 창조주 역할을 하기도 하지만, 그가 곧 天地 自然 그 자체로 묘사된다. 해와 달을 포함한 모든 自然 환경이 그의 소산이면서, 동시에 그의 눈과 같은 몸의 한 부분으로 인식되고 있다. 그러기에 개벽후 미륵이 존재하는 세상에 혼돈이 있고, 미륵은 이 혼돈을 바로세우는 활동을 하지만, 天神아부카허허는 모든 현상을 만들어내고 질서를 세우는 새로운 창조자 역할을 한다. 악 혹은 惡魔조차도 그의 생성활동의 과정에서 생겨나고 있다.

우리 巫俗神話에서는 미륵같은 절대자가, 남성화된 절대의 힘을 가지고 혼돈을 바로 잡는 역할을 한다. 생명자체의 産生者가 아니고 혼돈에 질서와

---

① 김헌선, 앞의 책 p. 20.

생기를 불어넣는 정리자의 모습이다. 그에 비해 아부카허허는 그 자신이 생명을 생산하는 역할을 한다. 그 女神은 신과 自然뿐 아니라 人間도 만들어 내는 존재였다. 그런데 우리 神話에서는 人間은 절대자에 의해 탄생되는 것이 아니라, 하늘에서 벌레와 같은 형태로 지상에 내려오거나, 흙으로 만들어진다. ①이러한 여러 가지 차이점은, 결국 滿族神話 '우처구우러본'은 創造神話의 원형을 상대적으로 잘 유지하고 있는데 비하여, 우리의 무가들은 분명히 드러나는 불교적 윤색과 함께 창조자체에 관심을 두고 있기보다는 創造이후의 지상적 질서에 주안점을 두고 있기 때문에 생겨난 것으로 보인다. 천지왕본풀이 등 제주도의 것보다 한층 고형태를 유지하고 있다고 생각되는②본토의 자료들도 滿族의 자료보다는 훨씬 후대의 것으로 보인다.

'우처구우러본'은 단군신화나 박혁거세 神話 등 建國神話와도 성격이 다르다. 우리의 문헌神話가 대부분 인물중심으로 건국을 핵심주지로 삼고 있는데 비해, 이 神話는 宇宙와 생명창조 같은 보다 근원적인 문제에 대한 답을 다루고 있다. 그렇지만 이 創世神話는 우리의 建國神話와 긴밀한 관계에 있다고 보아야한다. 天母 女神 아부카허허는 앞에서 본바와 같이 女陰과 柳葉이라는 의미를 가지고 있는, 자연물이 신격화된 존재이다. 女陰과 柳葉이 가진 생명산생과 풍요의 원리가 신격화, 인격화의 상상력을 거쳐 宇宙 大母로 탄생된 것이다. 고구려 神話의 柳花夫人은 創造神話의 이 宇宙大母가 始祖神格化된 존재였다. 그리고 이 女神은 고구려 建國神話에서뿐 아니라 고려와 조선의 건국서사담이나 滿族 청태조 건국담에까지 그 모습을 드리우고 있었다. 創造女神 아부카허허의 모습이 고구려부터 조선에까지, 그리고 청태조 建國神話에까지 등장한다면, 이 神話야말로 우리가 상실하고 있던 만주와 한반도의

---

①　사람이라 옛날에 생길적에 어디서 생겼음니다(까). 天地 암녹山에가 黃土라는 흙을 모다서 男子를 만들어 노니 女子어찌 생산될까? 여자를 만들었음니 다. 흙기가 사람이 되는대로서, 살 동안에 따에서 만가지 물건을 내서 잡숫고 살아 노이러가다가 사우(死後)에 떠나므느 그따에 도로 늘어가 흘글 보내게 되었습니다. (강춘옥 구연 "셍굿", 김현선, 앞의 책 pp. 251 – 252)

옛날 옛時節에, 彌勒님이 한ㅅ작손에 銀쟁반 들고, 한ㅅ작손에 金쟁반들고, 한을에 祝詞하니, 한을에서 벌기 ㅅ더려져, 金쟁반에 다섯이오. 銀쟁반에도 다섯이라. 그벌기 질어와서, 金벌기는 사나희되고, 銀벌기는 계집으로 마련하고, 銀벌기 金벌기 자리와서, 夫婦로 마련하야, 世上사람이 나엿서라. (김쌍돌이 구연 "창세가" 김현선 앞의책, pp. 232 – 233)

②　조동일, 『동아시아 구비서사시의 양상과 변천』(문학과 지성사, 1997)

創造神話의 원형일뿐 아니라, 시조신화와 建國神話의 모태라고 할 수 있을 것이다. 이런 전제하에서 이 創造神話의 갈등구조가 한반도 建國神話의 구조에 드리우고 있는 양상을 검토해야 할 것이다. 실명인물에 의해 서사화되는 建國神話의 투쟁과 갈등조차도 創造神話가 보이는 원형적 갈등구조를 반복수행하고 있을 가능성은 언제나 열려 있는 것이다.

앞에서 본 것처럼 탈춤이라는 농경사회의 풍요제의에서도 惡魔 예루리의 다른 이름 '망고'가 등장하고 있는 사실을 보아도, 이 '우처구우러본' 創造神話가 우리 문화와 의식안에 살아있는 흔적은 지속적 탐구의 대상이 되어야 할 것이다.

原文刊載于《韩国古典研究》1997 年第 1 期。

附录五

满族创世神话"窝车库乌勒本（《天宫大战》）"的创造和鏖战

李钟周*著　宋贞子译

一　"窝车库乌勒本（《天宫大战》）"的资料特点

本文要介绍的这部名为《天宫大战》的神话，"天宫大战"是其汉语标题，满语是"窝车库乌勒本"①，意为含有神的训谕的神书。"窝车库乌勒本"是传达神之教诲的神书，被满族各姓氏尊崇。由瑷珲县和孙吴县的萨满所传诵的这份满族资料，是1939年由《萨满教与神话》②的作者富育光的父亲富希陆和吴纪贤二人，据四季屯白蒙古萨满的口述记录而成。白蒙古是满族，原名不详。因其擅套狍子，又好饮酒，故名"白蒙古"，以赞其猎技。据说，白蒙古在讲述此故事时，鸦片毒瘾发作，富、吴二人为他点上鸦片。在鸦片的刺激下，他敞开心扉与二人交谈，几番周折后，才得以完整地讲述。这份资料由吴纪贤询问，富希陆记录。后来被雨淋湿、发霉，有一部分无法辨识，新中国成立时又恰逢黑河匪

---

* 李钟周（1955—），韩国水原人，韩国全北大学国语国文学教授，主要从事韩国古典散文、东北亚神话研究。另，该文刊载于《韩国古典研究》1997年第3期。宋贞子（1985—），朝鲜族，辽宁大连人，中国社会科学院民族文学研究所助理研究员，主要从事朝鲜族文学、韩国近现代文学研究等。

① 原文是"乌车姑乌勒本"，现已通用"窝车库乌勒本"，故译文均作了更正。

② 富育光：《萨满教与神话》，辽宁大学出版社1990年版。笔者是从该书找到了《天宫大战》的原文及与此相关的所有信息，此文中有关《天宫大战》资料的绝大部分说明源于此书，若每件都做标注，实属太多，在此省略。

患，另有一部分散佚。现存的资料先由富希陆收藏，后转予其子富育光，但我们无法看到现存的全部资料。收藏资料之人富育光曾是吉林省社会科学院民族研究所研究员，现已退休。富是位满族学者，在其著作《萨满教与神话》中，只收录了其中的一部分资料①。笔者从富育光处了解到，该神话是有三百余名女神出场的长篇叙事诗，他正在整理女神的谱系。

《天宫大战》的原标题——"窝车库乌勒本"，其中"窝车库"意为神主、神板②或龛室，"乌勒本"意为故事。"窝车库乌勒本"意为"神龛上的故事"，即关于祖先神的故事。把祖先神格和众神的教诲告知于氏族的既庄严、又虔诚的宗教故事，故具有神话属性。

因现居住于黑龙江一带的满族人多用汉语，遂该资料被称为"天宫大战"。又因吴、富二人通晓古汉文，喜好汉书，称呼"窝车库乌勒本"总觉不顺，便据其意称之谓"天宫大战"。如此一改，《天宫大战》的题目就显得轻满语，而崇汉语了。该题目面临的这一问题，也恰恰说明了满族现今所处的没落的状况。笔者认为，要尊重此部神话原来的题目，称之为寓意神书的"窝车库乌勒本"方才合适。比起汉语化的题目"天宫大战"，意为众神故事的"窝车库乌勒本"才能作为满族神话的题目。

不仅是这二位称其为"天宫大战"，其他萨满也有类似叫法。根据故事内容，该神话也被称为"神魔大战""天神会战勒鲁里""博额德音姆故事"等，并在很多地区流传。例如，《宁安县民间故事集成》中便收录了在宁安县地区流传的满族神话"天宫大战"。

《布里亚特蒙古民间故事集》保留了天宫大战型的斗魔故事，如"多头恶魔"型③故事。在该故事中，能够看到坐毛毯上天、潜水入海、登上星球、起死回生、随意来往于日月之间、和各种动物自由交流心声，以及隐匿身形、变幻莫测，并具有奇丽的幻想神界④。布里亚特蒙古民间流

---

① 富育光：《萨满教与神话》，辽宁大学出版社1990年版，第227—245页。

② 这是东北地区的习俗，在墙壁之间设置木板，在木板前烧香拜佛。

③ 俗称《降服獉的故事》，或是《平妖传》。

④ 郝苏民、薛守邦译编：《布里亚特蒙古民间故事集》，中国民间文艺出版社1984年版，第4页。

传的斗魔故事也有类似内容，鄂伦春、鄂温克等民族的与魔鬼争斗的故事，据说也是源于"窝车库乌勒本"神话。

对满族而言，并非任何人都可以随意传讲这神圣崇高的有关"众神之事"的神话。"窝车库乌勒本"中的字字句句，唯有氏族中地位最高的神职执掌者的萨满（大萨满）才有口授和解释的资格。即便是族权执掌者——罕或达或穆昆达，也要在老萨满的指导下，才能讲述"神授的故事"。

满族以姓氏为中心形成氏族，每个姓氏都有作为氏族长者的萨满，萨满则通过仪式供奉氏族神。因此，每个氏族所拥有的神本既是该氏族的神话，也是族谱。在记录该氏族悠久起源、氏族供奉的神灵降临与活动的这一点上是氏族神话；在列举并记录氏族的祖先神这一点上，可以说是族谱。因此，这神圣、伟大的祖先神话因其具有宝贵的神圣性，而使其不能任由他人讲述。故，依笔者之见，此神话不单单是巫俗神话[1]。它虽解释了巫祖起源，但其根本是以自天地创造起从天而降的神的故事为核心，既是创世神话，又是族源神话，还具有巫俗神话的属性。在解释宇宙和人类的本质属性上，是创造神话；在解释氏族过往经历上，是族谱。对于文字生活传统不长的满族而言，这是他们珍藏的神话和族谱。因此，该资料虽然是现代资料，却很少发生变化，而且还能保持过去的形态。

为了强调神圣性和神话性，神本即氏族神话也增添了起源于上苍的神秘性。可以从下述的几项记录中，找到增强"窝车库乌勒本"及传承该神话的萨满的神圣性的事例。

　　甲）据瑷珲县大五家子富察哈喇家族耆老回忆，民国初年，富德才老人曾于病中梦到黑龙江江边钓到九条"黑色七星鱼"，醒来疯癫地满屋找"七星鱼"。全家大惊，结果果真在屋外木盆里有九条活着的"七星鱼"。北方民俗，七星鱼俗称"鳇鱼舅舅"，见到此鱼渔

---

　　[1]　巫俗神话是指在萨满教的祭祀活动中，由萨满口诵的神话。因萨满口诵的神话内容是解释信奉的神的起源和来历，又将巫俗神话称为本解。（译者注）

民视为不祥，渔产不丰。德才便痴言七星鱼引他见江中一白发婆，口授"乌车姑乌勒本"九段，从此便能疯讲天宫大战，其细节竟能超过萨满本传内容，使萨满敬佩崇拜之。①

乙）《天宫大战》神话故事，是原黑水女真人中流传的故事。相传最早在清康熙年间八旗兵戍边，屯兵于萨哈连水（黑龙江）江右，几经雅克萨等战役，时有当地名土著女萨满叫博额德音姆萨满，是骑一头九叉白驯鹿的走屯萨满，能急流渡江，常见其为江左江右族民医症，甚有神效，又能吹一束白鹿毛看卜，九块鳇鱼大骨做"恰拉器"，行走携带，能歌善舞，说唱故事三日三宵不绝。"乌车库乌勒本"相传出自她口。

丙）在满族民间流传的长篇英雄传说《萨大人传》——黑龙江将军萨布素镇边的传奇故事中，有位宝德音大萨满，孑身老妪骑鹿神游于黑龙江上下两岸诸部落间。白发不知其岁，暮年不知其所终，能数夜说唱乌勒本，手击鱼骨踏舞蹁跹，尊称疯妈妈。

丁）在伪满时期民间还有些老人能讲疯妈妈的许多神医神占，为民救难扶贫的故事。前文介绍的白蒙古，便是其中一位能讲唱她传述下来的神话故事。据记录者当时索问，称源于师教，问其萨满色夫学于谁时，亦称梦授予白发婆。②

甲指明"窝车库乌勒本"是典型的巫俗神话。"病中梦到"神谕的替代物"黑色七星鱼"，在它的指引下向位于江中心的白发老人学习，表明该神话具有巫俗性和神圣性。传承故事的富德才老人即为萨满，向其传授故事的位于江中的白发婆，可以看作是在神话中以始祖母身份亮相的

---

① 富育光：《萨满教与神话》，辽宁大学出版社 1990 年版，第 224—225 页。（引自富希陆《瑷珲祖风遗拾》）另，富育光在《瑷珲十里长江俗记》中也有关于这四个文段的记述，略有改动。

② 以上四段引文摘自前面提到的富育光的著述。富育光认为这些资料是独立的，因此分别解释了《天宫大战》的性质，但笔者却认为这四份资料要整合起来分析。

"第一大女萨满"。梦中神授的类型解释在鄂伦春、索伦人中也有所流传，由此可知，该轶事源于满洲地区典型的巫俗神话。

乙和丙不仅表明该神话具有神圣性，还暗示可以带来世俗之力和权威。讲述神话的女萨满在"八旗兵戍边，屯兵于萨哈连水（黑龙江）江右"活动，或以"黑龙江将军萨布素镇边的传奇故事"中的人物亮相。该萨满和这部神话以能够产生出将战争引向胜利的能力和权威为前提，形成此番来历。当然，萨满和神话的力量不单与战争有关。丙表露出传诵该本解①神话的萨满不仅拥有与战争有关的力量，还具有"为族民医症之能力"，丁表明因"向白发婆学习神话"，萨满成为"神医"。

解释神话来历的这四段轶事，皆作为该神话从神界传来的神圣的神本解，从世俗的角度展现了拥有在战争中获胜、击退病魔的力量和权威。

二　天母阿布卡赫赫和恶魔耶鲁里

满族学者将《天宫大战》定义为创世神话。《天宫大战》解释世界和宇宙如何被创造，天和神如何被创造，符合此定义。然而，《天宫大战》不仅解释了天地和人类的创造，还解释了从"世上最先有的是什么"到"世上为何崇爱白鹊白鸟？生命如何延续"等问题，按原理解释世间万物和事物的现象的来源。从这一点来看，《天宫大战》具有围绕宇宙和人类的一切现象的本解的特性。

正如前文所言的"窝车库乌勒本"之意，在关于众神故事的这一点上，既是阐明萨满起源的萨满本解，也是解释世界和人类生命起源的本解。在头腓凌中，就表明"窝车库乌勒本"起源的原始萨满的情况。

1. 天母阿布卡赫赫女神的创世创人

头腓凌②诵唱骑着神鹿出场的萨满"博额德音姆"获得萨满能力的经

---

①　本解为解释其根本之意，解释神的一生或其根本。也是在祭祀仪式中解释接受祭仪的神的来历，与此同时祈求神灵降临的歌。（译者注）

②　"腓凌"为女真土语，意为几遍、几番、几回，表示祭神时的顺序或次数。

过。从神鹰、鱼神和天母神阿布卡赫赫那儿传承了精力、水性和神寿，因此拥有能够洞察所有现象的能力，并传达神谕。从这一点来说，博额德音姆萨满作为将神意传达给人类的原始萨满，称得上是第一位萨满或大萨满。头腓凌是对大萨满的本解，通过大萨满本解，因博额德音姆萨满降临于我们，萨满与族人们承袭宇宙和祖先的秘密，能够听到"窝车库乌勒本"，即天宫大战本解的隐秘之音。

贰腓凌从"世上最先有的是什么"开始，解释宇宙和天地的创造。在天地混沌中，即在万物不生的状态中，最初只有水泡，水泡里生出阿布卡赫赫。有水泡的地方就有阿布卡赫赫，表明她和水都是生命的原始起源。她和水泡融为一体，她能气生万物，光生万物，身生万物。她从自己的下身裂生出了名为巴那姆赫赫的地神，身为上天的她又创生出大地。她是天与地的集大成者，是所有生命的母体，是万物和生命的创始神。

阿布卡赫赫还创造了掌管光的卧勒多赫赫女神，光也被认为是由她创造的。阿布卡赫赫、巴那姆赫赫、卧勒多赫赫三女神各司其职，分别创造云雷、谷泉、日月和小七星，其职责虽以其他方式描述，但其根本是以阿布卡赫赫的异样形象现身，被认为是"同身同根，同现同显，同存同在，同生同孕"。一方面，三女神越过天神和地神的自我范畴，作为生命的起源，象征水、气和光，也被解释为三位一体。阿布卡赫赫既是万物的创始神，也是所有神的根源神，更是最高主宰者天神。

在此，我们有必要关注阿布卡赫赫等神格的样貌和象征。正如前文所示，以阿布卡赫赫为首的三女神具有创造万物的创造神格，也象征水、气和光。如果考虑到这三项是所有生命的基本元素的话，可以说三女神具有自然神格的特性。这部神话基于对生命的诞生和事物活动的极为合理的科学认识，并将该认识以神话结构进行叙事化。

此番说法也可从最高主宰神的名字是阿布卡赫赫这一点得以明确。阿布卡意为天，赫赫意为女人，同时也意为女阴和柳树。阿布卡赫赫作为将女阴人格化而得的名字，是能够用天母或大母来命名的生命原型。所有生命源自女性或女阴的认识，使她的名字具有女阴、柳树和天母等多重意义的特性。高句丽建国之母柳花是该天母神的始祖神格。①

叁腓凌解释了男女和虫兽如何诞生，他们的禀赋又是如何形成的。引起我们关注的是女性最初是由阿布卡赫赫和卧勒多赫赫合力而造，因此心慈性烈。男性则由三女神合力而造，特别是巴那姆赫赫在两位女神的催促下，用自己身上的肩胛骨和腋毛揉成男人，所以男人身体健壮、心胸开阔、身上有胡子且髯毛多。有趣的是，将男人和女人的身体特征及性格上的差异解释成身为造物主的三女神有相互不同的性格所致。不仅是对男女的性格，对人类的性格也是以直观分析为前提。三女神在造物时分别担任水、气和光的角色，但此时再次变身为代表人类性格的本性和其分化。

创造女人后，不知男人是何模样，便模仿雄性动物进行制作的过程，或是造男性生殖器的场面竟有些滑稽。山鸡屁股多个尖，水鸭类的生殖器在暗处，鹿的生殖器像利针，这些现象都被解释为在创造男性生殖器过程中出现的失误。这种说法犹如解释在造人过程中，上帝烤得过了或烤得不足，由此诞生了黑人和白人一样滑稽可笑。在经历失误后，因借用了野熊的生殖器安在了男人的生殖器上，而导致人类与野熊具有相似生殖器的说法，就像野熊化作熊女的民族神话一样，强调了北方民族与野熊的亲缘性。

在创造人类的过程中，女性先于男性的说法表明身为宇宙创造者的天母女神阿布卡赫赫作为女性神格意为女阴的事实，在贰腓凌中，女性生殖器被拟人化的认识得以扩大并反复出现。基于水和女性或女阴是所有生命起源的认识，最初的生命只能是女性。在中国学界，女性神格主宰者的出现不仅被解释为母系社会结构的产物，而且母系社会是以女性生殖崇拜为首要的基础原理予以形成，在此前提下这种解释是妥当的。

2. 恶魔耶鲁里的诞生和灾祸

肆腓凌解释恶的起源。如同所有生命均由女性开始，最初的恶魔也是女神。"阿布卡赫赫见世上光生女人，就从身上揪块儿肉来，生出了九

---

① 李钟周：《东北亚的圣母柳花——中国东北与朝鲜半岛的柳花神崇拜》，《口碑文学研究》1997 年第 4 期，第 38—43 页。

个头"的敖钦女神，她的八只胳膊由掌管光的卧勒多赫赫的肌肉生成，因此力大无比。那直插天穹的头角、肚下贴的男性生殖器，也是巴那姆赫赫用身上的山碴子打过去形成的。这个恶魔的化身也如人类，全部由三女神诞下。

恶魔还具有创造人类的三女神的力量和神威，"虽是女神，但具有男性生殖器，能够自生自育。"这说明包括神和人类在内的生物不单具有恶魔的属性，这种恶还有能自我扩大和再生、无限繁殖的属性。另外，人类与恶魔都来自三女神，他们同根同源，皆具有三女神的力量和神威，因此这部神话解释了人类和事物所具有的双重属性，即善神与恶魔并存。我们无法判断恶是因在造男性的过程中出现的偏差，还是源自女性孕育，但是恶与我们的生命的基础共存的这一认识则显而易见。从创造人类和诞育生命的三女神身上直接孕育出恶的说法，表明已经认识到善与恶存在于表里关系之中。[①]

这位具有恶魔属性的女神在造男性的阶段中诞生，故将其名字更换为耶鲁里大神，以示其最终拥有了男性的名字。又因恶魔耶鲁里的缘故，出现了"地动山摇……地水横溢……日月无光……万物惨亡"。自然界的灾难被看作是恶魔耶鲁里的活动所致，或是恶魔的存在状态。

伍腓凌是关于"世上最惨的拼争"的起源。以恶魔之神耶鲁里挑战创造之神阿布卡赫赫来说明恶是如何在世上横行的。

"以九头自生自育的恶魔耶鲁里"与"把九个头变成九个亮星"的布星女神卧勒多赫赫展开你争我夺的战斗。耶鲁里在争斗中把"桦皮布星神兜"自东向西抛出，亮星按抛出的轨迹运行。将这样的自然现象解释为善神与恶魔争斗的结果，说明此部神话具有把自然现象的诸多侧面解释为神魔之间的斗争和维护秩序的自然神话的一面。该特性在"凶暴的耶鲁里，扰得天昏地暗，日、月、星辰，黑暗无光亮"的说明中极为清晰地表达了出来。

---

① 金在勇：《东北亚神话冲突构造的研究》，《文学理论与批评》1997 年第 1 期，第 126—128 页。在该文章中，金教授以斗争最终是因为创造而产生的逻辑展开，并表示"善良的女神阿布马的身体的一部分创造了敖钦"，这是"恶是善的另一面认识"。

特别是将北方的寒冷气候理解为恶魔耶鲁里所为，由此可见，对生活在北方的满族而言，无法躲避的"寒冷"是极为严峻的环境问题。满族人把无法躲避的自然状况权当是恶魔作恶所致，或是恶的一部分。"温暖"和"光芒"对于生活在这片冰冷大地的民族而言，意味着生命可以得到救援。最终，恶魔耶鲁里向创造之神阿布卡赫赫提出挑战，看谁最有本事找到光明，这暗示了日月星光对北方民族而言具有绝对价值。然而，耶鲁里凭借"恶魔的眼力，在暗夜的冰块上找到了白冰""它让自生自育的无数耶鲁里，到遥远的白海把冰山搬来""处处是白森森的、凉瓦瓦的、白茫茫的"。这说明北方的寒冷和白冰，以及无法忍受的极寒天气皆与创造女神无关，是恶魔造成的。

诸如白冰这类灾难，即恶魔的力量虽因布光女神巴那姆赫赫得以克服，但是"耶鲁里搬来的冰雪老也化不完"，这是承认依靠人力也无法摆脱"寒冷天气"的事实。同时，也表现出恶势力绝不会被完全消灭的现实。耶鲁里对阿布卡赫赫的挑战与争斗，使人联想起恶魔考验并挑战上帝或其分身耶稣的这段圣经故事。恶魔耶鲁里对善神阿布卡赫赫的挑战与争斗超越了善神与恶魔，或善与恶的冲突，具有多层意义。这既是北方居民围绕想要获得与试图摆脱的自然条件而产生的矛盾，也是主宰生产性与富饶的自然的创造女神和具有破坏以及否定意义的反创造恶魔之间的斗争。同时也是创造生命的女性善神与荒芜灭亡的白冰男性恶魔之间的对立。这可以看作是将自然和人类活动中包含的双重属性通过斗争和矛盾加以形象化。

象征无法逃避的寒冷和白冰，以及黑暗的耶鲁里是恶魔的化身。由此可见，耶鲁里象征与人类生存条件相悖和恶劣的自然状况。它不仅代表严寒天气，遮蔽光明的黑暗，还代表使生活窘困的所有自然现象。暴风与雷电，洪水与地震，各种流行病也是因它而起。这恶势力的代表是耶鲁里或是勒鲁里[1]，通古斯语族的诸民族称之为勒鲁里，突厥语系诸民族及北欧的部分民族称之为耶鲁里[2]。各民族对此称呼都有所变化，称其

---

[1]　词源被推测源自突厥语。

[2]　富育光：《萨满教与神话》，辽宁大学出版社1990年版，第223页。（引自芝田研三《满洲宗教志》，满铁社员会，1940年。）

为耶鲁里、勒鲁里、耶勒斯、莽斯、莽古斯、莽倪、莽里、莽盖里、莽盖斯、莽盖倪、莽盖、莽虎、玛琥、玛琥里、玛琥兹等等。从这些名称中，可以联想到在假面剧①中出现的名为莽古的怪物。在以祈愿富饶和寻求辟邪为目的的假面剧中，作为必须被击退的对象出场的这个怪物，不仅在名称上，从恶劣的气候和恶势力的意义上看，也具有相同的特性。在祈愿一年的平安与丰收的祭祀仪式——假面舞中，也重复出现创造神话中善神与恶魔的对立和争斗。

3. 善神与恶魔的斗争和胜利

陆腓凌解释了伍腓凌中讲述的善和恶，以及在与恶魔的鏖战中最终获胜的善神。这份斗争记录展示了善或善神最初获胜的状况。阿布卡赫赫和巴那姆赫赫无法抵御自生自育的九头耶鲁里而身负重伤，于是天地一片昏暗。阿布卡赫赫的女儿风之女神西斯林与身处巴那姆赫赫女神体内的石之女神多喀霍联手击退耶鲁里。耶鲁里又要跟阿布卡赫赫比试飞力，打赌说自己如若输了，甘愿做侍卫。在这场比试中，阿布卡赫赫为耶鲁里所骗，困于雪山之中。光与火的化身——多喀霍女神融化了雪山，阿布卡赫赫的肢身被融解，眼睛变成了日、月，头发变成了森林。在没有光和火的夜晚及冬天，从天而降的蛇和昆虫睡上了觉。诞育生命的大自然是太阳和月亮等光的化身，被认为是善神阿布卡赫赫家族。蛇与昆虫等生物的冬眠习性，被认为是善神与恶魔征战的结果。这也展示了自然神话的一面。

柒腓凌虽然也是以"竿上天灯风俗是如何而来"之类的本解形式开始，但内容仍是围绕善神与恶魔持续进行的争斗展开。

卧勒多赫赫在与耶鲁里的争斗中失去神光时，巴那姆赫赫命令源出其内心的分身——突姆女神，用她的光毛火发照亮世界。顶着耶鲁里喷出的恶风黑雾，突姆女神抛出三星、七星、千星之光，像天灯在三星下闪烁。这星是秋千女神——车库妈妈，后世为纪念她用火光驱吓恶魔耶

---

① 假面剧亦同假面舞，是朝鲜民族传统演剧样式之一，发轫于原始先民的祭祀仪式，经过了各个历史时期的演变，至李氏朝鲜末期逐渐形成了假面剧的最后形态。演员戴着画有人物、动物或神的形象的面具，在乐师的伴奏下通过歌唱或对白、舞姿、夸张的动作等进行的表演。（译者注）

鲁里，由此形成了点天灯的习俗。如卧勒多赫赫的分身——突姆女神变成星座照亮世界一样，卧勒多赫赫的星袋中也有那丹女神走出来，成为领星女神。

正如陆腓凌所述，即便有众女神的帮助，阿布卡赫赫还是被耶鲁里抓了去。耶鲁里认出阿布卡赫赫的变身——为苍穹制造香云的依尔哈女神。于是，耶鲁里在香气四溢的云朵草地上乔装成一个赶着鹅的老太太，抓了阿布卡赫赫。世间再次暗了下来，大灾难降临，恶魔们开始称霸。然而，住在被捆住的阿布卡赫赫泪眼溪流旁的者固鲁女神，即刺猬神化作了美丽的芍药花，光芒四射。当耶鲁里一把抓住神花的时候，白花突然变成千万条光箭射向耶鲁里的眼睛，从而拯救了阿布卡赫赫和天地。

如陆腓凌所描述的善神，即让世间万物丰饶的光明，在恶魔的黑暗、肮脏的风面前，虽再三屈服，但终究获胜。这份胜利终因由巴那姆赫赫的分身突姆化身造出的三星等星光，还有起着千灯作用的车库妈妈神，以及以卧勒多赫赫的分身形成小星团的那丹女神的光而获得。所有这些星的神格——女神们，既是巴那姆赫赫和卧勒多赫赫的分身，也是阿布卡赫赫分身的分身，光和生命都被认为派生于阿布卡赫赫。柒腓凌描述的阿布卡赫赫与耶鲁里的争斗也是对深刻观察的自然现象所进行的叙事化。在北方的寒冷和黑暗的痛苦中，不光是日月等巨大的光源，就连小小的星光也是可贵的希望和期许。在这样的希望和期许下，散发小小星光的星辰被看作是大神的分身，继续造出小小的神。

捌腓凌继续描述善神阿布卡赫赫与耶鲁里的交锋。女神搓下身上的泥造出了米亚卡小神，钻进耶鲁里的九头独角里。在这场争斗中，野猪长出了耶鲁里的獠牙，树木、岩石、泥土被染红，这也是自然现象被解释成神魔之间激战的结果。

战胜耶鲁里的女神都是阿布卡赫赫的分身。这些女神是米亚卡小神、变身为小鲤拐子找到化成蚯蚓藏进泥水里的耶鲁里的鱼母神、在耶鲁里的眼皮底下把阿布卡赫赫藏匿的云母神、由云母神化作的塔其妈妈星神、引导光芒照进黑暗的鼠星神——兴克里女神等。鱼神和云母神象征生产和丰饶，塔其妈妈星神、兴克里女神象征光明。这些神凭借丰饶和温暖的光芒保佑阿布卡赫赫，击退恶魔耶鲁里。

　　然而，耶鲁里并不认输，最后向阿布卡赫赫提出一对一比试，以决定天宫的主宰权。在这场争斗中，披着光衫的者固鲁女神、曾是阿布卡赫赫一条腿的德登女神和巴那吉额姆之女福特锦女神合力进攻耶鲁里，最终被福特锦女神抓获，可耶鲁里仍借助气和光的神力逃脱。耶鲁里的逃走与伍腓凌中"耶鲁里搬来的白冰，无论如何都无法使其融化"的现象一样，表明现实中恶是无法被根除的。耶鲁里逃跑的同时，留下了魔气，于是人世间存在传染病之类的疫病，这被认为是恶魔留下的痕迹。

　　耶鲁里的逃跑预示了最终战胜耶鲁里是依靠比星神或鱼神这些女神更具能力的光芒女神而获得。虽然星神或鱼神也象征光芒和丰饶，但对于象征黑暗与寒冷的恶魔神耶鲁里而言，她们所取得的神力只能是一次性的、暂时性的。最终的胜利是靠光芒化身的女神们团结一心而取得，争斗也只能凭三女神和被认作她们分身的光的化身来进行。

　　玖腓凌从总体上解释了三个问题的性质。

　　第一个问题反复叙述前文一直讲述的对立形态，诸如善神与恶魔、光芒与黑暗、丰饶与消亡、创造与灭亡之间的斗争和矛盾，并把众多的自然现象解释为鏖战过程的结果，这也和前述的神话内容相同。阿布卡赫赫身边的五个方向的女神从天而降，决定了中央和四方。"阿布卡赫赫拔下身上的腋毛，化成了无数条水龙，朝朝暮暮地吞水。从此大地上出现了无数条道口江河和沟岔。"天空响起的雷声是神之间的争吵，因阿布卡恩都力神懒惰，"北地朔野寒天，冰河覆地，雪海无垠，万物不生""耶鲁里常潜出施毒烟害人，疮疖、天花灭室穴生命"等等，所有的自然现象和灾难都被看成是神之间的斗争过程，这与目前的解释相同。

　　光芒与黑暗、温暖与寒冷的问题也同众多的自然现象一样，皆是善神和恶魔斗争的结果。"在阿布卡恩都力施火种之前，茹血生食""其其旦女神见大地冰厚齐天，无法育子，便私盗阿布卡恩都力的心中神火临凡""她变成托亚拉哈大神，巨口喷烈焰，驱冰雪、逐寒霜，为大地和人类送来了火种，招来了春天"，这些都表明黑暗与寒冷是恶魔的专属。

　　相反，"阿布卡赫赫的大山、柳树、深林等自然战袍被损坏，身负重伤，太阳河水治好了她的伤，在太阳河水中慢慢苏醒过来"，恶魔耶鲁里"将它五个头的双眼取下，最怕光明和篝火，从此，才在世间留下夜点冰灯，拜祭篝火的古习"，这些皆说明温暖与光芒属于阿布卡赫赫善神系列。他们相信，崇拜光芒及火光会消除在善神与恶魔的冲突中所产生的寒冷和黑暗之类的自然灾难。这部神话从头至尾都把光芒与光明同水一道，作为最高主宰神而神格化。与此同时，不断地分化此神格，并将它的力量确立为绝对并普遍性的力量。这是凭借对光明与光芒的绝对信任，表明可升华至"崇尚光芒""崇尚光明"的信任体系。虽然这番解释可能稍显夸张，但是赋予朝鲜半岛神话人物的"光明"，可以表明其与满族神话的关系较为密切。

玖腓凌解释的第二个问题是历经两次的世界洪水及男性主宰神格的出现。第一次洪水泛滥时，"天荒日老，星云更世……地上是水，天上也是水"。此时，只有神鹰和一名女子留在人世间，这女子便是人类始母神的女萨满。生命活动如天地创造，始于阿布卡赫赫派遣太阳光。将人类起源重新进行本解的洪水母题，其蕴含的意义绝不可一笔带过。需要注意的是，该洪水母题与目前为止在神界中发生的多种多样的天地、神、人类创造的内容均不同，重新以"始母神"解释人类的起源。分别解释天地自然或宇宙自然的形成、涉及此问题的本解，以及对人类起源的本解。对人类起源的这两种解释，即二分法的人类起源说呈现出两种相互联系的说法。一种说法是同宇宙自然一样，认为作为最初的生命——人类是出现在天界。另一种说法是同其他生物一样，人类是扎根于地上的生命现象，这是试图对生命之初的起源做出解释的认识。即，认为人类是像宇宙、自然一样天界的存在和认为拥有像地上的其他生命一样的地上存在的两种说法。这在神话中经过神的创造和洪水过后唯一的人类繁殖的主旨相联系，表现出双重意义。目前看来，这有可能是夸大的解释，但对人类起源的双重解释可看作是创造论思维和进化论思维同时存在的证据。①

此番推测可以以第二次洪水母题的主题仍然涵括人类起源的事实来

---

① 针对创造论和洪水神话，在其他论文中再做详述。

予以完善。"不知又经过多少万年，洪荒远古，阿布卡赫赫人称为阿布卡恩都力大神。"于是，伴随着大洪水，宇宙的主宰者由女性天神转变为男性天神。在前文叁腓凌的讲述中，天母神阿布卡赫赫和卧勒多赫赫合力最先创造了女性，三女神又合力创造了男性，这种转换并非简单地变换主宰者。一般而言，在神话的想象中，通常认为女性可以直接诞生生命，而男性则无法做到。因此，在男性神占据生命起源主宰者位置的叙事结构中，女性作为神圣性和诞育生命的存在，只能重新进行定位。根据满族的其他神话资料，"洪水过后，天神阿布卡恩都力用黏在身上的泥土造出的人，仅剩下一名。柳枝将其从水中救起，带到石洞，变成女人诞下后世。"① 正如前文所述，如果阿布卡赫赫具有柳枝之意，同该男性天神结婚的柳枝正是女性天母阿布卡赫赫，经过"（男性天神→分身男性）→（柳枝→女性）"的叙事结构诞生了人类。叁腓凌解构了两位女神先造女性、三女神再重新造男性的"（女神→女性）→（女神→男性）"的结构。"最高女性主宰神→（女性祖先神）→人类的诞生"结构转化为"最高男性主宰神→（女性祖先神）→人类的诞生"结构。这种转化首先将生命诞生过程与从以女性为中心转移至以男性为中心的认识变化一同发生。从人类起源于天界的观点来看，可以认为是掌握地上的生命逻辑的逻辑转换。也可以理解为在社会结构中，从母系社会向父系社会转化的过程中所产生的变化。由此推测出，玖腓凌中男性天神阿布卡恩都力的出现要晚于叁腓凌中女性天母神母题。

玖腓凌解释的第三个问题是关于萨满的起源及其能力。萨满被认为是始母神，与天神阿布卡赫赫为同一神。成为"宇宙母神"的阿布卡赫赫派出大鹰星鹰神，把小女孩培养成通晓神界、兽界、灵界、魂界的世间第一大萨满。最初，萨满被神鸟衔来的太阳河中的生命与智慧的神羹喂育，并受卧勒多赫赫的神光启迪，使她能够传播男女媾育的医术，成为拥有"世上所有智慧"的万能神者。萨满的能力与资质源自阿布卡赫赫等天神，因此她既是阿布卡赫赫的代言人，也如其分身。因此，在洪

---

① 李钟周：《东北亚的圣母柳花——中国东北与朝鲜半岛的柳花神崇拜》，《口碑文学研究》1997 年第 4 期，第 43—45 页。

水之后，萨满与大鹰都活了下来，很自然地成为"人类的始母神"。如果说在头腓凌中出现的博额德音姆萨满解释了这部神话的神圣来历和特点的话，位于神话结尾的玖腓凌中关于萨满的插叙，则解释了萨满既是宇宙天神，又是身为始母神的阿布卡赫赫的代言人和其分身。对满族而言，萨满是天神阿布卡赫赫的地上存在。

三　韩国神话和"窝车库乌勒本"

"窝车库乌勒本"具有较强的自然神话要素。以阿布卡赫赫的眼睛表示日、月；山、溪谷和江河被解释为在大地遭受洪水泛滥后，龙吞水的结果；北方的严寒被看作是恶魔耶鲁里的作恶；温暖的生命之光被认为是善神们的行动。一个个自然现象被看作是最高女神阿布卡赫赫身体的一部分，或是其行动带来的结果。在这种想法的基础上，满族人通过这部神话表达对自然的热爱之情和敬畏之心。

另外，这部神话在自然神话的结构中，涉及人类与生俱来的善与恶、生命与死亡等价值对立问题。在这些对立的认识中，善与恶以光明与黑暗、生命与死亡、存在与毁灭等方式拓宽其意义范围。光明与善、真与美通过对立与斗争，最终取得胜利。在解释自然与人类所拥有的所有矛盾与对立，以及说明秩序的立场上，这部神话是一种宇宙论。

在看待对立与矛盾及罪恶横行的视角上，满族神话与朝鲜半岛神话存有差异。《创世歌》[1] 等记载道："被称为弥勒与释迦的两位巨人神，在为了占据这个世界而进行的比赛中，有一方使用不正当手段获胜，因此世间恶较多。"[2] 为了讲述善恶的根源提及两位神，表明"窝车库乌勒本"和朝鲜半岛神话相同。因释迦与弥勒的三次打赌，以及释迦的"不

---

[1] 《创世歌》是流传于朝鲜半岛咸镜南道地区的叙事巫歌。孙晋泰于1923年在咸镜南道咸兴郡云田面本宫里，对女巫觋金双石的口演内容进行采录，并收录进《朝鲜神歌遗篇》（东京：乡土研究社，1930年）之中。（译者注）

[2] 赵东一：《东亚口碑叙事诗的样相与变迁》，首尔：文学与知性社1997年版，第118—124页。赵东一教授在书中写道："因释迦试图占据弥勒时代而产生冲突，这种说法不能不说是独立形成的生克论"。关于矛盾与恶的起源的讨论，虽是佛教式的表达，但也是独有的。

正当策略"产生了恶的逻辑，这是从人性的角度阐释两位巨人的矛盾和对立。在该情况下产生的恶，被认为是从人性的另一侧面把握恶的根源。然而，"窝车库乌勒本"中的恶并非像释迦与弥勒一样，是产生于相同性质的两巨人间的人性矛盾。恶魔耶鲁里是从阿布卡赫赫身体中造出的敖钦女神变化而来，其自身就带有实质性的恶性。与其说他是即使使用不正当的方法，也要战胜他人的人性化身，倒不如说他更像是原本就存在的恶的秩序。因此，那恶魔不仅胎生于善神的分身，还具有象征以自然状态而存在的黑暗、寒冷、寒风的特点。这样的自然条件并不是"有可能存在"，而是必然的、根本性的。恶自然被认为是实质性的，如"窝车库乌勒本"不仅是对宇宙、自然各种现象的本解，而且解释了在自然秩序中直观把握的抽象价值秩序。从这一点来看，是具有存在论、认识论和伦理性的特性。

因此，"窝车库乌勒本"虽是巫俗神话，但不同于钵里公主类型的巫祖神话①。越过对萨满的起源和能力讲述的本解，与其说是从宇宙创造开始进行解释，不如说是有关根源性问题的本解。萨满不单治愈疾病，还成为解释宇宙创造及其以后人类历史的根本解释者。在神话中，萨满不仅讲述人类历史，还扮演着创造和完成历史的宇宙大母神阿布卡赫赫的分身，担任代言人的角色。虽是巫俗神话，还兼具创造神话的属性，从这一点看，在朝鲜半岛的济州岛和咸镜道等地流传至今的《创世歌》等巫歌和"窝车库乌勒本"同属一个系列②。但在朝鲜半岛的神话中，创造神话的属性已大幅弱化，也几乎看不到萨满的创造神格的代理作用。

在"窝车库乌勒本"与朝鲜半岛的资料中，关于天地创造的情况和最高主宰神的性格呈现出不同的叙述。在济州岛的巫歌中，口述创世神话环节确实被保留了下来。为了神祭，在一开始进行的巫乐《初监祭》中，口述创世神话。③ 但在济州岛和咸镜道等地的创世神话中，诸如弥勒

---

① 巫祖神话是讲述特定人物如何成为巫觋，即萨满始祖的神话。（译者注）

② "窝车库乌勒本"是满族在几乎没有文字记录的历史和神话的情况下的资料。如前文所述，具有满族历史与族谱性质，这与我们的巫歌具有记录的历史与氏族族谱的资料特点和地位是不同的。

③ 金宪宣：《韩国的创世神话》，首尔：路友 1994 年版，第 20 页。

这类绝对主宰者，被解释为在天地开辟之后才诞生。① 这与"天地乾坤，天地开辟后，出现了什么，出现了弥勒佛"的形式相同。而在"窝车库乌勒本"中，先出现水泡，"水泡里生出阿布卡赫赫"。并且，"她用气和光创造万物""下身裂生出巴那姆赫赫女神（地神），清光成天，浊雾成地，才有了天与地姊妹神"。象征生命之水的绝对女神，造出其他下位神和万物，并与之共存，她创造的天地与下位神是同一个整体。创造神格和宇宙、自然或天地并没有被分化成造物主和被创造物。天地为一个整体的同时，也是神格。在朝鲜半岛的资料中，看不到依靠巨神之力分离天地之类的神和天地的二分式思维模式。

在朝鲜半岛的资料中，如弥勒的绝对神格充满佛教色彩。然而在"窝车库乌勒本"中，即便是削弱佛教色彩，但女性同通常被认为是男性神格相比，仍是最高主宰者。玖腓凌解释说，在经历大洪水后，人们开始称其为"阿布卡恩都力"的男性神。根据这些区别，济州岛创世神话的基本框架是神格从天而降，同地上的女神结合，诞下统管此生与冥府的神格②。在"窝车库乌勒本"中，最高主宰女神阿布卡赫赫造出其他女神和女性，最后造了男性。笔者认为，这不仅反映了以女性为中心的想象力，更是重视丰饶生产力的原型模式思考的佐证。

在满族神话中，具有自然神性的女性神格阿布卡赫赫最先出现，同时创造了宇宙。阿布卡赫赫身为绝对者，虽然担任造物主的角色，但她也被描述成天地自然其本身。包括日月的所有自然环境由她创造的同时，也被看作是和她眼睛一样的其身体的一部分。因此，在开天辟地之后，弥勒所在的世界混沌不清，弥勒虽然力图分清混沌，但天神阿布卡赫赫创造了所有现象，并担任建立秩序的新创造者的角色。恶或恶魔甚至也诞生于她的生产活动中。

---

① 金双石口述《创世歌》："天与大地出现时诞生的弥勒，在彼此不分离的天与地间立柱子，将二者分开。那时有两个太阳和两个月亮。"（摘自金宪宣《韩国的创世神话》，首尔：路友1994年版，第230页。）田明秀口述《创世歌》："天地乾坤、开天辟地之后，诞生了什么，诞生了弥勒。弥勒出现时，还有树木、石头、牲畜。不仅出现了水，竟还会说话。"（摘自金宪宣《韩国的创世神话》，第238页。）

② 金宪宣：《韩国的创世神话》，首尔：路友1994年版，第20页。

　　在我们的巫俗神话中，如弥勒这类绝对者拥有男性化的绝对力量，并肩负分清混沌的任务。他不是生命的创造者，而是在混沌之中担任建立秩序和赋予生气的整理者。与他相比，阿布卡赫赫其本身就诞育生命。女神不仅创造神和自然，也创造人类。可在我们的神话中，人类不是由绝对者诞育，如虫子般的形态从天降至地上，或用泥土做成。① 之所以有如此多的区别，是因为满族神话"窝车库乌勒本"在创造神话的原型上保持得相对较好。而与此相比，我们的巫歌②其关注之处与其说是鲜明地表现了佛教色彩和创造本身，不如说是着眼于创造之后的地上秩序。《天地王本解》③ 等济州岛地区的更古老形态的本土资料④，预计也比满族资料出现得更晚。

　　"窝车库乌勒本"的特点也不同于檀君神话，或朴赫居世神话等建国神话。同我们的文献神话大部分以人物为中心、建国为核心的主旨相比，该神话回答了比宇宙和生命创造更为根本的问题。即便如此，该创世神话和我们的建国神话仍有着紧密联系。正如前文所述，天母女神阿布卡赫赫是具有女阴和柳叶之意的自然物神格化的存在。女阴和柳叶在她们具有的诞育生命和丰饶的原理在经过神格化、人格化的想象之后，以宇宙大母的身份诞生。高句丽神话的柳花夫人是创世神话中的宇宙大母始祖神格化的存在。并且，此女神不仅出现在高句丽的建国神话中，也出现在高丽和朝鲜的建国叙事，或满族清太祖的建国叙事中。如果创世女神阿布卡赫赫的形象出现在自高句丽到朝鲜，以及清太祖建国神话当中的话，可以说这部神话不仅是正趋于消失的中国东北地区和朝鲜半岛创

---

　　①　人在远古时从哪里而生，从天地安禄山取来黄土，造出男子，女子怎么造出来的？也造出女子。泥土成为人，活着的时候，从地里获取各种食物，死后重新回到地里，化为泥土。（姜春玉口述"成人祭"，摘自金宪宣《韩国的创世神话》，首尔：路友1994年版，第232—233页。）
　　很久很久以前，弥勒一只手托着银盘，一只手托着金盘，向上天诵祝词，从天上掉落虫子，掉在金盘子上五只虫子，掉在银盘子上五只虫子。金虫子变成了男孩，银虫子变成了女孩，银虫子、金虫子长大后结为夫妇，世间便诞生了人类。（金双石口述：《创世歌》，摘自金宪宣《韩国的创世神话》，首尔：路友1994年版，第232—233页。）
　　②　巫歌：在巫俗仪式中，萨满口演的辞说或歌曲。（译者注）
　　③　《天地王本解》是济州岛地区的巫俗仪式"初监祭"中传承的创世神话。（译者注）
　　④　赵东一：《东亚口碑叙事诗的样相与变迁》，首尔：文学与知性社1997年版，第48—110页。

世神话的原型，还是始祖神话和建国神话的源头。在这些前提下，有必要研究这部创世神话的矛盾结构在朝鲜半岛的建国神话的结构中所呈现出的样式。包括根据实际人物进行叙事化后形成的建国神话的斗争与矛盾，也很有可能反复出现在创世神话所呈现的原型矛盾结构中。

正如前文所述，在农耕社会丰饶的祭祀仪式——假面剧中，出现了恶魔耶鲁里的别称"莽古"。这就告诫我们，要对"窝车库乌勒本"这部创造神话留在我们的文化和认识中的痕迹做持续性探究。

后　记

　　翻译《天宫大战》历时十多年，多次翻查各种满汉、汉满词典，为了某一个词可能要花费多日才能确定对应的满文，有时还无法确定，只能结合上下文，反复揣摩，多次修改，惴惴不安。后经宋和平老师的多次修订，才敢出版面世。经过几次核校，每一次都发现新的问题，若有错讹，敬请指正。

　　2000年，本人跟随宋和平老师学习满语，从十二字头学起，然后实练的就是满族民间文本的翻译。后又随季永海老师学习满语档案的翻译，这两年为本人翻译《天宫大战》奠定了良好的基础。在翻译过程中，本人充分意识到满文在民间的变异，增加了翻译的难度，不过也感受到满语的魅力。我主要使用的翻译工具书为以下几种：刘厚生、关克笑、沈微、牛建强主编的《简明满汉词典》（河南大学出版社1988年版）；安双成主编的《满汉大辞典》（辽宁民族出版社1993年版）；胡增益主编的《新满汉大词典》（新疆人民出版社1994年版）；安双成主编《汉满大辞典》（辽宁民族出版社2007年版）。翻译时，以前两种辞典为主。

　　《天宫大战》在满语文学中地位较为特殊，也颇有国际声望，据说被翻译为多种语言，最初我试图找到多语种译文，可惜仅获得韩语版的《天宫大战》，皆因中国社会科学院民族文学所同事张春植老师将其译为韩语。这次出版，征得张春植老师的许可，有幸将其纳入附录中。之后，又拜托宋贞子博士后翻译了韩国学者李钟周的论文《满族创世神话"窝车库乌勒本（《天宫大战》)"的创造和鏖战》，以供国内学者参考。

　　在此，还要特别感谢富育光先生，当他得知本人有翻译《天宫大战》

的意向时，很是慷慨地将汉字记音的文本交付给我，我也接受了这份沉甸甸的信任和嘱托。这么多年，终于要出版了，希望能对得起这份嘱托。

感谢学友汪亭存，在本人纠结于封面照片的时候，给我提供灵感，在关云德父子的剪纸中选了这一幅。

这本翻译还有很多不成熟或疏漏之处，敬请学界批评指正。因有的词汇在多个词典中都找不到对应的满语词汇，如者固鲁、西斯林等词无法确知其意，暂时以汉语拼音代替。

最后，还要感谢"中国社会科学院民俗学丛书"编委，能够纳入这一学术系列是我的荣幸。

高荷红
2023 年 12 月

·中国社会科学院民俗学研究书系·

口头传统文类的界定：以云南元江哈尼族"哈巴"为个案 / 刘镜净　著

文体的社会建构：以"十七年"（1949—1966）的相声为考察对象 / 祝鹏程　著

南宋罗泌《路史》上古传说研究 / 陈嘉琪　著

苗族古歌《瑟岗奈》传承研究 / 罗丹阳　著

个人叙事与地方传统：努尔哈赤传说的文本研究 / 刘先福　著

民俗学立场的文化批评 / 施爱东　著

白茆山歌的现代传承史：以"革命"为标杆 / 陈泳超　著

神话主义：遗产旅游与电子媒介中的神话挪用和重构 / 杨利慧　等著

史诗音乐范式研究：以格萨尔史诗族际传播为中心 / 姚慧　著

故事机变 / 施爱东　著

神话观的民俗实践——稻作哈尼人神话世界的民族志 / 张多　著

市场化进程中的非物质文化遗产——以北京相声为个案 / 祝鹏程　著

满族创世史诗《天宫大战》译注 / 高荷红　编著

民俗学译丛

突厥语民族口头史诗：传统、形式和诗歌结构 / ［德］卡尔·赖希尔　著

　　　　　　　　　　　　　　　　　　阿地里·居玛吐尔地　译

口头创作理论：历史与方法论 / ［美］弗里　著　朝戈金　译

怎样解读口头诗歌 / ［美］弗里　著　口传工作坊　译

民俗学文献资料丛编

中国史诗学读本 / 朝戈金　主编

中日学者中国神话研究论著目录总汇（1882—1998）/ 贺学君　等编

走向新范式的中国民俗学 / 施爱东　巴莫曲布嫫　主编